Geest - Verlag

Für meinen Vater, der jetzt in seiner eigenen Welt lebt

Gefördert durch

DÖTLINGEN Stiftung

Helga Bürster

Das verschwundene Dorf

Roman

Helga Bürster
Das verschwundene Dorf
Roman
Titelgrafik von Zita Hobbensiefken
2. Auflage, Dezember 2009

Verlag: Geest-Verlag,
Lange Straße 41 a, 49377 Vechta-Langförden
Tel. 04447/856580 / Fax 04447/856581
Geest-Verlag@t-online.de
www.Geest-Verlag.de

Druck: Geest-Verlag

ISBN 978-3-86685-212-9
Printed in Germany

Prolog

„Zwielicht war um mich, und Menschen, die schrien, in rasender Wut oder Todesangst. Häuser brannten, Vieh rannte in heller Aufregung. Soldaten liefen zwischen den Häusern und Männer mit Schwertern. Ein Mann stand im Hauseingang. Das Dach brannte lichterloh, hinter ihm regnete es Funken. Es kümmerte ihn nicht. Er sah den Männern zu, die die Bauern jagten. Ein Soldat stieß einem Fliehenden vom Pferd herab seine Lanze in den Leib. Der Reiter zügelte das Pferd und riss die Lanze an sich. Blut tropfte von der Spitze. Überall loderten die Strohdächer auf und die Menschen rannten aus ihren Häusern. Die Reiter verfolgten sie in den Wald hinein, vorbei an einer halb verfallenen Hütte, in deren Fenstern schimmerte ein schwaches Licht. Ich sah den Mann, der in dem brennenden Haus gestanden hatte. Er kam auf die Hütte zu, das Schwert kampfbereit in den Händen.“

„Ist das der Anfang einer Geschichte?“, fragte ich den Mann, der sich mir gerade als Hans vorgestellt hatte.

„Nein. Es ist das Ende.“

Mir war nicht so recht klar, was dieser Mann von mir wollte. Wie aus dem Nichts war er vor mir aufgetaucht, aber vielleicht hatte ich ihn vorher nur übersehen. Er war von kleiner Statur.

In der Hand hielt ich das Kreuz, das ich gerade im Wald gefunden hatte. Der Mann starrte es an, ich gab es ihm. Er hielt es gegen das Licht. Die Sonne brach sich in dem roten Edelstein, der in das Kreuz eingelassen war. Es mussten einmal mehr gewesen sein,

die anderen Einfassungen waren leer. Er betrachtete es sehr genau und dann begann er, von dem brennenden Dorf zu erzählen.
„Es klingt, als wären Sie mittendrin gewesen."
„Vielleicht war ich es?", meinte er augenzwinkernd.
Ich lachte. „Kann ich das Kreuz jetzt wiederhaben?"
Hans sah mich mit einem seltsamen Gesichtsaudruck an und steckte es in seine Westentasche.
„Vielleicht."
„Was soll das heißen? Ich habe es schließlich gefunden!"
„Und ich habe Sie gefunden."
„Schön. Dann haben wir heute beide etwas gefunden. Und jetzt hätte ich gern das Kreuz zurück."
Hans schüttelte den Kopf.
„So einfach geht das nicht."
Der Mann nervte. Ich war in den Poggenpohl gekommen, um in Ruhe nach Resten des sagenumwobenen Dorfes Norddötlingen zu suchen, von dem man zwar wusste, dass es existiert hatte, aber nicht, warum es eines Tages verschwunden war.
Ob der Anhänger, den ich gefunden hatte, einst einem Norddötlinger gehört hatte oder nicht, konnte ich nicht beurteilen. Immerhin, das Schmuckstück sah alt aus. Mir als Hobbyarchäologen reichte das. Ich würde das Kreuz in meine Kiste legen zu den anderen Schätzen: steinzeitliche Pfeilspitzen, eine Feuersteinklinge, eine Münze unbekannter Herkunft und eine ganze Menge mittelalterlicher Tonscherben. Aber Hans wollte mir das Kreuz nicht wiedergeben.
„Sind Sie auch ein Sammler alter Dinge?", fragte ich ihn.

„Nein. Ich bewache das verschwundene Dorf."
Langsam wurde dieser Kerl mir unheimlich. Ich betrachtete ihn genauer. Er trug eine altmodische Tracht. ‚Er ist einer der Künstler aus Dötlingen', schoss es mir durch den Kopf. Davon gab es hier eine ganze Menge. Hans hatte ich allerdings noch nie gesehen, was nichts heißen musste.
„Darf ich Sie zum Tee einladen?", fragte er, „ich wohne hier im Wald."
„Wenn ich dann das Kreuz wiederbekomme!"
„Ich verspreche es. Wenn sie es dann noch wollen."

Hans führte mich zu einer Holzhütte, eine Art Ferienhaus.
„Setzen Sie sich", sagte er und zeigte auf eine Eckbank unter dem Fenster. Er setzte Wasser auf.
Wenig später stellte Hans zwei dampfende Becher Tee auf den Tisch.
„Waldkräuter. Selbst gesammelt!", sagte er und pustete in seinen Becher. Es duftete köstlich. Ich nahm einen Schluck und spürte, wie die warme Flüssigkeit in den Magen rann und mich wärmte.
„Was wissen Sie über das verschwundene Dorf?", fragte er mich und lehnte sich zurück.
„Nicht viel. Das macht es so interessant. Nur, dass es hier gestanden hat, dass es ein großes Dorf war und dass Graf Gerd der Schreckliche etwas damit zu tun hatte."
Hans sah aus dem Fenster und seufzte.
„Ja, ja, der Graf", murmelte er nachdenklich.
„Ich würde jetzt wirklich gern das Kreuz zurückhaben."

Hans sah mich an.
„Das wollen Sie nicht wirklich, glauben Sie mir!"
„Warum?"
„Weil es verflucht ist! Genauso wie dieses verdammte Norddötlingen verflucht war. Sie haben das Ende der Geschichte von mir gehört. Warum wollen Sie noch mehr wissen? Lassen Sie die Dinge ruhen!"
Jetzt war meine Neugierde geweckt.
„Nur das Ende einer Geschichte zu kennen, ist nicht sehr befriedigend, finden Sie nicht?"
Hans schüttelte den Kopf.
„Nein. Ist es nicht. Aber warum sollte ich gerade Ihnen diese verrückte Geschichte erzählen?"
„Weil ich es war, der das Kreuz gefunden hat!"
Hans sah mich lange an.
„Haben Sie Zeit?", fragte er mich. Ich nickte. Er stand auf und goss Tee nach. Dann zog er das Kreuz aus seiner Westentasche, legte es auf den Tisch und begann zu erzählen.

„Dort, wo das Kreuz im Boden lag, stand vor langer Zeit das Dorf Norddötlingen, das zu Kirchdötlingen gehörte, wo die St. Firminuskirche weithin sichtbar auf einem Geesthügel steht und jeden Sonntag zur Messe läutet. Über die Jahrhunderte hinweg bis heute. Norddötlingen ist untergegangen, während seine Zwillingsschwester Kirchdötlingen noch existiert. Dabei war Norddötlingen das ältere und größere der beiden Dörfer, von deren Bewohnern man nicht sagen kann, dass sie sich gut verstanden."
„Warum war das so?", fragte ich.

„Lange bevor unsere Geschichte beginnt, vor mehr als tausend Jahren, kamen die Tonsurierten aus Bremen in diese gottverlassene Gegend, um die Heiden in den Dörfern an der Handelsstraße diesseits der Hunte zum rechten Glauben zu führen. Die Bauern jagten sie fort. Aber die Tonsurierten gaben keine Ruhe. Also hängten die Dötlinger sie eines Tages kopfüber in den nächsten Eschenbaum, bis sie ihr Leben ausgehaucht hatten. So machte man es anderswo auch, denn wozu sollte dieser neue Glaube gut sein, der nur einen Gott hatte und nicht eine einzige Göttin? Ein Glaube, der alles, was das harte Dorfleben ein wenig versüßte, selbst die körperliche Liebe, zur Sünde erklärte, während der Bischof in Bremen Dirnen zu sich kommen ließ? Die Bauern wussten Bescheid. Viele Händler kamen hier vorbei und erzählten, was los war in der Welt. Schließlich lag das Dorf nicht weit von der Flämischen Straße, dem Bassumer und dem Stedinger Weg. Hier musste alles durch, was im Norden unterwegs war – Händler, Handwerker, Reisende. Nicht selten kamen ganze Händlerkarawanen in das Dorf, um ihre Pferde beschlagen zu lassen oder um zu übernachten in der Herberge, die schon damals ‚Zum Ochsen' hieß. Alles war gut, wie es war. Sollten doch die Tonsurierten anderswo auf den Knien herumkriechen und zur Buße aufrufen.
Die gehängten Mönche warf man in die Hunte und die Norddötlinger hofften, endlich Ruhe zu haben. Die Tonsurierten hatten indessen einen viel besseren Platz für das Haus ihres Gottes gefunden. Sie bauten es wie einen Wächter auf einen Geesthügel in Kirchdötlingen, weithin sichtbar für diejenigen, die dort die

uralte heilige Quelle am Fuße des Hügels besuchten. Die Altgläubigen mussten jetzt heimlich und in der Nacht hier herschleichen, um Wode oder Frigga zu opfern. Wer sich dabei erwischen ließ, hing kopfüber im nächsten Baum. Das war die Rache der Tonsurierten. Kirchdötlingen war zwar klein, aber es hatte nunmehr die Kirche, die zunehmend an Einfluss gewann."
Hans schwieg eine Weile und sah aus dem Fenster, als könne er dort das Dorf zwischen den Bäumen sehen.
„Darum haben die beiden Dörfer sich nicht verstanden? Wegen der Kirche?", fragte ich.
„So ist es. Die Norddötlinger, oder Dothlinger, nach alter Schreibweise, konnten nie ganz vom alten Glauben lassen und sie unterschätzten lange die Macht der Kirche. Der neue Glaube gewann jedoch bald die Überhand und Norddothlingen wurde ein mehr oder weniger unbedeutendes Nest, schon lange vor seinem endgültigen Untergang. Die Erinnerung an das reiche und große Dorf lebte jedoch fort wie auch die Sehnsucht nach diesen Tagen. ‚Eines Tages', so erzählten die Norddothlinger an den langen Winterabenden ihren Kindern, ‚eines Tages wird es sein wie vordem.'"
Hans lachte trübselig. Er griff nach seinem Tee, stellte ihn aber wieder hin, denn er war längst kalt geworden.
„Sie kam tatsächlich", fuhr er fort, „die ersehnte Zeit, in der etwas vom Glanz vergangener Tage zurückkehrte in das Dorf im Poggenpohlsmoor. Der Preis dafür war allerdings hoch."
Hans nahm das Kreuz und hielt es gegen das Fenster. Der Stein leuchtete auf. Fast schien es, als wirbelten

Nebel darin und schattenhafte Gestalten. Hans lächelte auffordernd. Ich lehnte mich zurück, schloss die Augen und begab mich mit ihm auf eine Zeitreise in das verschwundene Dorf.

Die Heilerin

Berchte rannte. Die Röcke gerafft, sprang sie hinter Tonis her über Kuhfladen und Kuhlen, die die Schweine in den Sand gewühlt hatten. Gackernd flog eine Henne auf, die Tonis einfach aus dem Weg getreten hatte. Er sah in seiner Aufregung kaum, wo er hintrat, und stolperte mehr, als dass er lief. Trotzdem war er schneller und Berchte beneidete wieder einmal die Männer um ihre bequemen Beinkleider. In ihren Röcken kam sie nur langsam voran, obwohl sie jung und kräftig war.

Es war früh am Tag. Das erste graue Licht schob sich durch den Nebel, der vom Boden aufstieg und als winzige Wasserperlen in den Spinnenweben hängen blieb. ‚Altweibersommer', dachte Berchte, ‚bald wird es Herbst.' Im Osten ging gerade die Sonne auf. Die Tage wurden schon merklich kürzer und die Nächte feucht vom Dunst, der aus dem Moor stieg.

„He, was rennst du am frühen Morgen schon den Männern hinterher?", spottete die alte Gele, die Wasser am Brunnen schöpfte, als Tonis und Berchte vorbeihasteten.

„Beeil dich, sonst stirbt er!", schrie Tonis, als er sich kurz umdrehte und sah, dass Berchte zurückgeblieben war, um der Witwe schnell den schweren Eimer aus dem Brunnen zu hieven.

„Wer stirbt?", fragte Gele, begierig darauf, Neuigkeiten zu hören.

„Der alte Schmied“, antwortete Berchte hastig und eilte Tonis nach. Um schneller laufen zu können, raffte sie die Röcke hoch über ihre Knie.
Tonis war stehen geblieben. Er glotzte auf Berchtes entblößte Beine. Jetzt gab es allerdings Wichtigeres zu tun, als auf ihre nackten Waden zu starren.
„Lauf weiter!“, schrie Berchte ihn an und Tonis besann sich.

Endlich waren sie bei der Schmiede angekommen.
„Wo liegt er?“, fragte Berchte, die nach Luft schnappte, um ihr rasendes Herz und ihren Atem zu beruhigen.
„Gleich neben dem Flett. Weiter bin ich nicht mit ihm gekommen. Er ist schwer wie ein Mehlsack.“
Berchte eilte ins Haus. Da lag der alte Schmied, gefährlich nah am Feuer. Die Augen hielt er geschlossen und er keuchte, als ob er keine Luft bekäme. Sein ohnehin schon rotes Gesicht war fast lila angelaufen.
„Hilf mir, ihn vom Feuer wegzuziehen!“, schrie sie Tonis an, der wie vom Donner gerührt in der Diele stehen geblieben war.
Sie packten den alten Schmied unter den Armen und zerrten ihn von den Flammen weg. Es stank bereits nach verbranntem Haar. Mit vereinten Kräften schafften sie es, den Mann auf seinen Strohsack zu legen.
„Erzähl mir, was geschehen ist“, bat Berchte, nun völlig außer Atem von der Anstrengung. Tonis setzte sich auf einen Schemel und wischte sich den Schweiß vom Gesicht.
„Ich hab ihn heute Morgen auf dem Hof gefunden, voll wie tausend Mann. Hat die halbe Nacht im ‚Ochsen‘

gesessen und gesoffen, wie immer. Ich hab einen Kübel kaltes Wasser über ihn geschüttet, um ihn wach zu bekommen. Das hilft immer. Aber er ist hochgeschossen, starrte wie wild um sich und fiel dann wie ein gefällter Baum. Seitdem ist er so. Katrin und ich haben ihn ins Haus gezogen. Diese dumme Magd wollte ihn zuerst nicht einmal anfassen. Sie meinte, der Teufel wäre in ihn gefahren, weil er so viel saufen würde. Als er kurz aufwachte und wie wild um sich starrte, ist sie fortgelaufen. Ich bin dann zu dir gerannt."

Tonis knetete seine Hände.

„Stimmt es also?"

„Was stimmt?"

„Hat er den Teufel im Leib?"

Berchte beugte sich über den Schmied und hob seine Augenlieder. Dann prüfte sie den Puls und tastete den aufgedunsenen Leib ab. Sie sah auch in seinen Mund, der weit offen stand. Daraus stank es sauer nach halb verdautem Bier.

„Ich fürchte, eure Magd hat recht", sagte sie schließlich, „er hat den Teufel im Leib. Den Branntweinteufel. Davon kommt keiner mehr los, wenn er erst einmal von ihm besessen ist. Weil er so viel säuft, hat er den Schlagfluss bekommen. Sei froh, dass deine Mutter ihn so nicht mehr erleben muss."

„Aber heißt es nicht, dass der Branntwein das Leben verlängert?", fragte Tonis empört, „nicht ohne Grund nennt man ihn doch das Wasser des Lebens!"

Berchte schüttelte langsam den Kopf.

„Wer hat dir denn das erzählt? Der Wirt?"

Tonis schwieg.

„Wenn er es überlebt“, redete Berchte weiter, „wird dein Vater ein törichter Greis sein, ein großes Kind. Bete, dass Gott gnädig ist und ihn zu sich nimmt, Tonis.“
„Wie soll Gott ihn denn zu sich nehmen, wenn er den Teufel im Leib hat?“, schrie Tonis sie an und packte sie an den Schultern, um sie zu schütteln. „Was soll ich tun, sag es mir, Berchte! Was tut man, um seinen Vater vor dem Fegefeuer zu bewahren? Es soll schrecklich sein, sagt der Priester in Kirchdothlingen. Sogar die Kinder und Kindeskinder büßen noch, wenn die Sünden schwer genug sind! Ich will nicht ins Fegefeuer, nur weil mein Vater ein Trunkenbold ist! Das ist nicht gerecht!“
„Lass mich los, Tonis! Wenn du etwas für deinen Vater tun willst, bete für ihn. Ruf auch den Priester aus Kirchdothlingen, er wird dir genau erklären können, was es mit dem Fegefeuer auf sich hat. Aber soviel ich weiß, vergibt Gott alle Sünden, zumindest den Männern. Beichte, Tonis. Und wenn du schon dabei bist, beichte gleich alles. Katrin trägt dein Kind in sich, ist es nicht so? Sie war bei mir. Lange könnt ihr es nicht mehr verheimlichen.“
Tonis ließ Berchte so schnell los, dass sie fast auf den alten Schmied fiel, der hinter ihr auf seinem Strohsack stöhnte.
„Woher willst du wissen, dass es mein Bastard ist? Katrin ist eine Dirne. Was weiß ich, wo sie sich herumtreibt, wenn ich sie nicht im Auge habe.“
Berchte richtete ihr Schultertuch und sah Tonis an. Er war kein schlechter Mensch, aber unbeherrscht und mit wilden Trieben ausgestattet, wie einst sein Vater, als er noch jung und kräftig war. Wenn Tonis

nicht lernen würde, sein Temperament zu zügeln, würde er enden wie dieser.
„Du hast erst eine Dirne aus ihr gemacht, Tonis. Sie kam als Waise in euer Haus, nachdem ihre ganze Familie vor Jahren an der Pest gestorben ist. Sie hat niemanden und das hast du ausgenutzt. Du bist ihr nachgestiegen, wie allen Frauen hier. Wie viele deiner Bastarde soll ich noch entbinden, Tonis? Heirate sie, dann tust du ein gutes Werk und rettest vielleicht deinen Vater, dich und deine Kinder vor dem Fegefeuer. Sie ist ein gutes Mädchen und fleißig dazu."
„Katrin heiraten?", schrie Tonis, „sie ist unsere Magd! Wie kannst du mir so etwas sagen!"
Wieder packte er Berchte und schüttelte sie.
„Mach was, dass sie diesen Bastard nicht zur Welt bringt!"
„Du versündigst dich, Tonis."
„Aber du kannst es doch! Deine Mutter konnte es auch! Alle Frauen, die sich auf die Heilkunst verstehen, können es!"
Er umklammerte Berchte mit seinen Schmiedearmen so fest, dass sie nach Luft rang.
„Ich weiß nicht, wovon du sprichst, Tonis. Du tust mir weh!"
Tonis zog Berchte noch enger an sich.
„Heirate mich, Berchte. Du weißt doch, dass ich dir gut bin. Du bist so schön."
Er rieb grob seine Schmiedepranken über ihren Rücken, fuhr mit einer Hand hinunter zu ihrem Gesäß und drückte ihre Hüften gegen seine.

„Ich liebe dich schon so lange“, keuchte er. Tonis versuchte, Berchte zu küssen, aber sie drehte angewidert das Gesicht weg, sodass sein Kuss nur ihr Ohr traf.
„Ich will dich aber nicht heiraten!“ Berchte rang nach Luft. „Du hast schon genug Frauen hier im Dorf. Und genug Kinder. Jetzt lass mich los, sonst verfluche ich dich! Das kann ich gewiss!“
Tonis wich augenblicklich zurück, weiß im Gesicht, ob vor Zorn oder Entsetzen, das konnte Berchte nicht erkennen.
„Ich bin dir wohl nicht gut genug!“, schrie er sie an. „Was bist du schon, Berchte? Eine alleinstehende Frau ist so gut wie vogelfrei, auch wenn du dich auf die Heilkunst und allerlei anderen Hokuspokus verstehst. Du solltest froh sein, dass ich dich nehmen will. Anderswo werden Frauen wie du verbrannt, habe ich gehört. Du bist eine Hexe!“
Berchte zwang sich zur Ruhe. Sie nahm ein Tonfläschchen aus ihrem Beutel und hielt es Tonis hin.
„Da. Gib das hier Katrin. Sie soll deinem Vater am Morgen und am Abend etwas davon ins Wasser rühren und es ihm einflößen. Sie muss dabei vorsichtig sein, vielleicht kann er nicht schlucken. Wenn ihr Honig habt, süßt den Trank ein wenig, er ist recht bitter. Es wird deinem Vater Linderung verschaffen.“
Tonis starrte das Fläschchen an, als enthalte es Gift. Er machte keine Anstalten, es an sich zu nehmen. Also stellte Berchte es auf den Tisch und ging.

Erschöpft erreichte Berchte ihre kleine Hütte am Waldrand. Sie drehte sich noch einmal um und vergewisserte sich, dass Tonis ihr nicht gefolgt war.

Er hatte es auf sie abgesehen, seit ihre Mutter nach der letzten Missernte am Antoniusfieber gestorben war. Seitdem lebte Berchte allein und übte die Heilkunst aus, wie sie es von ihrer Mutter gelernt hatte. Der Priester sah nicht gern, was sie tat. Aber wovon sollte sie sonst leben? Gut, dass er weit weg war in Kirchdothlingen und selten hierher kam, denn sie mochte ihn nicht.
Berchte erinnerte sich mit Grausen an die Beerdigung ihrer Mutter. Der Priester hatte sie danach zur Seite genommen und ihr ins Gewissen geredet. Sie solle sich einem Manne anschließen und Kinder bekommen, wie es sich ziemte für eine anständige Frau. Ansonsten würde sie den Versuchungen des Teufels erliegen, wie es den Frauen eben zu eigen sei, denn sie seien ja schwach im Geiste. Vor allem sie solle sich in Acht nehmen, da sie mit dieser unverschämten Schönheit geschlagen sei, und das sei bei Frauen nichts anderes als Teufelswerk, ein Werkzeug, um die Männer zu verwirren. Dann hatte er ein Kreuz geschlagen und war davongeeilt.
Berchte riegelte die Tür sorgfältig von innen zu. Sie legte ihr Schultertuch ab und schürte die Glut. Ihr war flau, denn sie hatte noch nichts gegessen. Eigentlich war es Sitte, dass man ihr einen Topf Grütze, eine Wurst aus dem Rauch oder etwas anderes gab, wenn sie zu einem Kranken gerufen wurde. Berchte hatte nicht darauf bestanden, um Tonis nicht noch mehr zu reizen. Wenn er es darauf anlegte, würde er sie ohne Weiteres überwältigen. Sie musste vorsichtig sein. Ihr einziger Schutz war sein Aberglaube und zugleich wurde dieser zur Gefahr. Auch sie hatte durchreisen-

de Händler und Kaufleute auf dem Wilshuser Markt davon reden hören, dass man andernorts Frauen und sogar Männer, die sich auf die Heilkunst verstanden, öffentlich verbrannte oder ertränkte. Angeblich trieben sie Unzucht mit dem Teufel. Nachdenklich schürte Berchte das Feuer und wärmte sich einen Rest Kohlsuppe auf.

Besuch der Kaufleute

Am Nachmittag kamen Fremde ins Dorf. Es waren Lübecker Kaufleute. Das war an sich nichts Ungewöhnliches. In früheren Zeiten waren oft Kaufleute und Händler gekommen, um im ‚Ochsen' zu rasten oder die Pferde beschlagen zu lassen. Sowohl die Herberge als auch die Schmiede waren bekannt unter den Reisenden, Erstere wegen des kräftigen Essens und Letztere wegen der ordentlichen Arbeit. Waren Mensch und Tier versorgt, konnte es weitergehen auf die umliegenden Märkte, nach Wilshusen oder Bremen oder auf den Viehmarkt nach Oldenburg. In den letzten Jahren kamen jedoch immer weniger Reisende hierher, denn räuberische Banden warteten nicht selten an den Wegen auf Beute. Überdies hatte Norddothlingen schon bessere Zeiten gesehen. Viele Bewohner waren in die Stadt abgewandert auf der Flucht vor den unübersichtlichen Abgaben und Pflichten, die die Fürsten den Bauern auferlegten. Wer wollte schon freiwillig schuften und dabei verhungern?

Die Lübecker sahen erbärmlich aus. Ihre kostbaren Kleider hingen in Fetzen, sie hatten Schrammen und Beulen und die Planen ihrer Wagen waren zerrissen. Viel Ware besaßen sie nicht, stattdessen lagen zwei Verletzte auf ihrem Fuhrwerk, ein alter Kaufmann und ein Junge.

Sie quartierten sich im ‚Ochsen' ein. Am Abend saßen sie am Tisch und löffelten verdrossen ihre Suppe. Die Bauern sahen ihnen dabei in der Hoffnung zu, Neuigkeiten aus den umliegenden Ortschaften zu hören.

„Wir sind überfallen worden“, begann einer der Kaufleute zu erzählen, „nicht weit von hier, an der Flämischen Straße. Sie kamen aus einem Hinterhalt. Alles Tuch, das wir dabeihatten, kostbare Ware aus Flandern, haben sie uns gestohlen. Es ging so schnell, dass wir nicht einmal unsere Waffen ziehen konnten! Dennoch hieben sie mit ihren Schwertern auf uns ein. Den Jungen hat es am schlimmsten erwischt.“
Heimold, der Wirt, ließ nach Berchte rufen. Als sie kurze Zeit später in die Herberge kam, herrschte aufgeregte Stimmung. Sie sah Tonis zwischen den anderen Norddothlingern. Die Männer hörten mit offenen Mündern zu, was die Fremden von dem Überfall erzählten.
„Wer hat sie so zugerichtet?“, fragte Berchte den Wirt, der sie in eine Ecke ans Feuer geführt hatte, wo auf einem Strohlager die beiden Verletzten lagen.
„Frag sie das selber“, sagte Heimold und wandte sich wieder den Gästen zu, die lautstark mehr Bier verlangten.
Berchte kniete nieder. Der ältere der beiden war vielleicht vierzig Jahre alt, der andere hätte sein Sohn oder gar Enkel sein können, sie sahen sich aber keinesfalls ähnlich. Der Ältere hielt die Augen geschlossen, er schien zu schlafen. Der Junge dagegen starrte sie fiebrig an und wimmerte nach seiner Mutter. Er war blass wie Kalk. Schweiß stand auf seiner Stirn, aber er schlotterte, als läge er nackt im Schnee.
„Was fehlt dir?“, fragte Berchte den Jungen leise. Der blickte an seinem rechten Arm hinab und in seinen Augen stand das pure Entsetzen. Berchte hob die Decke. Der Arm reichte nur bis zum Ellenbogen, der

Rest fehlte. Ein Lumpen war stramm um den Stumpf gewickelt, der war schwarz von halb getrocknetem Blut.
„Wer hat das getan?“, fragte Berchte.
„Der Teufel“, flüsterte der Junge und stierte an die Decke, wie wenn er den Leibhaftigen dort sehen könnte.
‚Er fantasiert im Fieber‘, dachte Berchte voller Mitleid und befühlte die Stirn des Jungen. Sie war glühend heiß. Nur ein Wunder konnte bewirken, dass er diese Verletzung überlebte.
„Wie heißt du?“, fragte sie ihn.
„Godric“, flüsterte der Junge.
„Hab keine Angst, Godric. Ich werde dir helfen“, sagte sie und stand auf, um in die Küche zu gehen, wo Alma und die alte Magd Heske mit hochrotem Kopf die Speisen für die Kaufleute herrichteten.
„Gott zum Gruße“, sagte Berchte und sah zu, wie Heske gekochten Speck aus einem riesigen Grapen schöpfte, der über dem Feuer hing.
„Ich brauche heißes Wasser und Tücher für den Jungen. Und einen Kienspan oder eine Kerze. Schnell!“
„Wofür brauchst du den Kienspan“, fragte Alma, „ist es dir nicht hell genug?“
„Ich muss eine Wunde ausbrennen.“
Alma schauderte.
„Glaubst du, sie kommen auch in dieses Dorf?“, fragte sie voller Sorge und holte Tücher aus einer Truhe.
„Wer?“
„Die Räuber, die das getan haben.“
Berchte hob die Schultern.

„Was weiß ich, Alma. Vielleicht erzählt mir der Alte etwas, wenn ich ihn behandle."
Alma sah sie seltsam an.
„Was hast du?", fragte Berchte.
„Der Priester hat am Sonntag gesagt, es kommt vom Teufel, wenn Frauen sich auf die Heilkunst verstehen. Gehst du deswegen so selten in die Kirche?"
Berchte riss der Wirtsfrau die Tücher aus der Hand.
„Fängst du jetzt auch damit an? Jetzt geh und hol mir das Wasser, sonst ist der Junge tot, bevor ich überhaupt angefangen habe, ihm den Teufel auf den Hals zu hexen!"
Heske trat wortlos auf die beiden Frauen zu und reichte Berchte eine Kumme mit dampfendem Wasser.
„Danke, Heske", sagte Berchte und ging eilends zu den Verletzten zurück.
Der Alte war aufgewacht. Er stöhnte vor Schmerzen. Der Junge starrte nur an die Decke und reagierte nicht, als Berchte ihn ansprach. Sein Blick flackerte. Sie deckte den Armstumpf auf und begann vorsichtig, die schmutzigen Lumpen abzuwickeln.
„Was ist mit ihm?", fragte der Alte und versuchte, sich aufzurichten.
„Der Arm ist hin", sagte Berchte barsch, denn sie wollte jetzt nicht reden.
„Diese gottverdammten Hundsfötte und Hurensöhne!"
„Flucht nicht, Herr, das ist gotteslästerlich", mahnte Berchte.
„Ist es nicht auch gotteslästerlich, friedliche Kaufleute zu überfallen?"
Berchte hielt in ihrer Arbeit inne.

„Wer war es? Wer hat euch überfallen? Und jetzt sagt nicht, es war der Teufel!“
„Doch. Ich sage es. Ihr Anführer sah aus wie der Teufel und er schlug auf uns ein wie der Teufel. Seine Gefährten waren wilde Gestalten, schrecklich anzusehen. Ich weiß nicht, woher sie kamen und wer sie waren, aber der Anführer war ein Ritter oder Fürst, nach den Waffen zu urteilen, die er bei sich hatte. Sein Gesicht werde ich nicht vergessen. Unter einem Zinken von Nase wuchs ein mächtiger roter Bart.“
Berchte hatte kaum zugehört. Sie zog langsam den Lumpen ab. Der Unterarm war am Ellenbogen abgetrennt. Der Stumpf blutete noch. Der Alte wurde blass und wandte sich ab.
Der Junge hatte das Bewusstsein verloren, Gott war gnädig mit ihm, denn das Ausbrennen und Säubern der Wunde war schmerzhaft. Der Junge gab jedoch keinen Laut von sich. Er kämpfte mit dem Tod.

Berchte wischte sich den Schweiß von der Stirn, als sie den Jungen versorgt hatte, und deckte ihn zu. Heske hatte ihr einen Becher Wasser gebracht. Sie trank ihn aus.
„Jetzt zu Euch, Herr“, sagte sie dann und wandte sich dem Alten zu.
„Es ist das rechte“, keuchte er und verzog das Gesicht vor Schmerzen. Berchte sah sich das Bein an. Es war am Unterschenkel dick angeschwollen. Der Fuß stand in einem unnatürlichen Winkel zum Bein. Berchte tastete den Bruch vorsichtig ab.
„Ihr scheint Glück gehabt zu haben, im Gegensatz zu diesem Jungen. Es ist ein glatter Bruch, wenn mich

nicht alles täuscht. Ich muss allerdings den Knochen richten, sonst wächst Euch der Fuß schief wieder an. Es wird sehr schmerzen. Seid Ihr bereit?“
Ohne die Antwort des Kaufmanns abzuwarten, zog sie den Knochen in die richtige Stellung. Der Alte schrie auf.
„Du sollst ihn heilen und nicht umbringen“, rief Heimold. Auch die Kaufleute hatten sich dem Krankenlager zugewandt.
Der Alte aber setzte sich auf und grinste.
„Schon gut, schon gut, Leute. Ich lebe. Sie ist eine gute Knochenbrecherin, Wirt. Schaut, mein Fuß zeigt wie bei einem guten Christenmenschen wieder nach vorn. Wir könnten sie in unserem alten Lübeck gut gebrauchen. Da gibt es nur noch Quacksalber, seit die Kirche die heilkundigen Frauen und Männer verbrennen lässt.“
Berchte horchte auf. ‚Dort also auch schon‘, dachte sie und ihre Nackenhaare stellten sich auf.
„Geht es so besser?“, fragte sie den Alten. Der lächelte.
„Viel besser. Du hast ein Wunder gewirkt, Frau. Das Bein tut fast nicht mehr weh.“
„Ich werde es schienen müssen und Ihr dürft einige Wochen lang nicht mit dem Bein auftreten, sonst kann der Knochen nicht zusammenwachsen. Lasst Euch einen starken Knüppel aus dem Wald holen, worauf ihr Euch abstützen könnt. Er wird Euer Bein für einige Zeit ersetzen müssen.“
„Was ist mit Godric?“, fragte einer der Händler am Tisch, „er ist mein Lehrjunge und der Sohn eines reichen Bremer Kaufmanns.“

Berchte zögerte.
„Er ist in Gottes Hand“, sagte sie schließlich.
„Es ist schon schlimm genug, dass wir ihn nicht vollständig zurückbringen. Aber tot? Das wäre eine Katastrophe. Tu, was du kannst, Weib, und wenn es Zauberei ist! Wir werden dich gut bezahlen.“
„Ich kann nicht zaubern“, sagte Berchte schlicht, „jedoch kann ich ihm die Schmerzen nehmen. Ich werde ihm Mohnsaft bringen.“
Der Kaufmann nickte und drehte sich seufzend zu den anderen um.
Berchte sah den Jungen an. Es gab da noch etwas, das sie tun konnte, aber sie musste vorsichtig sein. Langsam räumte sie alles zusammen, was sie gebraucht hatte, brachte die Kumme und die Tücher zu Alma zurück und sah noch einmal nach Godric. Niemand achtete mehr auf sie. Selbst der Alte mit dem gebrochenen Bein dämmerte erschöpft vor sich hin. Da legte sie dem Jungen ihre Hände auf die glühende Stirn. Sie spürte sofort, wie das Fieber von seiner Stirn in ihre Arme schoss. Es kribbelte heiß bis zu den Schultern. Sie murmelte einen Heilungsspruch. Der Junge beruhigte sich unter ihrer Berührung. Sein Atem ging langsamer. Sie erhob sich und verließ zufrieden die Schankstube.

Heimolds Neuigkeiten

Wie durch ein Wunder lebte der Junge noch, als die Lübecker drei Tage später das Dorf in Richtung Norden verließen. Er war bei Bewusstsein und das Fieber war zurückgegangen. Auch der Alte hatte sich erholt und humpelte, auf einen starken Ast gestützt, durch das Dorf. Der Schmied allerdings war in der Nacht zuvor gestorben, ohne dass er wieder zu sich gekommen war. Auch die Gebete des Priesters hatten ihn nicht retten können, die Tonis mit einem Lamm erkauft hatte. Er war untröstlich wie ein kleines Kind und warf Berchte finstere Blicke zu, wenn sie sich begegneten, als sei es ihre Schuld, dass sein Vater gestorben war. Nach der Beerdigung, die am Tag der Abreise der Kaufleute stattfand, ging sie deshalb nicht mit den anderen zu Tonis, der zum Leichenschmaus geladen hatte, sondern in ihre Hütte. Auch Heimold und Alma waren nach der Beerdigung nicht zu Tonis gegangen, sondern weitergefahren nach Wilshusen, um ihre Vorräte für den ‚Ochsen' auf dem Markt aufzustocken. Gegen Abend kehrten sie zurück. Berchte hörte sie, denn sie kam gerade vom Brunnen und schleppte einen vollen Wassereimer mit sich.

„Wo sind die anderen?", rief Heimold ihr zu und zügelte die Pferde, blieb aber auf dem Wagen sitzen. Neben ihm saß Alma. Sie hatte sich ihr Tuch eng um die Schultern geschlungen, denn es war kühl an diesem Abend.

Berchte blieb stehen. Etwas stimmte nicht. Warum war der Wirt so aufgeregt?

„Ist etwas geschehen?“, fragte sie.
„Ja, in der Tat, es ist etwas geschehen!“
Berchte stellte den Wassereimer ab.
„Die meisten mögen noch beim Schmied sein, jedenfalls geht es da hoch her. Hörst du sie singen?“
Alma reckte den Hals und horchte.
„Tatsächlich! Sie sind betrunken! Das sieht dem Schmied ähnlich!“ Sie sah ihren Mann streng an. „Du hast doch nicht ...“
Heimold hob die Hände.
„Tonis hat mir versprochen, alles zu zahlen, auch die Zeche seines Vaters, Gott hab ihn selig! Da habe ich ihm – aus lauter Mitleid – das Fass Branntwein gegeben. Na und?“
„Du bist ein alter Schafskopp, Heimold!“, schrie Alma den Wirt an.
„Nun ist es gut, Weib! Wir müssen den Leuten die Neuigkeiten sagen. Berchte, lauf und ruf sie alle zusammen, so lange es noch hell ist!“
Berchte ließ den Eimer stehen und ging zur Schmiede.

Nach einer Weile standen die Norddothlinger um Heimolds Wagen herum, auf dem die Wirtsleute immer noch saßen und wichtige Mienen machten.
„Was hast du uns also so Wichtiges zu sagen?“, fragte Mertin, der Dorfälteste, und rülpste herzhaft. „Wir waren gerade damit beschäftigt, Tonis über den Verlust seines Vaters hinwegzuhelfen. Ihr hattet ja anderes zu tun!“
„Wie gut, dass wir anderes zu tun hatten, sonst wüssten wir es nämlich noch nicht. Die Wilshuser haben einen neuen Herrn!“

Die Bauern lachten.
„Haben sie schon wieder einen neuen Bürgermeister gewählt? Das tun sie doch jedes Jahr!"
„Nein! Es ist der junge Graf Gerhard von Oldenburg und Delmenhorst! Er ist einfach mit seinen Knechten in die Stadt marschiert und hat sie eingenommen!"
Eine Weile herrschte Schweigen.
„Graf Gerhard? Wer ist das?", fragten die Dorfleute, „wir haben nie von ihm gehört."
Heimold plusterte sich auf seinem Kutschbock auf wie ein Gockel.
„Er ist der jüngste Sohn Graf Dietrichs von Oldenburg, Gott hab ihn selig, und jüngster Bruder von Graf Christian, der der König der Dänen ist", dozierte er stolz. „Ich habe mich auf dem Markt umgehört. Niemand konnte mir erklären, wie das zugegangen ist, denn es hat keinen Waffengang in Wilshusen gegeben!"
„Dann haben sie sich übers Ohr hauen lassen, die Wilshuser?", lachte Mertin.
„Einen Johanniterritter hat er eingesetzt als seinen Vogt. Er soll aus dem Friesischen stammen. Seinen Namen konnte ich mir nicht merken", berichtete Heimold weiter.
„Ilies Unverzagt heißt er. Wenn du nicht so viel saufen tätest, würdest du nicht alles vergessen wie ein alter Tattergreis!", schimpfte Alma neben ihm. „Die ganze Stadt steht kopf", fuhr sie nun fort, „er ist selbst über den Markt gegangen, von Stand zu Stand. Er hat mit allen gesprochen!"
Heimold lachte.

„Dafür ist er mit den Ratmannen ganz schön ruppig umgesprungen. Den Hermann Hespe hat er wie einen Rotzlümmel fortgejagt."
„Warum hat er das getan?"
„Hespe ist gegen einen Eierkorb gelaufen und wollte der Bauersfrau die kaputten Eier nicht zahlen."
„Das geschieht ihnen recht, diesen aufgeblasenen Stadtsäcken!", rief Mertin. Die anderen Bauern nickten.
„Wie sieht er aus?", wollte Lyseke wissen.
Alma lächelte und ihr Blick wurde weich.
„Er ist groß und stattlich, und jung ist er", schwärmte sie, „das Haar ist rot wie Glut und Augen hat er ...!"
„Ach, hat er welche? Ich dachte, er hätte Kohlköpfe zu beiden Seiten der Nase!", prustete Jörg. Die Dorfleute brachen ebenfalls in Gelächter aus.
„Da hörst du es, Heimold!", rief Jörg, „wenn du deiner Frau gefallen willst, steck dir Fackeln in dein Haar und zeig ihr, dass du Augen hast!"
Heimold schmollte beleidigt.
„Geht beiseite, Leute, damit ich weiterfahren kann. Ich habe Wichtigeres zu tun, als Maulaffen feilzuhalten!"
Jörg gab den Weg frei und verbeugte sich wie vor einem Fürsten. Die anderen wichen ebenfalls lachend zurück.
„Und du, Weib!", fuhr Heimold seine Frau an, „vergiss nicht, wer dein Herr ist!"
Alma schnaubte nur verächtlich.

Berchte hatte auch zwischen den Dorfleuten gestanden und alles mit angehört. Hatte der alte Kaufmann, dem sie das Bein gerichtet hatte, nicht von einem Fürsten mit roten Haaren gesprochen? Er war der Anführer der Räuberbande gewesen, die die Kaufleute überfallen hatten. Vielleicht hatten sie sich geweigert, den Zoll zu zahlen?

‚Dann war es also doch nicht der Teufel, sondern ein Mensch aus Fleisch und Blut', dachte Berchte. Dieses ganze Gerede von Hexen und Teufeln ging ihr mittlerweile gegen den Strich. Sogar der Priester war bei ihr gewesen, um sie zu befragen, was für einen Trank sie dem alten Schmied gegeben hätte. Vielleicht hatte Tonis ihn geschickt, um sich für ihre Abfuhr zu rächen.

„Ich habe ihm Baldrian gegeben, Herr", hatte sie gesagt, „es beruhigt und gibt einen guten Schlaf."

„Nur der Herr schenkt den Schlaf oder nimmt ihn, wie es ihm gefällt, ebenso wie Krankheit und Gesundheit", hatte der Priester mit ernster Miene geantwortet. Ob sie gebetet hätte für den Schmied, wollte er zudem wissen.

Ja. Das hatte sie. Zur heiligen Mutter Gottes. Weil die eine Frau war. Das sagte sie dem Priester jedoch nicht.

Ob sie sich schon einmal überlegt habe, als Magd in ein Kloster zu gehen, wenn sie schon keinem Manne angehören wolle?

Warum er nicht das Gleiche täte, hatte Berchte ihn gefragt, er lebe schließlich allein wie sie und er würde sich wohl auch keine Frau nehmen.

Sie hätte das nicht sagen sollen, aber das Gespräch hatte sie derart in Zorn versetzt, dass sie die Beherrschung verloren hatte.

Der Priester war gegangen, nicht ohne sie streng aufzufordern, am Sonntag früh zur Beichte zu kommen und anschließend dem Gottesdienst beizuwohnen. Sie solle das jetzt immer tun, um ihr Seelenheil zu retten. Berchte wusste, dass sie nicht umhin kommen würde, der Aufforderung des Priesters zu folgen, auch wenn sie ihr Seelenheil nicht in Gefahr sah. So wie er sie angeschaut hatte, sollte eher er sich Sorgen um sein eigenes machen.

Der neue Graf

„Er kommt! Er kommt hierher!“, schrie Bero. Mit wehendem Hirtenmantel kam er in das Dorf gerannt. Vor dem ‚Ochsen‘ blieb er stehen und stützte sich auf seinen Stab, um nach Luft zu schnappen.
„Wer kommt?“, fragten die Bauern und Mägde, die zusammenliefen und ihn umringten. Bero schüttelte den Kopf, er konnte nicht sprechen, so sehr war er außer Atem. Die alte Gele reichte ihm eine Kelle Wasser. Er trank sie mit einem Schluck aus.
„Der Graf. Er kommt von Wilshusen. Er ist gleich da.“
„Der Graf? Was will er hier in diesem Dorf?“
„Ich weiß es nicht“, keuchte Bero, „jedenfalls kommt er mit Gefolge. Es sind wilde Gesellen bei ihm. Bis an die Zähne bewaffnet. Gnade uns Gott.“
„Will er uns überfallen? Aber wir haben ihm nichts getan! Vielleicht sucht er die Kaufleute, die hier Quartier genommen haben?“
„Die sind längst weg.“
„Und wenn er uns dafür straft, dass wir sie aufgenommen haben?“
„Berchte hat sie sogar behandelt.“

Die Leute redeten wild durcheinander. Die Frauen rannten wie aufgescheuchte Hühner, um ihre Kinder und das Kleinvieh in Sicherheit zu bringen. Mertin rief die Männer schließlich zusammen und sie versammelten sich im ‚Ochsen‘.
„Wir sollten uns kampfbereit machen“, schlug Mertin vor, „ihr habt gesehen, was er mit den Kaufleuten

gemacht hat. Er scheint ein Herr zu sein, der nicht lange fackelt."
„Kämpfen sollen wir?", riefen andere, „mit Mistforken gegen Schwerter und Lanzen? Da können wir gleich in den Wald gehen und unsere Gräber schaufeln! Wir sollten fliehen, solange noch Zeit ist!"
„Es ist aber keine Zeit mehr", rief Bero, „er muss jeden Augenblick da sein, wenn er sich nicht vorher über die Herde hermacht. Ich hatte keine Zeit, das Vieh in Sicherheit zu bringen."
„Das Vieh! Das Vieh! Immer geht es um dieses verdammte Vieh! Reicht es nicht, dass die Wilshuser unsere Herde ständig vertreiben, damit ihre eigenen Viecher sich auf unseren Weiden fett fressen können?"
„Seid doch vernünftig!", rief Andirke tom Stapel dazwischen, „ich glaube kaum, dass es dem Grafen um unser Vieh geht. Sicher will er mit uns reden. Immerhin gehört mein Hof in den Besitz der Welsburg, und wenn er der neue Graf ist, ist er auch unser neuer Herr. Da muss er nach dem Rechten sehen."
„Was schlägst du vor, tom Stapel?", fragte Mertin.
„Wir sollten uns hier versammeln. Alle. Frauen, Kinder und Männer. Wir erwarten ihn als gute Untertanen hier vor dem ‚Ochsen'."
„Damit er uns allesamt totschlägt?", rief Heimold entsetzt.
„Wenn er das wirklich vorhat, können wir es so oder so nicht verhindern. Dann werden wir gemeinsam noch heute vor dem Herrn stehen. Das ist besser, als landlos und bettelnd durch die Geest streifen zu müssen."

„Aber was sollen wir denn tun, wenn er kommt?“, rief Tonis wütend. „Wenn wir weder fliehen noch kämpfen sollen, nach deiner Meinung, was bleibt uns dann? Sollen wir ihm ein Lied singen?“
Die Männer lachten bitter.
Andirke klopfte Tonis spöttisch auf die Schulter.
„Ich hatte nicht gedacht, dass du mich einmal auf eine Idee bringst, Schmied!“
Er sah sich nach dem Wirt um.
„Heimold, schick Heske, dass sie die Frauen holt. Wir brauchen sie hier. Ich habe einen Vorschlag.“

Als alle versammelt waren, erklärte Andirke seinen Plan: „Heimold, hol ein Fass von deinem besten Bier aus dem Keller. Von dem Bier, das du für dich selbst gebraut hast.“
„Wozu?“, protestierte der Wirt. „Ist euch das Bier, das ich euch ausschenke, am Ende nicht gut genug?“
„Es ist nicht für uns. Nun mach schon, beeil dich.“
Andirke schaute von einem zum anderen.
„Ist Gele hier?“, fragte er.
„Hier bin ich, tom Stapel.“
Die Alte trat aus der Menge.
„Ist der Schinken in deinem Flett immer noch so gut? Ich meine den, welchen du auf dem Markt verkaufen gehst?“
„Über Buchenholz geräuchert, der beste, den du in der ganzen Geest finden kannst.“
„Hol den größten, schnell. Lyseke soll dir helfen.“
Die Frauen verschwanden.
„Wo ist Lenne, meine Frau?“, fragte Andirke.

Eine zierliche Frau in Holzschuhen, die ihr viel zu groß waren, drängelte sich nach vorn.
„Hier bin ich, Andirke!"
„Lauf, Lenne, hol Brot! Von dem, das du gestern gebacken hast. Einen schönen saftigen Leib."
Lenne nickte und lief ebenfalls davon.
„Wer kann Butter bringen?", fragte Andirke und blickte in die Runde. Katrin meldete sich.
„Ich habe heute frisch gebuttert, sie ist gelb und schier geworden", sagte Katrin stolz und lief, das Gewünschte zu holen.
„Willst du uns nicht erklären, was das alles zu bedeuten hat?", fragte Mertin.
„Das will ich tun. Hört zu, Norddothlinger! Der Graf scheint ein Hitzkopf zu sein, nach dem, was wir bisher von ihm gehört haben. Stellen wir uns freundlich mit ihm!"
„Aber wie?"
„Hört mir doch einfach alle zu! Wir stellen uns hier auf. Wenn er kommt, verneigen wir uns tief. Sagt das auch den Kindern. Und sagt ihnen, dass sie still sein sollen. Dann schenken wir ihm das Beste, was wir haben: Geles Schinken, Katrins Butter, Lennes Brot und Heimolds Bier.
Berchte, du nimmst die Geschenke und übergibst sie ihm. Eine schöne Frau wird er nicht gleich erschlagen."
Berchte nickte, obwohl ihr dabei mulmig zumute war. Sie dachte an den Kaufmannsjungen Godric. Ob er noch lebte?
„Du willst diesem Grünschnabel von Grafen das alles schenken?" Mertins Stimme überschlug sich fast. „Da kämpfe ich doch lieber!"

Andirke drehte sich zu Mertin um.
„Von dir wurde nicht verlangt, etwas zu geben, obwohl du der größte Bauer bist in Norddothlingen. Irgendwann wirst du an deinem Reichtum noch ersticken!"
„Immerhin bin ich hier der von euch gewählte Dorfälteste!"
„Und ich bin der Meier der Welsburg!"
Mertin wollte etwas erwidern, aber Andirke hörte ihm schon nicht mehr zu.
„Sei unterwürfig", wies er Berchte an, „so, wie es sich für eine Frau gehört! Schau ihm nicht frech ins Gesicht, hörst du! Und zieh dir einen sauberen Rock an, wenn du einen hast."
Andirke schaute die anderen Norddothlinger der Reihe nach an.
„Ein sauberes Gewand könnte euch allen nicht schaden", sagte er.
„Du übertreibst!", rief Tonis. Andirke winkte ab und rief Bero zu sich.
„Du kannst doch auf der Flöte blasen. Spiel ein Lied, wenn er kommt."
„Was soll ich tun?", fragte Bero ungläubig. „Ich soll dem Grafen ein Lied spielen?"
„Tu, was ich sage! Musik besänftigt das Gemüt, das wissen doch alle."
Andirke holte tief Luft und sah in mehr oder minder erstaunte Gesichter.
„Das ist mein Vorschlag. Hat jemand einen besseren?"
Die Norddothlinger schwiegen, denn niemand hatte einen besseren Plan, geschweige denn überhaupt einen, außer Mertin, der seine Habe verteidigen wollte. Sollte der Geizhals sich doch aufspießen lassen. Und

so liefen sie schließlich alle in ihre Häuser, um Andirkes Plan in die Tat umzusetzen. Nur Bero murrte, er sei doch kein Jahrmarktmusikant, der Hinz und Kunz aufspiele. Und dann noch dem Grafen! Aber niemand hörte auf ihn.

Es dauerte nicht lange, da waren sie alle wieder vor dem ‚Ochsen' versammelt, aufgeputzt, wie gewünscht. Berchte stand ganz vorn, die Geschenke vor sich aufgehäuft, Brot und Schinken in den Armen wie eine Marktfrau. Sie warteten. Nichts geschah.
„Guter Plan, tom Stapel! Jetzt stehen wir hier, geschmückt wie die Pfingstochsen! Wo bleibt denn der Graf? Am Ende sitzt er im Wald und lacht über uns!"
„Vielleicht sitzen sie auf der Heide, einen schönen fetten Schafsbraten am Spieß!", wetterte Jörg, „und wir stehen hier herum und machen uns zum Narren."
„Ruhig, Leute!", sagte Andirke, „ich werde nachsehen, ob sie kommen. Ihr wartet hier auf ..."

In diesem Moment hörte man schon die Pferde. Sie kamen schnell näher. Nur wenig später preschten sie aus dem Wald heraus in das Dorf, ungefähr ein Dutzend Reiter waren es, an ihrer Spitze der Graf. Direkt vor dem ‚Ochsen' zügelten sie ihre Pferde und sahen auf die seltsame Versammlung der Norddothlinger herab.
„Spiel!" Die alte Gele stieß den Hirten in die Seite. Widerwillig nahm Bero die Flöte und begann zögernd, eine traurige Weise zu spielen.
„Kannst du nicht etwas Lustiges?", zischte Mertin. Bero wurde rot und spielte einen falschen Ton, dann

ging nichts mehr. Er ließ die Flöte sinken und schaute angestrengt auf seine Holzschuhe, als hoffte er, dass sich darunter eine Falltür auftäte, in der er verschwinden könnte.
Langsam stiegen der Graf und seine Reiter von den Pferden. Spöttisch grinsend blieben sie bei den Pferden stehen, nur der Graf zog sich die Handschuhe aus und kam näher. Er applaudierte dem Hirten, der es nicht wagte aufzuschauen.
‚Er ist so jung', dachte Berchte, ‚er kann nicht viel älter sein als ich.' Sie hatte völlig vergessen, dass sie unterwürfig sein sollte, siesah ihm stattdessen offen ins Gesicht.
Der Graf lächelte. Es schien ihn im Gegensatz zu seinen Begleitern tatsächlich zu freuen, dass die Norddothlinger ihn wie einen König empfingen.
Er fing Berchtes Blick auf und schien überrascht, aber nicht zornig, dass sie ihn so schamlos anstarrte. Sie hielt die Luft an. Nie hatte Berchte solche Augen gesehen. Sie waren wie das Wasser im Moor, schwarz und blank wie Spiegel. Alma hatte gesagt, seine Haare seien wie Feuer, aber das stimmte nicht. Sie waren wie poliertes Kupfer. Er war groß und stattlich und ein gewaltiger Schnauzbart saß unter seiner Nase, ein markanter Zinken, der gut in seine scharf geschnittenen Gesichtszüge passte. Nein, schön konnte man ihn nicht nennen, den Grafen, aber es ging etwas von ihm aus, das Berchte in den Bann zog, fast so, als würden sie sich schon lange kennen.
Jemand zerrte heftig von hinten an Berchtes Rock und riss sie aus ihren Gedanken. Erschrocken stellte sie fest, dass sie die Einzige war, die sich nicht ver-

neigt hatte. Wie zur Entschuldigung legte sie dem Grafen wortlos die Geschenke zu Füßen und bückte sich dann so tief sie konnte.
Der Graf lachte und seine Reiter mit ihm. Sie ließen einige zotige Bemerkungen fallen, aber Graf Gerhard hob die Hand und sie verstummten wieder.
„Erhebt euch, ihr Norddothlinger", befahl er, „ich komme in Freundschaft und wie ich sehe", er hob den Schinken und das Brot auf, „seid ihr mir ebenfalls freundlich gesonnen. Das ist gut. Ein Graf sollte sich immer gut stellen mit seinen Bauern und umgekehrt genauso."
Die Dorfleute starrten ihn ungläubig an. Niemals hatte ein Graf so mit ihnen gesprochen, auch wenn hin und wieder einer durch das Dorf gekommen war, während er auf der Welsburg weilte.
Andirke trat vor und neigte den Kopf.
„Herr, wir danken für die Freundlichkeit. Dürfen wir Euch einladen in den ‚Ochsen'? Es ist nur eine bescheidene Herberge, aber unser Wirt braut ein gutes Bier und seine Frau kocht wie keine andere."
Berchte hörte, wie Heimold leise fluchte, denn die Einladung, die Andirke so leichthin ausgesprochen hatte, bedeutete, dass er den Grafen mitsamt seinem Gefolge und das halbe Dorf dazu bewirten musste. Wie er die gräfliche Sippschaft kannte, würde dieses Gelage auf seine Kosten gehen. Dabei hatte er schon ein Fässchen von seinem besten Bier hergegeben, allerdings das kleinste, das er hatte.
Der Graf nahm die Einladung dankend an. Vorsorglich wurden die Frauen nach Hause geschickt, denn die fremden Reiter warfen ihnen bereits begehrliche

Blicke zu. Die meisten Frauen waren froh, dass sie gehen durften, außer Lyseke, die sich gern unter die Fremden gemischt hätte, um mit ihnen zu schäkern und vor allem von ihnen zu erfahren, was in der Welt los war.
Murrend folgte sie den anderen Frauen, die mit ihren Kindern in die Häuser gingen, um sich zu verbarrikadieren. Zwar schien der Graf in freundlicher Absicht gekommen zu sein, aber was nutzte das schon, wenn die Männer erst besoffen und dann geil waren von dem Bier und was Heimold ihnen sonst noch zu bieten hatte?
Berchte wollte ebenfalls fort, aber der Graf winkte sie zu sich heran.
„Wie heißt du?", fragte er freundlich.
„Berchte, Herr." Sie verneigte sich tief.
„Wer ist dein Mann?"
„Ich habe keinen, Herr."
„Wie kommt das? Haben die Norddothlinger Burschen keine Augen im Kopf? Du bist sehr schön."
„Der Priester meint, Schönheit sei eine Sünde", sagte Berchte, den Kopf immer noch züchtig geneigt.
„Welcher Priester sagt das?"
„Unser Priester. Der von Kirchdothlingen."
Der Graf lachte leise.
„Es ist schon seltsam, was einige Priester sagen. Ich habe die Schrift studiert, musst du wissen. Ich besitze sogar eine deutsche Bibel. Alle sollten die haben, damit die Pfaffen das Volk nicht mehr an der Nase herumführen können. Glaub mir, es steht nichts davon in der Schrift, dass Schönheit eine Sünde sei! Ich denke, sie ist viel eher ein Geschenk."

Berchte schaute auf. Der Graf lächelte. Er hatte ein schönes Lächeln, fand Berchte, so seltsam traurig. Zugleich lag etwas Lauerndes in seinen Mooraugen, das unheimlich war. Als wohne darin eine schlafende Bestie.
Berchte konnte ihren Blick nicht von ihm wenden. Das war ungehörig, sie wusste es. Aber war es nicht auch seltsam, dass dieser Graf mit ihr sprach, als sei sie ihm ebenbürtig? Wollte er sie am Ende verspotten? Berchte schwieg verwirrt.
„Gewährt mir die Ehre, Jungfer, und begleitet mich in den – wie heißt sie doch gleich, eure Dorfherberge?"
„‚Zum Ochsen', Herr."
„Richtig. Da du keinen Mann hast, ist es auch keine Sünde, wenn du neben mir sitzt. Ich befehle es dir."
Der Graf hielt ihr die Hand hin und Berchte hatte keine Wahl. Sie legte wie eine Dame ihre Hand in seine und ging an seiner Seite in den ‚Ochsen' hinein, als sei sie eine Gräfin. Lyseke, die ihnen nachstarrte, fielen fast die Augen aus dem Kopf, und Tonis sah aus, als würde er jeden Augenblick explodieren.

Heimold ließ sich nicht lumpen, denn der Graf hatte ihm zu seiner großen Überraschung ein mit Groten gefülltes Säckchen in die Hand gedrückt.
„Ihr sollt heute alle meine Gäste sein!", rief er den Bauern zu.
Während Alma und Heske in der Küche schufteten, fuhr Heimold sein bestes Bier auf. Dicht gedrängt saßen die Bauern mit den Männern des Grafen am langen Tisch in der Schankstube. Die Reiter hatten sich ihrer Waffen entledigt und sahen nun nicht mehr so

Furcht einflößend aus wie vordem. Graf Gerhard saß am Kopfende, Berchte an seiner Seite. Er trank den Bauern zu, während sie auf das Essen warteten.
Das Bier löste die Zungen der Bauern und es wurde laut im ,Ochsen'. Man sprach über die letzte Missernte, darüber, dass dieser Sommer glücklicherweise mild und angenehm gewesen war und jetzt, im August, der Herbst schon wieder vor der Tür stand. Niemand wagte es aber, den Grafen zu fragen, warum er gekommen sei. Er würde es schon irgendwann selbst verraten.
Als das Essen aufgetragen wurde, hatten die Männer bereits ein großes Fass geleert, sodass Heimold Sorge hatte, dass sein Vorrat nicht genüge und er dem Grafen bald Wasser ausschenken müsse.
Alma fuhr einen kräftigen Speckeintopf auf. Frisches Roggenbrot wurde dazu gereicht. Lange hatten die Männer gewartet, nun fielen sie über das Essen her. Alles in allem war es ein guter Tag. Sie hatten sich nicht umsonst in ihren Sonntagsstaat geworfen. Es war fast so, als feierten sie eine Hochzeit, nur dass die Braut und der Bräutigam fehlten. Nach den Worten des Priesters war es zwar eine Sünde, was sie taten, aber wann kamen die Bauern schon dazu, mit einem Grafen zu zechen und sich den Wanst vollzuschlagen, statt sich den Rücken krumm zu schuften? Am Sonntag konnte man die Völlerei dem Priester beichten. Der Herr würde schon ein Auge zudrücken, oder er war ein schlechter Gott.
Von dem Bier, das der Graf Berchte einschenkte, trank sie nur wenig. Sie musste bei wachem Verstand bleiben. Schließlich war sie kein leichtes Mädchen,

das mit den Männern soff und sich vergnügte. Wenn es nach ihr gegangen wäre, säße sie gar nicht hier. Sie fühlte sich fehl am Platze als einzige Frau unter all den Männern, die sie anstarrten und anzügliche Gesten machten, wenn der Graf wegschaute. Der Graf selbst war zuvorkommend und freundlich. Gegenüber den Männern benahm er sich jedoch ebenso raubeinig wie diese, wenn nicht noch schlimmer. Es war, als hätte er zwei Gesichter, was Berchte verwirrte. Wer war dieser Mann, der sie in den Bann zog und gleichzeitig erschreckte?
Berchte schob ihre Schüssel von sich. Der Eintopf, den Alma und Heske auftrugen, roch köstlich, aber sie hatte keinen Hunger. Alma bedachte sie mit einem verächtlichen Blick. Es würde Gerede geben. Die Dorfleute würden sie noch mehr meiden, außer, wenn sie ihrer Heilkunst bedurften. Sie konnte sich bildhaft vorstellen, wie sich die Frauen an den Brunnen und auf den Feldern die Mäuler zerrissen, nachdem sie mit dem Grafen hier speiste und neben ihm saß, als sei sie seine persönliche Dirne. Da war es egal, ob sie freiwillig hier war oder nicht.
Neben Berchte wurde ein Schemel beiseite geschoben. Der Graf hatte sich erhoben.
„Ruhe!“, brüllte er durch den Schankraum und augenblicklich waren alle still.
„Ihr fragt euch, warum ich gekommen bin?“
Er blickte in die Runde. Die Bauern nickten.
„Ich bin gekommen, Bauern aus Norddothlingen, weil ich mit euch reden will.“

Berchte merkte, dass seine Zunge schon ein wenig schwer war, aber er stand aufrecht und wankte kein bisschen.
„Zunächst einmal seid bedankt für diesen Empfang. Nirgendwo, in keiner Burg, keiner Stadt und keinem Kloster sind Essen und Bier besser als in einer guten Bauernstube, das lasst euch gesagt sein, meine lieben Norddothlinger!"
Die wilden Gefährten des Grafen schlugen mit den Händen zustimmend auf den Tisch. Der Graf hob Ruhe gebietend die Hände.
„Wie ihr schon zu wissen scheint, bin ich euer neuer Herr. Nachdem ich meinem Bruder Christian, König von Schweden, Norwegen und Dänemark, im Kampf gegen die Widerständler in Gotland erfolgreich zur Seite stehen konnte, und mein Bruder Moritz Pfaffe in Bremen geworden ist, wie es ihm gebührt, bin ich nun Herr über die Grafschaften Oldenburg und Delmenhorst und somit auch euer Herr."
„Hoch lebe Graf Gerhard! Hoch lebe unser neuer Herr!", riefen die Bauern und schwenkten die Becher. Berchte sah, dass der Graf es genoss, wie die Männer ihn hochleben ließen.
„Mehr Bier!", rief er Heimold zu, der sogleich mit hochrotem Kopf in den Keller eilte, um Nachschub zu holen.
„Ihr werdet euch fragen", fuhr er fort, „warum kommt er zu uns ins Dorf? Warum bewirtet er uns wie seinesgleichen und warum lässt er uns nicht auf die Welsburg kommen, damit wir ihm huldigen, wie es alle Fürsten bisher getan haben? Ist es nicht so, Bauern?"

Die Männer nickten. Mutig geworden vom Bier und der Freundlichkeit des Grafen, reckten einige die Fäuste.
„Die meisten Fürsten kennen uns nicht. Nur auspressen tun sie uns, dafür sind wir gut genug!"
„Genau! Abgaben zahlen, das ist alles, was sie von uns wollen."
„Und wenn die Ernte schlecht war, müssen wir hungern, während die Herren unser Brot essen!"
„Eben", sagte der Graf mit grimmiger Zufriedenheit, „deswegen bin ich hier, denn mir ergeht es ähnlich wie euch!"
Die Männer starrten ihn ungläubig an.
„Wie meint Ihr das, Herr Graf?", fragte Andirke. „Ihr seid doch selbst ein Fürst und müsst keine Abgaben zahlen. Oder etwa doch?"
Graf Gerhard schüttelte den Kopf.
„Keine Abgaben, nein, aber sie machen mir mein Reich streitig."
Langsam setzte er sich in Bewegung und umrundete den Tisch, während er wie zu sich selber sprach.
„Emporkömmlinge, die sich zum Adel zählen, selbst ernannte Fürsten, nicht zu vergessen die Städte, diese vermaledeiten Städte mit ihrem Handel, allen voran die Hansestädte, die meinen, etwas Besseres zu sein! Sie alle versuchen, mir mein Erbe streitig zu machen. Sie anerkennen meine Herrschaft nicht. Sie achten die alten Gesetze nicht. Sie alle haben versucht, mir Ländereien abzuluchsen, während ich noch nicht mündig war. Mit einem verwaisten Grafensohn, zumal, wenn er der Jüngste der Brüder ist, kann man das machen, dachten sie! Aber da haben sie sich ge-

täuscht. Ich werde mir holen, was mir rechtmäßig zusteht. Jetzt rechne ich ab."
Graf Gerd schlug so heftig auf die Tischplatte, dass Suppe aus den Schüsseln schwappte und einige Becher umfielen.
„Ich bin der rechtmäßige Graf und regiere allein über Oldenburg und Delmenhorst. Und Friesland werde ich mir auch zurückholen, denn das ist altes Oldenburger Land! Wehe dem, der mir in die Quere kommt, dem wird es schlecht ergehen!"
„So wie den Wilshusern!", lachte Tonis. „Die haben wahrlich einen Arschvoll verdient. Da hättet Ihr schon früher kommen können, Gerd von Oldenburg!"

Es wurde still im ‚Ochsen'. Bei aller Freundlichkeit, die der Graf ihnen erwiesen hatte, war nicht abzuschätzen, wie er auf eine solch respektlose Anrede reagieren würde. Tonis war dafür bekannt, dass er nach drei Bechern seine Zunge nicht mehr im Zaum halten konnte. Auch in dieser Hinsicht war er seinem Vater sehr ähnlich.
Der Graf musterte ihn.
„Wer bist du, Mann?", fragte er.
„Tonis, der Schmied."
„Kannst du außer Hufeisen und Nägeln auch Messer und Speerspitzen schmieden?"
„Gebt mir ein Stück Erz und ich schmiede Euch alles, was Ihr wünscht!"
Der Graf musterte Tonis.
„Gut, Schmied", sagte er schließlich, „wenn es sich so verhält, sollst du Messer und Speerspitzen schmieden für die Männer in Norddothlingen, denn es gibt viel

aufzuräumen in meinem Reich. Und ihr sollt mir dabei helfen."
Niemand wagte, etwas zu sagen, aber die Männer des Grafen prosteten ihm zu, und so taten die Dorfleute es ihnen gleich, wenn auch eine Spur verhaltener.
Das war es also, was der Graf von ihnen verlangte. Sie sollten mit ihm in den Krieg ziehen. Die wenigsten waren davon so begeistert wie Mertin, der aufgesprungen war und seinen Becher so begeistert schwenkte, dass er Bier rund um sich verschüttete.
„Was ist mit den Wilshusern?", rief er mit schwerer Zunge, „dürfen wir da auch aufräumen? Sie sind hochmütig und verachten uns. Sie treiben ihr Vieh auf unsere Weiden und unsere Tiere sind im Herbst so dünn wie die Blätter, die von den Bäumen fallen. Tonis hat recht, sie haben eine ordentliche Abreibung verdient!"
„Ist das so?", fragte der Graf und blickte in die Runde. Einige nickten, andere senkten die Köpfe. Der Graf trat hinter Mertin und fasste ihn an der Schulter.
„Du sprichst mir aus dem Herzen, guter Mann", sagte er, „die Städte müssen in ihre Schranken gewiesen werden! Denn was tun die Bürger in den Städten? Sie nehmen sich, was sie brauchen, und fragen nicht. Sie verachten den Bauern, der mit ehrlicher Arbeit sein Brot verdient, während sie schachern und handeln und betrügen. Sie achten nicht ihre Herren und meinen, sie könnten selbst regieren!"
Die Bauern nickten zustimmend, einige reckten die Fäuste.
„Ja, das tun sie! Sie machen, was sie wollen und benehmen sich wie die Fürsten!"

„Ich sehe, wir denken das Gleiche, Norddothlinger", fuhr der Graf fort. „Was die Wilshuser angeht, so macht euch keine Sorgen, sie werden euch nicht mehr belästigen. Die Stadt ist in meiner Hand. Mein Vogt, Ilies Unverzagt, regiert die Stadt."
„Was ist mit dem Bremer Bischof? Wird er es dulden?", fragte Andirke besorgt.
Der Graf lachte verächtlich.
„Der Bischof von Bremen? Ihr vergesst, dass mein Bruder Moritz in Bremen sitzt. Er wird es schon ins rechte Licht rücken. Und wenn nicht, was gehen mich die Tintenfässer von Bremen an! Was gehen mich die Tintenfässer der ganzen Welt an! Ich, Graf Gerhard von Oldenburg und Delmenhorst, werde sie verändern, die Welt, und ich fange genau hier damit an. Hier, bei euch, meine Brüder! Und ihr werdet mir dabei helfen!"

Die Männer hatten ihm mit offenem Mund zugehört. ‚Er hat sie alle in der Hand', dachte Berchte und konnte sich seinem düsteren Glanz ebenso wenig entziehen wie all die anderen, die im ‚Ochsen' saßen.
„Wir werden eine neue Ordnung schaffen", fuhr der Graf fort und sah jedem Einzelnen dabei ins Gesicht, „eine Ordnung, in der es kein Geschacher mehr gibt, sondern jeder seinem Stand gemäß das Brot ehrlich verdient, das er nötig hat. Weder Stadtsäcke, Hansekrämer noch selbst ernannte Adelsherren sollen euch das Letzte abpressen, euch betrügen und belügen, euch alles nehmen, um sich selbst zu bereichern. Ich werde dafür sorgen, dass sie euch nichts mehr stehlen! Und ihr, meine treuen Bauern, sollt nur mir un-

terstellt sein. Ich bin euer einziger Herr. Kein Pfaffe, kein anderer Fürst soll kommen, um euch etwas abzupressen, das ihm nicht gehört. Abgaben zahlt ihr nur an mich und nur, so viel ihr könnt. Von Wilshusen bis an die Nordsee wird es so sein. Seid ihr dabei?"
„Wir sind es! Hoch lebe der Graf! So soll es sein! Nur ein Herr! Nieder mit den Städten!"
Die Norddothlinger hatten sich alle erhoben und brüllten nun wild durcheinander. Wer noch einen Schluck Bier in seinem Becher hatte, trank dem Grafen zu, der zufrieden in die Runde blickte.
„Lasst uns diesen Bund besiegeln nach alter Sitte. Mehr Bier, Wirt! Wir wollen darauf trinken!"
Heimold eilte, so schnell er konnte, in den Keller. Auch er war schon nicht mehr ganz sicher auf den Beinen. Er stach das letzte Fass an und füllte die Kannen. Als alle versorgt waren, wurde es still.
„Männer von Norddothlingen", sprach der Graf, „ich sehe in lauter ehrliche Gesichter, die gezeichnet sind von harter Arbeit. Ich bin stolz, solche Untertanen zu haben. Darum sagt mir, wem seid ihr treu ergeben?"
„Dem Grafen Gerhard!", brüllten die Männer.
„Wem schwört ihr Gefolgschaft, wenn es sein muss bis in den Tod?"
„Dem Grafen Gerhard!"
„Wer ist euer einziger Herr?"
„Graf Gerhard!"
„Darauf lasst uns trinken, Brüder!"
Der Graf nahm eine Kanne vom Tisch und trank sie in einem Zug aus. Die Bauern leerten ihre Becher. Als der Graf ausgetrunken hatte, warf er die Kanne gegen die Wand und rief: „So ist der Bund besiegelt und wer

ihn bricht, soll des Todes sein. Nennt mich Gerd, ihr Brüder!“
„Graf Gerd! Hoch lebe Graf Gerd! Er ist unser Herr!“
So riefen die Norddothlinger und Heimold war froh, dass sie ihre Becher nicht auch gegen die Wand knallten, denn es waren alle, die er hatte.
Das Gelage dauerte bis weit nach Mitternacht. Als das letzte Bier getrunken war, stach Heimold, nicht ohne Bedauern, sein ganz persönliches Fass an. Die meisten, selbst die Gefährten des Grafen, schnarchten bereits, aber der Graf schien unverwüstlich. Er soff, als habe er ein Loch im Bauch.

Berchte hatte mit wachsender Sorge dem Treiben zugesehen. Mehrmals hatte sie versucht, aus dem ‚Ochsen‘ zu verschwinden, aber der Graf hielt sie jedes Mal zurück.
Tonis beobachtete sie und den Grafen den ganzen Abend mit Argusaugen, aber es war nichts Ungehöriges zwischen ihnen geschehen, der Graf berührte sie nicht einmal.
„Ich bin müde. Geht jetzt alle nach Hause“, sagte er schließlich und streckte sich laut gähnend. „Du hast sicher ein Nachtlager für mich und meine Männer?“, fragte er Heimold, aber der war über dem Tisch eingeschlafen und rührte sich nicht. Gerd rüttelte ihn, Heimold grunzte nur.
Wer noch gehen konnte, schwankte jetzt hinaus. Die Gefährten des Grafen suchten sich eine Ecke in der Schankstube, wo sie sich niederlegten. Die anderen ließ man liegen. Sie würden schon irgendwann von selbst aufwachen und sich davonmachen.

Auch Berchte stand auf. Ihre Beine waren ganz taub vom langen Sitzen. Sie war zum Umfallen müde. Gerd ließ Heimold liegen und wandte sich ihr zu.
„Wenn ich schon kein Bett hier bekomme, gewähr mir die Gunst, schöne Berchte, dich bis vor deine Tür begleiten zu dürfen. Die Männer sind betrunken und ein schönes Weib wie du ist da leicht in Gefahr."
Graf Gerd nahm eine Laterne vom Tisch und bot ihr den Arm.
‚Nun also doch', dachte Berchte und überlegte, wie sie den Grafen loswerden konnte, ohne ihn zu beleidigen. Aber wollte sie das überhaupt?
„Danke, Herr, aber ich bin es gewohnt, allein zu gehen", versuchte sie halbherzig, ihn abzuschütteln.
„Ich werde dich nach Hause begleiten", mischte Tonis sich ein. Er war plötzlich hinter Berchte aufgetaucht. Sie spürte seinen heißen Atem in ihrem Nacken. Der Graf lachte und schlug ihm die Hand auf die Schulter, dass Tonis in die Knie ging.
„Du liebst sie, nicht wahr? Den ganzen Abend hast du sie angestarrt, als ob du die auffressen wolltest."
Er wandte sich wieder Berchte zu.
„Wie steht es mit dir? Liebst du ihn auch?"
„Er ist ein Nachbar. Und ich habe seinen Vater behandelt, der im Sterben lag", wich sie aus.
„Dann bist du eine heilkundige Frau?", fragte der Graf überrascht. Berchte nickte.
„Kannst du etwas tun gegen schlechte Träume?"
Berchte sah den Grafen verblüfft an.
„Ja", sagte sie zögernd, „ich kann Euch einige Tränke ausprobieren lassen."

‚Oder die Dämonen, die dich quälen, verbannen', dachte Berchte, aber sie sprach es nicht aus. Jedoch sah sie jetzt genauer in die Augen des Grafen und was sie sah, ließ sie schaudern.
„Gib mir etwas", flüsterte der Graf und zog Berchte mit sich vor die Tür, „lass mich mit dir gehen, bitte! Ich schwöre, ich werde dich nicht anrühren!"
Er packte ihre Handgelenke, dass es knackte. Tonis kam hinter ihnen her und starrte sie an. Schweigend standen die drei vor dem ‚Ochsen'. Berchte hörte, wie jemand von innen den Riegel vorlegte. Dann begann Alma in der Schankstube mit Heimold zu zanken. Die Wirtin hatte es versäumt nachzusehen, ob draußen jemand stand.
Gerd ließ Berchte los und lachte, wieder ganz Herr seiner selbst.
„Eure Wirtin ist eine entschlossene Frau. Sie schließt sogar einen Grafen aus! Nun, Jungfer, dann bleibt mir wohl nichts anderes übrig, als bei dir zu nächtigen."
„Sie gehört mir", sagte Tonis leise.
Der Graf leuchtete dem Schmied ins Gesicht. Dann stellte er die Laterne auf den Boden, packte ihn am Gürtel und hob ihn kurzerhand von den Füßen.
„Ich bin dein Herr und befehle dir, nach Hause zu gehen, hast du mich verstanden? Morgen will ich glühendes Eisen auf deinem Amboss sehen und die ersten Speerspitzen."
Er ließ Tonis fallen. Der landete unsanft auf seinem Hintern und schrie zornig auf, aber Gerd setzte ihm den Fuß auf die Brust und drückte ihn zu Boden.
„Du bist ja ein richtiger Wachhund für die Jungfer Berchte", lachte er, „sei unbesorgt. Ich tue ihr keine

Gewalt an. Ich will nur ihre Heilkünste in Anspruch nehmen."
Er hob die Lampe wieder auf und hielt sie gegen seinen Unterarm, wo er eine hässliche Wunde hatte.
„Ein Andenken an die Goten", lachte er, nahm Berchte bei der Hand und zog sie mit sich fort.

Ohne Widerstand ging Berchte den Weg zu ihrer Hütte gemeinsam mit dem Grafen. Noch nie hatte sie einen Mann mitgenommen, weder freiwillig noch gezwungenermaßen. Ihr war auch nie ein Mann begegnet, der sie derart verwirrte.
Alles sprach gegen das, was sie tat. Es war eine Sünde. Sie versuchte sich einzureden, dass das, was hier geschah, eine ganz normale Angelegenheit zwischen ihr als heilkundiger Frau und einem Hilfesuchenden war. Sie würde dem Grafen einen Trank gegen seine schlechten Träume geben, seine Wunde behandeln, er würde sich bedanken und gehen.
„Hier ist es", sagte sie, als sie die Hütte erreichten. Berchte stieß die Tür auf. Sie konnte sie nur von innen verriegeln, sodass die Tür immer offen stand, wenn sie nicht da war, aber sie machte sich deswegen keine Gedanken. Bei ihr gab es nur Kräuter und Tinkturen zu stehlen, die sie ohnedies, wenn es nötig war, verteilte.
Der Graf trat ein. Berchte entzündete einen Kienspan an der Glut im Flett und steckte ihn in einen Halter an der Wand. Sie beobachtete, wie der Graf sich umsah, obwohl in dem schwachen Licht nicht viel zu erkennen war.
„Es riecht gut in deiner Hütte. Was ist das?"

„Ich habe Kräuter aufgehängt zum Trocknen. Salbei für den wunden Hals, Scharfgarbe, Spitzwegerich und einiges andere."
„Ist es nicht ein wenig eng hier?"
„Für mich reicht es."
„Du bist also ganz allein?"
„Meine Mutter starb vor drei Jahren."
„Ich war acht, als meine Mutter starb, zwei Jahre nach meinem Vater. Sie hielt es nicht aus ohne ihn."
„Das tut mir leid."
„Ja, es ist seltsam. Ich habe sie kaum gekannt, aber ich vermisse sie dennoch."

Berchte tat, als suche sie in ihrem Regal nach dem Trank, den sie dem Grafen gegen die Albträume geben wollte. Sie spürte, wie er von hinten ganz nah an sie herantrat, sie spürte seine Wärme in ihrem Rücken und schloss die Augen, denn sie wünschte sich nichts mehr, als dass er sie in die Arme schloss. Aber es durfte nicht sein. Sie riss sich zusammen.
„Was sind das für Träume? Ich meine, wovon träumt Ihr?"
Berchte spürte die Hand des Grafen sachte über ihr Haar streichen.
„Warum willst du das wissen?"
„Damit ich das richtige Mittel für Euch auswählen kann, Herr."
Er zog sie sachte zu sich heran.
„Ich träume, dass ich heute Nacht in dir ertrinke. Gegen diesen Traum gibt es nur ein Mittel."
Berchte drehte sich um. Sie sah in seine Mooraugen, in denen sich die Glut des Kienspans spiegelte.

‚Augen wie glühende Kohlen', dachte sie, und dann dachte sie nichts mehr. Er umschloss sie mit seinen Armen, liebkoste sie und sie ließ es geschehen.

Katzenjammer

Als Berchte erwachte, war der Graf schon auf. Gerade dämmerte der Morgen. Er konnte kaum geschlafen haben, nachdem sie beieinander gelegen hatten. Auch sie hatte wenig Schlaf gehabt, aber sie fühlte sich so lebendig wie lange nicht mehr.
Sie betrachtete ihn, wie er dort saß im ersten Morgenlicht, fast konnte sie nur seine Silhouette erkennen. Seine Umarmungen kribbelten noch auf ihrer Haut.
Er rührte sich nicht, saß nur da und schaute aus einer der Fensterluken hinaus in den Wald. Jetzt, im August, hatte sie die Luken noch nicht mit einer Schweinsblase geschlossen, denn die Luft war noch lau und so kam wenigstens etwas Tageslicht in die Hütte. Wenn erst der kalte Ostwind um die Hausecken fuhr, der Wind, der den schlimmen Husten brachte, dann herrschte für viele Wochen die Dunkelheit, bei Tag und bei Nacht.
„Ich werde dir Glas für die Fensteröffnungen schicken“, sagte der Graf. Wusste er, woran sie gerade gedacht hatte?
Sie ging zu ihm und schmiegte sich an seine Schulter. Seine Haut war eiskalt. Berchte wollte ihn wärmen, aber sie spürte, wie er kaum merklich von ihr abrückte. Sie blickte ihm ins Gesicht. Er sah zerquält aus. Dunkle Schatten lagen unter seinen Augen.
„Habt Ihr keinen Schlaf gefunden, Herr?“
„Nein.“
„Was quält Euch? Hattet Ihr wieder schlechte Träume?“

Er nickte unwillig. Berchte stand schweigend auf, zog sich an und ging die Ziege melken. Sie hatte Hunger. Als sie wiederkam, war er fort.
Bedrückt setzte sich Berchte an den Tisch und trank einen Becher lauwarmer Milch. Was hatte sie erwartet? Sie war eine einfache Frau und er ein Graf, auch wenn er jung war, kaum älter als sie. Sie schloss die Augen. Er war zärtlich gewesen, fast ängstlich, als hätte er Sorge, ihr weh zu tun, ganz anders als im ‚Ochsen', wo er sich rau und unbändig gegeben hatte. Warum war er jetzt gegangen, ohne ein Wort?
Sie sah auf das zerwühlte Strohlager. Dort lag etwas. Berchte stellte den Becher hin und kniete sich nieder. Es war das Kreuz. Berchte erinnerte sich. Gerd hatte es um den Hals getragen und es abgelegt, weil es ihn drückte. Vorsichtig nahm sie es in die Hand und hielt es gegen das Licht. Es war ein kostbares Kreuz, aus schwerem Silber geschlagen und mit Rubinen besetzt.
‚Ich muss es ihm bringen, bevor er fortreitet', dachte Berchte und spürte so etwas wie Freude. Sie würde ihn noch einmal sehen, den Grafen.
„Der Trank gegen die Träume!", rief sie und schlug sich gegen die Stirn, den würde sie ihm auch bringen.

Die Männer saßen wieder im ‚Ochsen'. Laute Stimmen waren zu hören. Berchte hörte den Grafen reden, aber sie konnte nicht verstehen, was er sagte. Die Frauen standen vor der Schänke. Als sie Berchte entdeckten, brach ihr Gespräch ab. Sie sahen sie schweigend an. Keine lächelte, niemand wünschte ihr einen guten Morgen. Alma spuckte vor ihr aus und ging in den ‚Ochsen' hinein.

„Und? Wie ist er so als Liebhaber?“, fragte Lyseke, „hat er es dir ordentlich besorgt?“
Berchte richtete sich trotzig auf.
„Bist du neidisch, Lyseke? Dann gebe ich dir einen Rat: Geh hinein in den ‚Ochsen‘ und frag den Grafen, ob er diese Nacht zu dir kommt. Dann kannst du es ausprobieren.“
Berchte blickte in die Runde.
„Im Übrigen“, fuhr sie fort, „wer sagt denn, dass er bei mir geschlafen hat? Seid ihr mir etwa nachgeschlichen?“
„Tonis sagt es“, antwortete Lyseke herablassend, „er hat euch gehört in der Nacht. Es soll ziemlich hoch hergegangen sein.“
Berchte war sprachlos. Zuzutrauen war es dem Schmied. Wütend stieß sie Lyseke beiseite und stürzte in die Schänke hinein. Sie würde Tonis zur Rede stellen, wenn es sein musste, vor allen Männern.

Die Männer saßen stumm an dem langen Tisch, viele stützten ihren schweren Kopf in den Händen ab. Sie sahen allesamt grau aus im Gesicht. Immer wieder stürzte einer hinaus, um sich auf dem Misthaufen zu übergeben. Die Bauern waren es nicht gewohnt, so viel zu trinken. Dem Grafen merkte man nichts an, außer dass er mürrisch wirkte, ebenso wie seine Gefährten. Er stand wie gestern am Kopf des Tisches und redete auf die Bauern ein.

„Es gibt viel zu tun in meiner Grafschaft. Ich zähle auf euch. Ihr habt mir Treue geschworen, Männer von

Norddothlingen, und ich erwarte, dass ihr euch dessen erinnert, wenn ich euch rufe."
Die Männer nickten unglücklich. Erst jetzt begriffen sie, was sie im Rausch getan hatten. Manch einer verfluchte sich dafür an diesem Morgen. Mut war etwas für Helden. Es war einfacher, die Abgaben zu zahlen, den Gürtel noch enger zu schnallen und im ‚Ochsen' darüber zu schimpfen, als irgendwo in der Fremde abgestochen zu werden wie ein schlachtreifes Schwein. Was noch schlimmer war: Sie müssten ihre Frauen und Kinder ungeschützt zurücklassen in diesen unruhigen Zeiten.
„Ich brauche euch nicht jetzt, Männer. Zunächst muss ich einige wichtige Angelegenheiten auf meiner Burg in Delmenhorst regeln. Ich lasse euch rufen, wenn es so weit ist."
Niemand sagte etwas.
„Was ist mit euch los, Bauern?", fragte Gerd ungehalten, „wollt ihr euer Leben lang lieber Sklaven bleiben? Gestern wart ihr mutiger, oder lag es nur am Bier?"
„Herr, verzeiht, wenn ich ein offenes Wort spreche."
Andirke war aufgestanden. Er knetete nervös seine Hände. Auch er sah mitgenommen aus.
„Wir sind einfache Bauern. Ihr habt uns gestern aus dem Herzen gesprochen und wir haben euch Treue geschworen. Aber bedenkt, wir müssen unser Feld bestellen. Wir sind nicht geübt im Kampf. Eure Gefährten werden euch eine größere Hilfe sein als wir."
„Auch die waren einst Bauern, aber sie wurden von ihrem Land vertrieben, ist es nicht so?"
Gerds Männer nickten nur. Überhaupt sprachen sie wenig, was ihnen bei den Norddothlingern insgeheim

den Spitznamen ‚Schweigende Ritter' eingebracht hatte.
„Sie haben mir Treue geschworen, um für unsere Sache zu kämpfen, ebenso wie ihr es geschworen habt. Vergesst das nie, denn Eidbruch bestrafe ich mit aller Härte!"
Gerds Knechte grinsten und entblößten ihre wenigen Zähne. Es war kein schöner Anblick.
„Aber Herr Graf", fuhr Andirke fort, „wir haben Frauen und Kinder."
„Das hatten diese auch", sagte der Graf langsam. Sein Gesicht verzerrte sich zu einer hässlichen Fratze.
„Ihr steht also nicht zu eurem Wort?"
Er zog sein Schwert und schlug den Schemel, auf dem er gesessen hatte, mitten durch.
„Das mache ich mit meinen Feinden", brüllte er durch den Schankraum, „mit mir spielt man nicht!"
Die Männer senkten erschrocken die Köpfe und Andirke setzte sich schnell. Selbst Gerds Gefährten wichen zurück.
„Ihr glaubt wohl auch, dass man mich, weil ich der Drittgeborene bin, nicht ernst nehmen muss? Seid gewarnt, ich kenne keine Gnade mit denjenigen, die sich mir in den Weg stellen. Erst vor wenigen Tagen habe ich ganz in eurer Nähe den Pfeffersäcken diese Lektion erteilt. Ein halber Arm liegt noch im Wald, wenn die Füchse ihn sich nicht schon geholt haben. Es sind meine Wege, auf denen sie reisen, und dies ist mein Land! Niemand behandelt mich wie einen dahergelaufenen überzähligen Grafensohn! Kein Lübecker, kein Wilshuser und erst recht kein Bauer! Ich

bin tief enttäuscht von euch, Norddothlinger. Ich dachte nicht, dass ihr ebensolche Krämerseelen seid."
„Nein, Herr, nein!", rief Mertin und erhob sich, „wir sind keine Eidbrecher. Es war nicht so gemeint. Wir ... wir sind müde vom Bier, wir sind es nicht gewohnt, so viel zu trinken. Wir müssen erst wieder zu Verstand kommen, ich hab doch recht, Andirke?"
Mertin rüttelte den Bauern, der resigniert neben ihm saß. Andirke nickte nur.
„Ist das so?", fragte Gerd. Die Bauern schwiegen. Gerd blickte in die Runde. Sie sahen tatsächlich nicht gut aus. Sein Zorn wich einem spöttischen Grinsen.
„Nun, wenn es so ist, Bauern, dann will ich euch vergeben."
Langsam steckte er sein Schwert in die Scheide zurück.

Berchte hatte alles von der Tür aus beobachtet und es erschreckte sie, wie dieser Mann, der in der Nacht ein so zärtlicher Liebhaber gewesen war, sich von einem Augenblick zum nächsten in eine Bestie verwandeln konnte.
„Er war noch ein halbes Kind", murmelte sie, aber der Graf hatte scharfe Ohren.
„Was redest du da? Wer war ein halbes Kind?", fuhr er Berchte an.
„Der Junge, dem Ihr den Arm abgeschlagen habt, um ihn zu lehren, wer der Herr dieses Landes ist. Godric hieß er. Sie kamen hier durch. Einige Kaufleute. Sie hatten einen alten Mann mit einem gebrochenen Bein dabei und einen Jungen, dem ein Arm fehlte. Ist das Euer Heldentum? Jetzt verstehe ich, warum ihr

schlechte Träume habt, Herr. Gegen solche Träume habe selbst ich kein Mittel."
Sie wandte sich zur Tür und wollte gehen, drehte sich dann aber noch einmal um.
„Da, das habt Ihr vergessen", sagte sie und legte das Kreuz auf den Tisch. Dann ging sie hinaus.
Gerd starrte ihr nach. Es war totenstill im Schankraum. Langsam ging er um den Tisch herum und nahm das Kreuz an sich.
„Geht alle nach Hause", befahl er und folgte Berchte ins Dorf.

Er fand sie am Brunnen. Sie hievte ihren Eimer vom Brunnenrand. Wasser schwappte heraus.
„Nimm das Kreuz", sagte Gerd und hielt es ihr hin, „ich schenke es dir."
Berchte sah ihn abschätzend an.
„Wer bist du?", fragte sie. Gerd schwieg. In seinen Mooraugen saß wieder die Angst, die sie schon vorhin an ihm bemerkt hatte.
„Wovor fürchtest du dich, Herr Graf?"
Einen Augenblick lang dachte Berchte, er würde sie schlagen, aber dann seufzte er tief und legte ihr das Kreuz um den Hals. Er trat einen Schritt zurück, um es zu betrachten.
„Es steht dir. Pass gut darauf auf und trage es immer. Versprich es mir! Es wird dich schützen."
Das Kreuz lag kühl auf ihrer Haut. Sie legte die Hand darauf.
„Und was deine Frage angeht, Berchte", fuhr der Graf fort, „am meisten fürchte ich mich vor mir selbst."
Er strich ihr eine Strähne aus dem Gesicht.

„Danke für die Nacht, Schöne", flüsterte er und ging dann zu seinen wilden Gefährten zurück, die bereits begonnen hatten, die Pferde zu satteln.

Fluch

Nur langsam kehrte in Norddothlingen der Alltag wieder ein. Die Bauern gingen ihren alltäglichen Geschäften nach, die Frauen standen nicht mehr flüsternd am Brunnen und Bero trieb das Vieh wieder auf die Weiden außerhalb des Dorfes. Vom Besuch des Grafen und dem Schwur, den sie geleistet hatten, wurde nicht gesprochen, und wenn, dann nur hinter vorgehaltener Hand. Es war, als ob sie aus einem Fiebertraum erwacht wren. Selbst Tonis, der sonst gern ein großes Wort führte, schlich um seinen Amboss herum und schmiedete lieber Hufeisen als Speerspitzen. Berchte ging er aus dem Weg. Indes sollte selbst in Wilshusen bald alles wieder beim Alten sein.

„Ich habe ihn gesehen!", rief Bero, als er am Abend mit dem Vieh ins Dorf zurückkam.
„Wen hast du gesehen?", fragte Jörg, der mit einer zerbrochenen Pflugschar in der Hand auf dem Weg zum Schmied war.
„Den Vogt! Sie haben ihn aus der Stadt gejagt!"
„Welchen Vogt? Von wem redest du?", fragte Jörg ungeduldig.
Inzwischen waren andere hinzugekommen, um zu hören, was der aufgeregte Bero zu erzählen hatte.
„Nun sprich schon!", forderte Mertin den Hirten auf.
„Er ist fort, dieser ...", er griff sich an die Stirn. „Er hat so einen schweren Namen!"
„Du meinst den Wilshuser Vogt?", fragte Andirke.
„Ja, genau!", rief Bero erleichtert, „diesen ..."

„Ilias Dingsda!“, sagte Andirke.
„Ilies Unverzagt heißt er!“, lachte Heimold, der aus dem ‚Ochsen‘ gekommen war, um zu sehen, was der Menschenauflauf im Dorf zu bedeuten hatte.
„Was ist mit ihm?“
„Er ist fort. Die Wilshuser haben diesen ... Dingsda aus der Stadt gejagt.“
„Na, der hat es ja nicht gerade lange ausgehalten“, überlegte Heimold.
„Aber was wird der Graf tun, wenn er es erfährt?“, fragte Eberlin aufgeregt. „Lyseke hat gesagt, sie habe gehört, er sei wieder auf dem Weg hierher!“
Alle schwiegen bestürzt. Wenn das stimmte, würde er die Männer beim Wort nehmen, und sie müssten schon bald mit ihm gegen die Wilshuser ziehen.
„Was dein Weib so alles hört!“, mischte sich Mertin ein. „Es kann nicht sein! Gestern war ich in Delmenhorst auf dem Viehmarkt. Dort redet man viel über den Grafen. Er ist auf dem Weg nach Dänemark, sagen die Leute, um seinem Bruder Christian beizustehen gegen die Schweden.“
Nicht wenige seufzten erleichtert auf. Vielleicht, wenn sie Glück hatten, würde der Graf sie vergessen. Was waren sie schon: Ein Haufen unbedeutender Bauern in einem Dorf, das bessere Tage gesehen hatte.
Sie standen an diesem Abend noch lange beisammen und redeten. Über das Wetter redeten sie, über die Ernte und die Wilshuser, die den Marktzoll wieder angehoben hatten.
Am nächsten Tag weidete das Wilshuser Vieh wieder an der Hunte bei Dothlingen und Bero musste flu-

chend mit seiner Herde auf eine magere Wiese ausweichen. Alles war wieder beim Alten.
Der Herbst ging ins Land. Um Martini kam der erste Schnee und strenger Frost ließ Geest und Moor erstarren. Wer konnte, blieb am Herdfeuer. Die Frauen spannen Wolle und wärmten den Klatsch vom vergangenen Sommer auf oder erzählten Geschichten von Riesen, die mit Steinen spielten, und von Zwergen, die an der Hunte unermessliche Schätze hüteten, hin und wieder auch eine Geschichte aus der Heiligen Schrift. Die Kinder hörten mit offenen Mündern zu und spielten dann in den dunklen Ecken der Diele die Geschichten nach.
Viele Händler waren jetzt unterwegs, auch Viehtrecks kamen vorbei auf dem Weg ins Rheinische oder nach Flandern, denn die Wege waren gefroren und sie kamen mit ihren vollgeladenen Wagen sicher durch das Moor.
Heimold und Alma freuten sich über die Besucher, denn sie füllten ihre Geldkatze, ganz im Gegensatz zu den Bauern, die jetzt des Öfteren in den ‚Ochsen' kamen, weil sie die Ammenmärchen am Herdfeuer satthatten. Anders als die Reisenden schafften sie es, einen ganzen Abend lang mit nur einem Becher Dünnbier auszukommen, während sie den Fremden zuhörten, die von ihren Erlebnissen erzählten. Kam das Gespräch auf Graf Gerd, lauschten sie umso begieriger und waren dann froh zu hören, dass er überall unterwegs war, nur nicht in der Geest.
Einmal hieß es, dass der Bremer Erzbischof ihn exkommuniziert habe, weil er seinen Kämmerer, den Erzprobst von Upsala, auf der Burg in Delmenhorst ge-

fangen genommen habe. Schneid hatte der Graf, das musste man ihm lassen. Selbst vor dem mächtigen Erzbischof in Bremen schreckte er nicht zurück.
Immer wieder erzählten die Fremden, dass der Graf Kaufleute überfalle, um sie auszuplündern. Andere berichteten, er sei im Friesischen und führe Krieg gegen die Häuptlinge dort. Wenn man dem allem Glauben schenkte, war der Graf allgegenwärtig; ein Zauberer eben. Es gab nicht wenige, die es ihm wirklich zutrauten.
Auch zu Berchte drang das eine oder andere Gerücht über den Grafen durch, obwohl kaum jemand mit ihr redete. Seit seinem Besuch im Dorf gingen ihr alle aus dem Weg. Nur Katrin kam hin und wieder in ihre Hütte und weinte sich bei ihr aus, denn Tonis behandelte sie wie einen Hund. Sie war es auch, die ihr die Geschichten über den Grafen zutrug, denn Tonis saß jetzt jeden Abend im ‚Ochsen' und Katrin musste ihn nicht selten dort herausholen, wenn er es nicht mehr allein auf seinen Strohsack schaffte.

Berchte hörte sich schweigend die Geschichten über den Grafen an und strich heimlich über ihren Bauch, denn Gerd hatte ihr ein besonderes Andenken hinterlassen, einen gräflichen Bastard.
Lange hatte sie es nicht wahrhaben wollen, aber ihre Monatsblutung war nun schon das dritte Mal ausgeblieben und jeden Morgen war ihr speiübel. Sie würde es nicht mehr lange verheimlichen können.
‚Will ich es denn überhaupt?' Diese Frage stellte sie sich mittlerweile jeden Tag Hunderte von Malen. Sie wusste doch, wie sie es loswerden konnte, dennoch un-

ternahm sie nichts. Sie war wie gelähmt. Zum ersten Mal in ihrem Leben fühlte sie sich einsam und hilflos. Vielleicht war es ja gut, dass sie dieses Kind erwartete, denn dann würde sie nicht mehr allein sein.

Im November kam der gefürchtete Ostwind. Tag für Tag heulte er um die Häuser und pfiff durch die Ritzen. Wer konnte, ging nicht hinaus. Auch Berchte ließ sich nur selten im Dorf blicken. Sie wärmte sich die Hände am Herdfeuer, als jemand an die Tür klopfte.
„Komm herein!“, rief sie, da sie jemanden aus dem Dorf erwartete. Viele litten jetzt unter dem schlimmen Husten, und die Leute kamen wieder zu ihr, um sich behandeln zu lassen, wenn die eigenen Hausmittel nicht mehr halfen. Aber es war niemand aus dem Dorf, sondern ein Fremder. Er war sehr jung und sah aus wie ein Knecht.
„Ich soll dir etwas bringen“, stammelte er, „vom Grafen.“
Berchte fuhr hoch.
„Ist er da?“, fragte sie.
„Nein. Er hat dies hier auf die Welsburg schicken lassen, und ich soll es dir bringen.“
„Was ist es?“, fragte Berchte neugierig und betrachtete das Holzkästchen, das der Junge in den zitternden Händen hielt. Er war mager und viel zu dünn angezogen, sodass der Wind auf seinen Rippen Klavier spielen konnte.
„Komm herein“, sagte Berchte und schloss die Tür hinter ihm, „willst du einen Becher warme Ziegenmilch?“
Der Junge nickte.

„Setz dich ans Feuer und wärm dich ein wenig auf. Woher kommst du?“
„Von der Welsburg.“
Berchte reichte dem Jungen einen Becher mit warmer Milch. Er trank gierig. Berchte lächelte und füllte nach. Als er ausgetrunken hatte, nahm sie ihm das Kästchen ab.
„Ich soll dir sagen, dass es leicht zerbricht“, sagte der Junge und leckte sich den letzten Tropfen Milch von den Lippen.
Berchte betrachtete das Kästchen neugierig von allen Seiten. Was konnte es sein, das der Graf von weit her zu ihr schickte? Sie öffnete die Schließe. Einfacher Stoff lag in dem Kästchen. Berchte wollte den Stoff herausnehmen, doch ihre Finger stießen auf etwas Hartes. Sie nahm alles vorsichtig heraus und wickelte den Stoff ab. Zum Vorschein kamen zwei Glasscheiben. Berchte hielt die Luft an. Glas war kostbar! Einer Fürstin würdig. Sie legte eine der Scheiben zurück und hielt die andere vorsichtig gegen das Herdfeuer. Es war grün und sie konnte in dem Glas Luftbläschen erkennen.
„Es ist wunderschön“, seufzte sie.
Der Junge schwieg. Er war so durchgefroren, dass er nur schlotternd am Feuer saß und seine Füße, die nackt in den Holzschuhen gesteckt hatten, gegen das Feuer hielt. Berchte gab ihm noch einen Becher Milch.
„Weißt du, wo der Graf jetzt ist?“, fragte sie den Jungen.
„Irgendwo auf dem Meer“, antwortete der.
„Wohnst du auf der Welsburg?“

Der Junge nickte.
„Meine Eltern sind tot. Ich hüte die Schweine auf der Burg."
„Wie heißt du, Junge?"
„Nodil."
„Ich danke dir, Nodil, dass du mir dies gebracht hast", sagte Berchte. Sie ging zur Truhe, die neben ihrem Strohsack stand, und wühlte darin herum. Dann zog sie ein graues Wolltuch hervor.
„Es ist nicht mehr schön und es hat schon Löcher, aber es schützt vor der Kälte. Du kannst es behalten. Wickle dich darin ein, damit du nicht erfrierst auf dem Rückweg, Nodil."
Der Junge stand auf, bedankte sich mehrmals und schlang sich das Tuch um die schmalen Schultern. Dann ging er in den kalten Wind hinaus.

Kurz vor Weihnachten kam Katrin mit einem Mädchen nieder. Es war schwach und trank schlecht, denn es war viel zu früh auf diese bitterkalte Welt gekommen. Immer noch gab es keinen Schnee, dafür fegte der eisige Wind über die Geest und ließ alles erstarren.
Berchte konnte Katrin wenig Hoffnung machen, dass das Kind überlebte. Sie riet ihr, die Kleine in einem Tuch an ihrer warmen Brust zu tragen. Aber Tonis hatte kein Erbarmen, er scheuchte Katrin herum, wo es nur ging. So starb ihre Tochter noch vor Neujahr und war noch nicht einmal getauft. Katrin war untröstlich, denn der Priester weigerte sich, das ungetaufte Kind in geweihter Erde zu begraben. Also verscharrte Tonis sein Kind auf dem Hof neben dem

Misthaufen wie einen Hund. Einige Tage später fand man Katrin in der Hunte treibend. Da der Priester auch Selbstmörderinnen nicht begraben wollte, grub Tonis noch ein Loch neben dem Misthaufen und legte Katrin zu ihrem Kind.
Berchte hatte Katrin gemocht. Sie trauerte. Und sie hatte Angst. Was würde mit ihr geschehen, wenn ihre eigene Schande erst sichtbar würde?

Eines Nachts hielt Berchte es nicht mehr aus so allein in ihrer Hütte. Sie machte sich auf den Weg zur heiligen Quelle nach Kirchdothlingen, opferte heimlich einige kostbare Pfefferkörner und bat die alte Göttin, die hier wohnte, um Schutz. Die Pfefferkörner hatte sie von einem durchreisenden Händler bekommen als Bezahlung für einen Saft gegen das Gliederreißen. Andere Kostbarkeiten besaß sie nicht.
Sie betete auch für Katrin und ihre Tochter, dass sie gut im Jenseits angekommen waren und es ihnen dort gut ginge. Wenn Gott so grausam war und weder ein ungetauftes Kind noch eine verzweifelte Mutter zu sich nehmen wollte, würden die alten Götter sie trösten, denn die wussten, wie es zuging auf der Erde.
Es war eine sternenklare Nacht und ein riesiger Mond stand am Himmel, als Berchte die Gebete sprach und die Körner langsam durch ihre Finger in das Wasser rieseln ließ, das nie zufror. Dunstschleier hingen über dem kleinen See, der von der heiligen Quelle gespeist wurde. Im Mondlicht sah es aus, als tanzten Elfen über dem Wasser.
Berchte stand lange dort und starrte in das Wasser, bis sie es vor Kälte nicht mehr aushielt. Sie zog ihr

Schultertuch enger um sich und machte sich auf den Rückweg ins Dorf. Da stand plötzlich der Priester auf dem Weg. Berchte fuhr zusammen.
„Was machst du hier mitten in der Nacht?“, fuhr er sie an.
„Ich ... sammle Kräuter. Es ist Vollmond und im Dorf haben einige den schlimmen Husten. Mir sind die Vorräte ausgegangen“, log Berchte.
„Du sammelst Kräuter, mitten im Winter?“
„Es gibt Kräuter, die erst mit dem Frost ihre Wirkung bekommen.“
„Was sind das für Kräuter?“, fragte der Priester lauernd.
„Nun, es ist ... Ilex. Und Tannenspitzen. Zu guter Letzt Efeu.“
„Soviel ich weiß, sind das keine Kräuter. Ich denke, du warst vielmehr an der Quelle. Verhält es sich so? Lüg mich nicht an!“
Der Priester kam nah an Berchte heran. Ihre Nasen berührten sich fast. Er roch sauer aus dem Mund, vielleicht hatte er Messwein getrunken.
„Ich kann sehen, wenn jemand lügt, Frau. Weißt du, was darauf steht, den heidnischen Dämonen zu opfern?“
„Ich weiß es“, flüsterte Berchte.
„Ich habe dich gesehen. Du hast etwas in das Wasser geworfen.“
‚Aus! Es ist aus mit mir‘, dachte Berchte und fühlte sich, als habe jemand eiskaltes Wasser in sie hineingeschüttet. Der Priester hob ihr Kinn und sah ihr in die Augen.

„Es gäbe da allerdings etwas, womit du Buße tun könntest“, flüsterte er.
Berchte schwieg immer noch. Sie ahnte, was der Priester von ihr wollte, und ihr wurde übel. Sie drehte den Kopf weg, doch der Priester griff in ihre Haare und riss sie an sich, sodass sie ihn ansehen musste.
„Du musst dich mir opfern, dich deinem Priester zum Geschenk machen, verstehst du? Gott will es so.“
Berchte versuchte, sich aus seinem Griff zu befreien, aber der Priester war stark.
„Das ist eine große Sünde! Das könnt Ihr nicht wollen, Hochwürden!“, keuchte sie.
„Sünde?“ Der Priester lachte irre. „Du bist die Sünde! Allein durch deine verdammte Schönheit verführst du die Männer zu sündigen Gedanken. Jeden Tag geißle ich mich, um dich aus meinen Gedanken zu verscheuchen, aber du gibst keine Ruhe! Du tauchst in meinen Träumen auf, forderst mich zur Unkeuschheit auf und zur Wollust. Du bist eine Hexe und ich opfere mich, um dich vom Satan zu befreien. Erkennst du das nicht?“
Er packte sie am Arm und zog sie mit sich. Berchte überlegte, ob sie schreien sollte. Muhle, der Kirchenmeier, würde sie vielleicht hören, er bewohnte den Hof gleich neben dem Priesterhaus. Aber würde er ihr glauben? Wohl kaum.
„Ich will beten“, rief Berchte, „bevor Ihr mich von meiner Sünde reinwascht, lasst mich vor den Herrn treten, ich bitte Euch. Dann könnt Ihr mit mir tun, was ihr wollt.“

Sie waren vor dem Eingang der Kirche angekommen. Die Tür stand offen, der Priester hatte vielleicht gebetet und sie dann entdeckt, oder umgekehrt?
„Also gut“, sagte er, „aber nur kurz, beeil dich!“
Er stieß sie in die Kirche hinein. Berchte stolperte vor den Altar und kniete nieder. Sie faltete die Hände zum Gebet. In ihrem Kopf stürzten die Gedanken übereinander.
„Liebe Mutter Gottes“, flüsterte sie, „ich bitte dich, beschütze mich, und wenn nicht mich, dann wenigstens mein Kind, auch wenn es ein Kind der Sünde ist. Und beschütze den Priester ebenfalls vor der Sünde, die er begehen will!“
„Das reicht!“, schrie der Priester, bekreuzigte sich und packte Berchte wieder bei den Haaren. Sie stöhnte auf vor Schmerz.
„Herr, wollt Ihr Euch wirklich an mir besudeln?“
Der Priester starrte sie an.
„Du bist also schwanger? Wer ist der Mann, dessen Bastard du trägst, oder weißt du es nicht einmal!“
„Ihr tut mir weh!“, keuchte Berchte.
„Antworte!“
„Es ist Graf Gerhard, unser Herr. Er kam im August nach Norddothlingen und lag bei mir eine ganze Nacht.“
„Der Teufel selbst lag bei dir?“, flüsterte der Priester und stierte sie an wie ein Wahnsinniger.
„Du trägst das Kind des Teufels?“
Er schrie auf und griff nach der Bibel, die auf dem Altar lag. Er ließ Berchte los und hielt das heilige Buch wie einen Schild vor sich.

„Geh, verschwinde aus meiner Kirche! Weiche, Weib des Satans!"
Berchte stand da wie gelähmt. Der Priester hatte den Verstand verloren. Er stürmte auf sie los und begann, mit der Bibel auf sie einzuschlagen. Berchte hob die Arme schützend über ihren Kopf, versuchte zu fliehen. Der Priester stolperte und Berchte rannte zum Ausgang.
„Weiche! Weiche Satan!", brüllte der Priester ihr nach.
Etwas traf Berchte hart am Kopf. Sie fiel geradezu aus der Kirche hinaus und blieb vor der Tür liegen. Einen Moment lang wusste sie nicht, wo sie war, dann drehte sie sich auf die Seite. Neben ihr auf dem Boden lag die Bibel, aufgeschlagen. Die Schließe war halb abgerissen und hing daneben. Der Mond beschien die aufgeschlagenen Seiten. Berchte starrte sie an. Sie konnte die Schrift nicht lesen, aber die Bilder waren deutlich zu erkennen. Ein Mann und eine Frau beugten sich über eine Viehkrippe, in der ein Kind lag. Maria und Joseph mit dem Jesuskind. Joseph, der nicht der Vater dieses Kindes war, lächelte mild. Berchte sah auf. Der Priester war schon über ihr, sein Blick fiel auf die Bilder. Er verharrte. Berchte stand langsam auf und nahm die Bibel vom Boden. Sie reichte sie dem Priester, der auf die Seiten starrte und den lateinischen Text vor sich hin murmelte. Dann fiel er auf die Knie.
„Gott! Mein Gott! Warum strafst du mich!", heulte er, die Bibel immer noch in den Händen. Berchte drehte sich um und lief fort.

Sie rannte so schnell sie konnte und blieb nicht stehen, bis sie in ihrer Hütte war. Mit weichen Knien setzte sie sich ans Feuer. Erst jetzt bemerkte sie, dass sie etwas in der Hand hielt. Es war die Buchschließe, die von der Bibel abgerissen war. Sie sah kostbar aus. Mit zitternden Fingern versteckte sie sie unter ihrem Strohsack und setzte sich wieder ans Feuer. Die Kälte war bis in ihre Knochen gedrungen – und es war nicht nur die Kälte der Nacht.
Was geschah jetzt mit ihr? Würde man sie holen und in die Bäume hängen? Oder verbrennen, wie man es immer öfter aus den Städten hörte? Etwas Warmes rann ihre Beine hinab. Sie hob die Röcke. Im Schein des Feuers erkannte sie, dass es Blut war.
„Nein! Nein! Ich will das Kind nicht verlieren“, schrie sie und suchte hektisch in ihrem Regal nach einem Fläschchen. Als sie es fand, trank sie es leer und legte sich auf den Rücken, die Beine angezogen. Völlig erschöpft schlief sie schließlich ein.

Der Zwerg

Als Berchte erwachte, fühlte sie sich unendlich matt. Tageslicht schimmerte durch die Glasscheiben, die Eberlin ihr vor den Fensterluken angebracht hatte.
„Jetzt lebst du wie eine Fürstin", hatte er gesagt und bewundernd die Scheiben betrachtet. Trotzdem war es jetzt bitterkalt in der Hütte. Das Feuer war erloschen. Immerhin war das Blut an ihren Schenkeln getrocknet. Trotzdem blieb sie den ganzen Tag liegen. Abwechselnd litt sie unter Schüttelfrost und großer Hitze. Sie hatte Fieber.
„Lass mich sterben, du liebe Mutter Gottes, du große Mutter, Maria, Frigga, wie immer du heißt. Nimm mich und mein Kind. Nimm uns in dein Reich!", betete Berchte, Gerds Kreuz fest in den Händen haltend. Dann schlief sie wieder ein.

Wie lange sie so gelegen hatte, wusste sie nicht. Tag und Nacht wechselten sich mehrmals ab. Hin und wieder sah sie die alte Gele an ihrem Lager. Dann dämmerte sie wieder fort. So ging es Tage, Wochen, vielleicht Jahre, Berchte war es egal, sie verlor jedes Zeitgefühl. Irgendwann jedoch spürte sie, dass jemand ihr Gesicht mit einem warmen Tuch abtupfte. Sie öffnete mühsam die Augen. Es war die alte Gele.
„Berchte, Berchte, was machst du für Sachen", murmelte sie und hob einen Becher mit Wasser an ihre Lippen.
„Wird er mich holen?", flüsterte Berchte.
„Wer?"

„Der Priester. Er ist nicht bei Sinnen!“
Gele hielt inne.
„So stimmt es also, was er sagt? Dass du ihn versucht hast vor dem Altar?“
Berchte schüttelte den Kopf. Sie war zu schwach zum Sprechen. Gele strich ihr über die Stirn.
„Niemand glaubt es, Berchte. Seit einigen Sonntagen redet er nur noch wirres Zeug von der Kanzel. Er sagt, dass unter der Hülle einer Frau nur Schleim und Mist sei und Schönheit vom Teufel gegeben, um die Männer zu verführen.“
Sie seufzte tief.
„Wenn du mich fragst, liegt es daran, dass er gegen seinen Willen ohne Frau lebt. Das bringt die Säfte zum Gären und vergiftet den Verstand.“
Gele sah Berchte seltsam an.
„Und jetzt zu dir“, sagte die Alte, „schwanger bist du also. Ich nehme an vom Grafen!“
Berchte nickte.
„Aber es ist tot, glaube ich“, flüsterte sie, „ich spüre es nicht mehr.“
Gele schüttelte den Kopf. Sie stand auf und ging zur Tür, drehte sich aber noch einmal um. „Dein Kind lebt“, sagte sie, „ob das gut oder schlecht ist, mag unser Herrgott im Himmel entscheiden.“
Berchte lächelte. Sie sank auf ihr Lager zurück und schlief wieder ein.

Als sie erwachte, war sie allein. Sie fühlte sich besser. Vorsichtig erhob sie sich, legte sich jedoch gleich wieder auf ihren Strohsack nieder, denn ihr wurde schwindlig, sobald sie sich aufsetzte. Jeden Tag kam

Gele jetzt und brachte ihr etwas zu essen. Langsam erholte sich Berchte und zu Mariä Lichtmess konnte sie das erste Mal wieder aufstehen. Ihr Bauch hatte sich kaum gerundet, aber sie spürte ihr Kind und es machte sie froh.

Ende April brachte Berchte ihren Sohn zur Welt. Die alte Gele stand ihr bei. Er war so winzig, dass er in eine Hand passte, obwohl er nicht vor der Zeit geboren war. Ein schwarzer Flaum bedeckte seinen ganzen Körper wie ein Fell, sodass er mehr Ähnlichkeit mit einem seltsamen Tier hatte als mit einem Menschenkind. Berchte traute sich kaum, ihn in den Arm zu nehmen, so zart war er. Als er dann zum ersten Mal die Augen aufschlug, schaute sie in zwei blanke Moorseen, in denen sich alles spiegelte. Er hatte die Augen seines Vaters geerbt. Berchte spürte eine unbändige Freude über dieses seltsame Kind. Sie war nicht mehr allein.
„Wirf es in die Hunte", flüsterte Gele, „es ist kein Mensch! Es ist ein Dämon!"
Geles Worte trafen Berchte wie ein Keulenschlag. Die Alte war immer freundlich zu ihr gewesen, ohne sie wäre sie wahrscheinlich nicht einmal mehr am Leben. Wie konnte sie jetzt, da sie ihren Sohn in den Armen hielt, so etwas sagen! Sie sah Gele an und erkannte die Angst in ihren Augen.
„Schau es dir an, Berchte! Dieses Wesen ist verflucht wie sein Vater. Es ist ein Zwerg!"
Berchte drückte das winzige Wesen an sich. Es begann zu wimmern.

„Ich werde ihn Hertel nennen“, sagte sie ruhig und legte ihren Sohn an die Brust. Er trank gierig und schlief dann zufrieden glucksend ein.

Berchte trug ihren winzigen Sohn in einem Tuch mit sich, wohin sie auch ging. Sein Fell hatte er schon wenige Tage nach der Geburt verloren, ebenso wie die schwarzen Stoppeln, die ihm wie ein Reisigbesen auf dem Kopf gestanden hatten. Kupferfarbener Flaum wuchs ihm jetzt.
Hertel war ein zufriedenes Kind, er weinte fast nie, und wenn er es tat, dann leise und fast zärtlich. ‚Er hat nur die sanfte Seite seines Vaters geerbt‘, dachte Berchte zufrieden und liebkoste ihn.

Zum Priester war sie gar nicht erst gegangen, um ihren Sohn taufen zu lassen. Er hätte sie fortgejagt. Sie konnte schon froh sein, dass er sie in Frieden ließ. Vielleicht war er wieder zur Besinnung gekommen oder er hatte sie in seinem Wahn vergessen.

Lange Zeit ging das Leben im Dorf seinen Gang. Nichts Außergewöhnliches geschah, nur Hertel wollte und wollte nicht wachsen. Mit drei Jahren reichte er ihr gerade bis über das Knie, dafür zeigte er einen überaus wachen Verstand.
Berchte probierte alles aus, was sie kannte, um seinen Körper zum Wachsen zu bringen. Sie hörte sich auf den Märkten bei den Kräuterfrauen und Quacksalbern nach einem Mittel um, das Wachstum bewirken sollte. Einmal kam eine Marketenderin durch das Dorf. Sie riet, den Jungen eine Woche lang auf einem

Lager aus Mist schlafen zu lassen und verkaufte Berchte eine übel riechende Tinktur, die sie Hertel auf den Scheitel reiben solle. Selbst das probierte Berchte aus, aber es brachte nichts weiter ein, außer dass ihr Sohn bestialisch stank.
Hertel ließ das alles ruhig über sich ergehen. Es schien, als ob ihn nichts aus der Fassung bringen könne. Er freute sich, wenn Berchte ihn mitnahm zum Kräutersammeln. Seit er Verstand zeigte, erklärte sie ihm die verschiedenen Wirkungen und Anwendungen der Pflanzen, Mineralien und Hölzer, und sie zeigte ihm, wie man Arzneien daraus herstellte. Sie nahm ihn mit zu den Kranken und lehrte ihn alles, was sie über die Heilkunst wusste.
Als Hertel acht Jahre alt war, ging er ihr kaum bis zur Hüfte, aber er kannte sich in der Heilkunst aus wie kaum ein anderer. Sie hätte ihn allein zu den Kranken schicken können, wenn die Leute nicht Skrupel gehabt hätten, sich von einem Zwerg behandeln zu lassen. Andere wiederum meinten, dass gerade er besonders geeignet sei, ein bestimmtes Gebrechen zu heilen.
Wenn Berchte auf dem Markt in Wilshusen ihre Kräuter und Arzneien feilbot, kam es das eine oder andere Mal vor, dass jemand zu Hertel wollte, um sich behandeln zu lassen. Vor allem die Kinder liebten ihn, war er doch selbst noch eines. Sie kamen, wenn sie sich einen Dorn in den Fuß getreten oder sich am Herdfeuer verbrannt hatten. Berchte freute sich darüber, denn schließlich musste er ein Auskommen haben, wenn sie einmal nicht mehr war.

Die Welt steht Kopf

Der Graf hatte sich all die Jahre nicht im Dorf blicken lassen. Berchte sah ihn manchmal in ihren Träumen, dann sehnte sie sich nach ihm.
Überall sprach man von ihm und von seinen Taten, aber selten war es Gutes, was man über ihn hörte. ‚Gerd den Schrecklichen' nannten ihn die Händler und Kaufleute, ‚den Mutigen' nannten ihn unter der Hand die Bauern.
„Mutig ist er gewiss", erzählte eines Tage ein Besenmacher aus Hathen, der in Wilshusen seine Besen auf dem Markt verkaufen wollte und sich im ‚Ochsen' von dem langen Fußmarsch erholte.
„Ich habe gehört, dass er mit einem Haufen raublustiger Piraten auf der Nordsee unterwegs ist. An einem Tag hat er neun hamburgische Ewers gekapert und die Ladung auf den Märkten verhökert. Den Hanseleuten heizt er gehörig ein, aber das soll mir recht sein. Unsereins hauen die Pfeffersäcke übers Ohr und selbst ersticken sie in ihrem Reichtum!"
Doch immer mehr beunruhigende Nachrichten erreichten das Dorf. Gerd habe sich mit seinen Brüdern zerstritten, er liege mit den Friesen, mit dem Bremer Erzbischof und den Vechteranern im Streit. Es gab kaum jemanden, mit dem er in Frieden war, außer mit den Bauern, denen er immer wieder große Gelage spendierte und eine bessere Welt versprach.
Geheiratet hatte er inzwischen auch. Adelheid von Tecklenburg, eine standesgemäße Partie. Sie lebte auf der Oldenburg und sah ihren Mann selten. Dennoch schenkte sie ihm jedes Jahr ein Kind, von denen die

meisten allerdings starben. Zwerge waren nicht darunter, jedenfalls hatte Berchte nichts davon gehört. Von Himmelszeichen war die Rede, und von göttlicher Rache. Priestermorde geschahen und die Pest flammte hier und da wieder auf. Es war, als habe die Hölle ihre Pforten geöffnet.
Ein Händler aus Hamburg, der im ‚Ochsen' einkehrte, während Eberlin einen Radbruch an seinem Wagen richtete, behauptete, der Graf sei im Friesischen auf Kriegszug und die Friesen hätten dieses Mal Rache geschworen. Sie seien hierher unterwegs, um an Weser und Hunte blutige Vergeltung zu üben. Die Bauern hörten atemlos zu und hofften, dass es nur Gerüchte waren. Die Welt schien kopfzustehen, und das war die Schuld des Grafen, wenn man den Nachrichten der Durchreisenden glaubte.
Viel beunruhigender fand Berchte, dass immer mehr selbst ernannte Prediger unterwegs waren, die vom Untergang der Welt sprachen. Die guten Christen würden sich danach alle im Himmel wiedersehen, sagten sie, während die schlechten in der Hölle landeten, wo sie bis zum Jüngsten Gericht im Fegefeuer schmoren sollten. Manche malten die Hölle in solch schrecklichen Farben, dass Berchte den Schwefelgestank geradezu riechen konnte. In solchen Momenten griff sie nach dem Kreuz, das sie immer noch trug.

Der Ulrichstag war einer der großen Markttage in Wilshusen. Alles, was Beine hatte und darauf laufen konnte, kam in die Stadt, um zu handeln und zu kaufen oder auch nur, um den Gauklern zuzusehen, die zwischen den Ständen ihre Kunststücke zeigten.

Berchte hatte ihren Stand mit Kräutern und Arzneien unter einem der Schwibbögen an der Stadtmauer aufgeschlagen. Das war ein guter Platz, denn hier war sie vor Sonne und Regen geschützt. Der Juli war heiß und schwül in diesem Jahr und den ganzen Tag zogen schon Gewitterwolken über die Geest und kündigten Schauer an. Berchte war froh, dass sie diesen Platz ergattert hatte.
Ein Bärenführer ließ ganz in der Nähe einen zerzausten Bären tanzen. Er war, wenn er sich erhob, wohl zwei Kopf größer als sein Herr. Menschen strömten herbei und sahen atemlos dabei zu, wie das riesige Tier auf zwei Beinen im Kreis herumlief und sich hin und wieder um die eigene Achse drehte, sodass selbst den Zuschauern schwindlig wurde. Ein Junge, vielleicht der Sohn des Bärenführers, spielte dazu auf einem Krummhorn. Berchte war so fasziniert von dem tanzenden Bären, dass sie erschrak, als sie plötzlich angesprochen wurde. Es war Tonis.
„He, Berchte, wie laufen die Geschäfte?"
Er war so betrunken, dass er sich mit seinem ganzen Gewicht auf Berchtes Stand aufstützen musste. Das vordere der Bretter, auf dem sie ihre Waren ausgebreitet hatte, zerbrach unter seinem Gewicht. Kräuter und Tiegel landeten auf dem Boden. Tonis wäre ebenfalls gestürzt, hätte er sich nicht an Berchte festgehalten. Er riss ihr dabei das Kleid über der Brust entzwei. Das Kreuz, das sie versteckt unter ihrem Gewand trug, rutschte heraus. Tonis starrte es überrascht an.
„Nimm deine Hände von mir!", schrie Berchte den Schmied an und schubste ihn fort. Schnell stopfte sie

das kostbare Kreuz wieder unter das Kleid und schlang das Schultertuch fest darüber.
Tonis war zurückgetaumelt, seiner Begleiterin in die Arme. Die Frau drückte ihn an sich und sah ihn schmollend an.
„He, Tonis, du bist mit mir hier und nicht mit der da!"
Es war Kethe, eine der Stadtdirnen. Berchte kannte sie. Sie litt an der brennenden Krankheit, wie viele andere Dirnen auch. Schon mehrmals hatte sie sich heimlich eine Salbe gegen die Schmerzen bei ihr geholt.
Tonis schob Kethe grob beiseite und wankte wieder auf Berchte zu.
„Lass mich deine wunderschöne Halskette noch mal sehen, Berchte", lallte er. „Wem hast du sie gestohlen?"
„Du träumst, Schmied. Ich habe keine Halskette!", gab Berchte barsch zurück. Tonis lachte.
„Ich bin heute gut gelaunt. Ich habe eine süße Frau gefunden, die nicht so dumm ist, mich zu verschmähen. Gib mir was, damit ich richtig in Schwung komme und diese Dame hier glücklich machen kann!"
Er zog Kethe zu sich heran und griff ihr grob an die Brust. Kethe kreischte.
„Ich würde das lassen, Tonis", sagte Berchte und sah Kethe mit einem bedeutungsvollen Blick an. Die Dirne starrte trotzig zurück. Was sollte sie auch machen. Sie war die jüngste Tochter des Abdeckers, niemand hätte sie je geheiratet und leben musste sie doch.
„Nimm dich in Acht", raunte Berchte ihr zu, „wenn du so weiter machst, jagen sie dich aus der Stadt!"
„Na und?"

Kethe machte eine unanständige Geste zu Berchte hin und grinste herausfordernd, wobei sie ihre schwarzen Zähne zeigte.
„Was geht es dich an! Wenn es so weit ist, gehe ich zu den Marketenderinnen. Die haben viel zu tun bei Graf Gerd, habe ich gehört."
Sie zeigte auf Hertel, der dem Gezänk mit offenem Mund zugesehen hatte.
„Mach den Mund zu, Zwerg, sonst fliegt eine Fliege hinein und frisst dich von innen auf!"
Hertel klappte den Mund zu.
„Lass ihn zufrieden, Kethe!", raunzte Berchte sie an, aber Kethe war in ihrem Element.
„Du bist doch auch einer von Gerds Bastarden, wie man hört? Er hat ja so viele! Aber du bist nicht gerade gut gelungen, möchte man meinen."
Sie hakte sich bei Tonis unter und zog ihn mit sich fort.

Der Bärenführer hatte indes seine Vorführung beendet, und der Junge hatte aufgehört zu spielen. Er ging mit seiner Mütze herum und sammelte von den Umstehenden Münzen ein. Als er fertig war, band der Bärenführer das mächtige Tier an einen Baum und verschwand mit dem Jungen in der nächsten Schänke.
„Kann ich zu dem Bären gehen?", fragte Hertel.
„Mach nur. Aber geh nicht zu nah heran, damit er dich nicht beißt."
Hertel freute sich und lief davon.

Berchte besah sich ihr Kleid. Der Riss war weniger schlimm, als sie gedacht hatte, nur das Band, das das Kleid über der Brust zusammenhielt, war durchgerissen. Sie machte einen Knoten und band das Kleid wieder zusammen. Dann begann sie, die heruntergefallenen Kräuter, Tiegel und Fläschchen vom Boden aufzuräumen. Sie seufzte. Eine ganze Menge war zerbrochen oder durch den Straßendreck unbrauchbar geworden.
„Kann ich euch behilflich sein, Jungfer?", fragte jemand. Berchte schaute überrascht auf. Ein fremder Kaufmann stand da und lächelte zu ihr herunter. Berchte erhob sich und klopfte den Staub von ihrem Kleid.
„Danke, Herr, aber ich schaffe es schon selbst."
Der Kaufmann bückte sich dennoch und sammelte ohne ein weiteres Wort die restlichen Tiegel und Beutel auf.
„Wie ist das passiert?", fragte er.
„Ein Betrunkener. Er ist in meinen Stand gestürzt."
Berchte sah den Kaufmann neugierig an. Was wollte er von ihr? Er hatte eine angenehme Stimme und war freundlich. Allerdings sah er aus, als habe er sich erst vor Kurzem geschlagen. Über der rechten Augenbraue hatte er eine hässliche Platzwunde. Sie war entzündet und nässte.
Der Fremde ließ sich nicht davon abhalten, Berchte zu helfen. Als sie alles aufgehoben und den Stand in Ordnung gebracht hatten, standen sie sich gegenüber. Der Kaufmann musterte sie und Berchte wurde unruhig.

„Ich habe gehört, dass Ihr Euch auf die Heilkunst versteht“, sagte der Kaufmann.
Berchte nickte.
„Ich misstraue dem Bader hier auf dem Markt und auch dem Medicus. Er wollte mich zur Ader lassen, stellt Euch vor! Dabei ist das nur ein Kratzer!“
Er zeigte auf seine Stirn.
„Könnt Ihr mir etwas dafür geben, damit es besser heilt? Die Fliegen setzen sich darauf, das ist lästig.“
Berchte sah sich die Wunde genauer an.
„Setzt Euch, Herr, wenn Ihr wollt, werde ich Euch behandeln.“
Sie schob ihm einen Bock hin und der Kaufmann setzte sich.
„Es ist nicht schlimm. Ich werde Euch eine Salbe geben, die müsst Ihr euch jede Stunde auf die Wunde tun, dann heilt es schnell. Aber zuerst muss ich sie säubern. Es wird ein wenig schmerzen.“
„Nur zu“, sagte der Kaufmann.
Berchte nahm einen Lappen, tunkte ihn in eine braune Flüssigkeit und wischte vorsichtig Schmutz und Eiter aus der Wunde.
„Wie ist das gekommen?“, fragte Berchte während sie arbeitete.
Der Fremde lachte bitter.
„Wie soll es schon kommen, dass ein Kaufmann hier in der Gegend blaue Flecken hat? Es waren Graf Gerds Gesellen. Sie überfielen uns und raubten fast alles, was wir dabei hatten. Die Pest soll sie alle holen!“
„Beschreit ihn nicht, den Schwarzen Tod“, warnte Berchte, während sie seine Wunde säuberte.

„Ihr habt ja recht, Jungfer, aber es ist eine Schande! Welcher Landesherr hetzt schon Räuber und Piraten auf ehrbare Kaufleute, um sie auszurauben? Dabei hatten wir einen Geleitbrief, vom Grafen selbst unterschrieben! Fünfzig Gulden hat er uns gekostet! Ein wertloser Fetzen Papier!"
Der Kaufmann stöhnte auf, denn Berchte hatte einen Splitter aus der Wunde gezogen.
„Wir können noch froh sein, dass er nicht auf seiner Burg in Delmenhorst ist oder auf der Welsburg, sonst hätten diese Räuber uns zu ihm geschleppt und dann gnade uns Gott. Schon mehrere Kaufleute sind in die Burg hineingekommen, aber nie wieder heraus!"
„Wisst Ihr, wo Graf Gerd sich gerade aufhält?", fragte Berchte.
„Wer kann das sagen! Es scheint, dass er überall und nirgends ist. Mal raubt er unsere Schiffe auf der Nordsee aus, dann schlägt er sich im Friesischen herum, dann ist er auf der Ostsee mit einem Haufen Piraten unterwegs. Gerade jetzt soll er im Kloster Rastede weilen, um die Mönche ein gottgefälligeres Leben zu lehren."
Der Kaufmann lachte auf. „Man muss sich das vorstellen! Der Graf will sie Frömmigkeit lehren, damit die Mönche besser für sein Seelenheil beten können!"
Er schüttelte den Kopf.
„So viel können die Tonsurierten gar nicht auf den Knien herumrutschen, wie es Sünden beim Grafen zu vergeben gibt!"

Berchte strich Salbe auf die Wunde, die nun schon viel besser aussah.

„So, das wäre fertig, Herr."
Der Kaufmann griff ihren Arm.
„Ihr habt in der Tat heilende Hände, Jungfer. Und Ihr seid so schön wie die Sonne. Wer ist Euer Mann?"
Berchte zog ihren Arm zurück.
„Ich habe keinen und will auch keinen, Herr. Wollt Ihr die Salbe nun kaufen?"
Der Kaufmann lächelte.
„Natürlich", sagte er und zog einen Gulden aus seiner Geldkatze. „Ist das genug?"
Berchte nahm den Gulden und besah ihn sich.
„Das ist mehr als genug, Herr. Ihr bekommt noch etwas zurück."
„Lass gut sein, Jungfer." Der Kaufmann verbeugte sich. „Ich werde Euch weiterempfehlen. Gehabt Euch wohl."

Berchte steckte den Gulden weg. Die Nachrichten über den Grafen klangen nicht gut. Zu allem Überfluss fing es auch noch heftig an zu regnen, und die Leute flohen in einen trockenen Winkel. Berchte rief Hertel zu sich, der immer noch bei dem Bären stand. Gemeinsam zogen sie die aufgebockte Ware unter den Schwibbogen, breiteten ein großes Filztuch darüber und drücken sich selbst in die hinterste Ecke. Der Platz war jetzt leer, bis auf den Bären, der sich unter dem Baum zusammengerollt hatte, und einen Mann, der sich mitten auf den leergefegten Platz stellte und die Arme ausbreitete. Mit lauter Stimme fing er an zu predigen, während der Regen in Bächen aus seinen Haaren rann.

„Und wahrlich, ich sage euch, Feuer wird vom Himmel fallen und eine große Plage wird auf euch kommen, wenn ihr nicht Buße tut! Der Herr zürnt, weil ihr ein hochmütiges und gotteslästerliches Leben führt. Ihr hurt mit euren Frauen ..."
„Was sollen wir sonst mit ihnen machen?", feixten einige Bauern, die in der Nähe Schutz unter einem Vordach gefunden hatten. Diejenigen, die sie gehört hatten, lachten.
„Ihr verspottet den Namen des Herrn! Ihr sauft und fresst aus Gottes Scheunen ..."
„Ich saufe lieber in der Marktschänke", rief ein Bürger aus seinem Haus heraus. Er lehnte am Fenster und hörte dem Prediger zu.
„Ihr missachtet die Gebote und tretet Gottes Schöpfung mit Füßen ..."
„Nun ist aber gut! Wir treten niemanden mit Füßen!"
„Gott wird euch eine neue Sintflut schicken! Alle eure Sünden wird er hinwegspülen!"
„Du scheinst es am nötigsten zu haben, sonst stündest du nicht mitten im Regen!"
„Tut Buße, bevor es zu spät ist, verlasst eure Häuser, eure Familien, eure Äcker und folgt mir nach in Armut, so wie es die Jünger taten, als sie dem Herrn Jesus Christus folgten, denn die Vögel auf den Feldern schachern nicht und Gott ernährt sie doch."
„Das hat der Priester aber anders gesagt. Du kennst die Bibel nicht und rufst uns auf, alles stehen und liegen zu lassen?"

Der Regen hörte so schlagartig auf, wie er gekommen war. Die Menschen kamen aus den Ecken und Winkeln und gingen weiter ihren Geschäften nach, als sei nichts gewesen. Ein kleines Grüppchen war allerdings bei dem Prediger stehen geblieben. Sie ließen sich von ihm segnen, denn er verlangte keine Spende, wie es die Priester in der großen Alexanderkirche meist taten. Berchte überlegte kurz, ob sie Hertel auch von diesem Prediger segnen lassen sollte. Er war nicht einmal getauft, ihr Sohn. Ein Heide war er. Sie sah auf Hertel nieder, der begegnete ihrem Blick und nickte, als habe er ihre Gedanken gelesen. Er ging zu dem Prediger und kniete vor ihm nieder. Der sah ihn an und lächelte.

„Gott liebt dich. Deshalb wirst du leben, auch wenn die Welt untergeht. Gelobt sei Jesus Christus in Ewigkeit, Amen."

Er schlug über Hertel das Kreuz.

Das war ein seltsamer Segen, fand Berchte. Als Hertel zurückkam, nahm sie ihn in den Arm. Jetzt konnte ihm nichts mehr passieren.

Am Abend brachte Berchte einige Beutel Gewürze, die sie für Alma in Wilshusen besorgt hatte, in den ‚Ochsen'. Sie erzählte ihr von dem Prediger und dass er vom Untergang der Welt gesprochen hatte.

„Die schießen aus dem Boden wie Pilze", sagte Alma, „man begegnet ihnen jetzt überall. Manchmal sind sie sogar in Scharen unterwegs. Ich sah in Bremen eine ganze Horde, sie schlugen sich gegenseitig den Rücken mit Pferdepeitschen blutig."

„Man könnte fast meinen, die Welt geht wirklich unter", seufzte Heimold, der mit einem Korb Feuerholz in die Küche stapfte. Er stellte den Korb neben dem

Flett nieder und wischte sich den Schweiß von der Stirn. „Alles gerät aus den Fugen“, sagte er, „selbst unser Priester in Kirchdothlingen redet nur noch vom Teufel und dass Gott uns schreckliche Strafen schicken wird. Wofür, frage ich mich. Was haben wir getan, dass Gott uns zürnt?“

Er schüttelte bekümmert den Kopf. „Dabei giert er selbst jedem Weiberrock nach und besäuft sich mit seinem eigenen Messwein. Kann das Gottes Wille sein?“

Eine halbe Kuh

Am nächsten Tag schickte Berchte Hertel zum Kräutersammeln in den Wald. Sie trug ihm zudem auf, nach Pilzen Ausschau zu halten, die man nur um diese Zeit finden konnte. Hertel nahm den Korb und zog los. Unterwegs traf er Bero, der laut vor sich hin fluchte.

„Gott zum Gruße", rief Hertel dem Hirten zu. Der stand da, gestützt auf einen Haselstock, und beobachtete seine Herde, die trockene Heidezweige und Birkenblätter fraß. ‚Er ist alt geworden', dachte Hertel. In der Tat. Die letzten Jahre hatten Beros Kreuz gebeugt und seine Haare weiß werden lassen. Sogar sein Hund lag nur noch träge zu seinen Füßen.

Bero winkte ab. „Grüß Gott selbst, wenn du ihn triffst, Hertel!"

Der Junge lachte. „Was hat dir die Laune verhagelt, Bero?"

„Wer wohl! Die Wilshuser haben ihr Vieh schon wieder auf die Hunteweiden getrieben! Sieh, was für unsere Tiere noch übrig bleibt!" Bero zeigte auf die trockene Heidefläche.

Hertel zuckte die Achseln. „Ich muss weiter!"

Obwohl es noch früh war, spürte Hertel die Schwüle heraufziehen. Der Tag würde wieder gewittrig werden, wie so viele andere in diesem Sommer auch. Das Moor dampfte geradezu. Hertel beeilte sich. Zur Mittagshitze wollte er wieder in der kühlen Hütte sein. Er wusste, wo er die Kräuter und Pilze für seine Mutter finden konnte. Sein Korb war schnell gefüllt. Nur die Wasserminze fehlte noch in seiner Sammlung. Sie liebte die feuchten Flussufer. Also schlug sich Hertel zum Hunteufer durch, wobei er einige Male fast stecken blieb. Er musste sich durch dichtes Brombeergebüsch und Brennnesseln kämpfen, die so hoch wuchsen, dass er kaum darüber hinwegschauen konnte. Eine Kuh stand plötzlich vor ihm. Sie hatte sich offenbar hierher verirrt. Friedlich kauend stand sie zwischen den Brennnesseln. Es musste wohl eine Wilshuser Kuh sein, denn Bero hätte gewusst, wenn eine aus seiner Herde fehlte. Er hätte ihm aufgetragen, nach ihr Ausschau zu halten. Hertel scheuchte sie fort und ging weiter. Zerkratzt und mit Kletten im Haar stand er schließlich am Fluss, der träge dahinfloss. Mückenschwärme flogen bei jedem seiner Schritte auf. Er schlug sie mit den Händen fort. Endlich fand er, wonach er gesucht hatte: schöne saftige Wasserminze. Er pflückte sie vorsichtig und legte sie in den Korb.

Gerade wollte er sich auf den Rückweg machen, da hörte er Männerstimmen und Pferdewiehern. Hertel versteckte sich hinter einem Brombeergebüsch, keinen Augenblick zu früh, denn wie aus dem Nichts tauchten hinter der Flussbiegung mehrere Berittene auf.

‚Räuber!', schoss es Hertel durch den Kopf, obwohl er noch nie solche Männer gesehen hatte. Groß waren sie, mit langen hellen Haaren, die sie im Nacken zu einem Zopf zusammengebunden hatten. Sie hatten Schwerter und Schilde dabei. Waren das die Friesen, von denen die Männer im ‚Ochsen' erzählt hatten? Es hieß, sie seien zu einem Rachezug gegen den Grafen

Gerd aufgebrochen. Man erzählte sich im Dorf, sie seien an Hunte und Weser gesehen worden.
Die Fremden stiegen ganz in der Nähe von ihren Pferden. Einer kam Hertels Versteck gefährlich nahe, aber der duckte sich. Manchmal war es vorteilhaft, klein zu sein. Der Mann bemerkte ihn nicht.
Hertel überlegte fieberhaft, wie er von hier fortkommen könnte. Die Friesen schnitten ihm den Weg ab. Er hörte, wie einige davonliefen, dann schrie eine Kuh, die Männer lachten. Jetzt begannen die Fremden auch noch, ein Lager zu errichten. Warum rasteten sie so früh am Morgen? Hertel spähte angestrengt durch die Brombeerhecke. Und dann sah er es. Einige Männer zogen die tote Kuh zum Lagerplatz. Sie hatten sie erlegt. Es würde ein Festmahl geben. Das Feuer brannte bereits.

Ganz vorsichtig schlich sich Hertel fort. Als er weit genug weg war, kniete er sich hinter eine Erle und holte tief Luft. Die Friesen, oder was immer es für Männer waren, schienen sich sicher zu fühlen, denn Hertel hörte sie bis hierher und sah den Rauch ihres Feuers.
‚Ich muss Bero warnen', überlegte Hertel.
Die Männer am Hunteufer bemerkten ihn nicht. Sie waren mit dem Ausweiden der Kuh beschäftigt. Hertel rannte geduckt in den Wald hinein, bis er auf die Heide kam, wo Bero, immer noch auf seinen Stab gestützt, stand.
Der Hirte schlief im Stehen. Er schnarchte sogar leise. Hertel hatte sich immer gewundert, wie Bero das zu-

stande brachte. Er rüttelte am Arm des Hirten. Sein alter Hund hob träge den Kopf.
„Bero! Wach doch auf! Die Friesen sind da!"
Bero schrak auf.
„Was? Ach du bist es, Hertel! Musst du mich so erschrecken? Ich hatte so einen schönen Traum!"
„Sie sind am Hunteufer! Gleich hier hinter dem Wald! Komm schnell, wir müssen ins Dorf und alle warnen!"
„Was sagst du da, Junge? Die Friesen? Du willst mich zum Narren halten!"
„Nein, Bero! Sieh dort über dem Wald die Rauchfahne! Dort haben sie ihr Lager aufgeschlagen. Sie braten sich eine Wilshuser Kuh!"
Bero sah Hertel an. Dann verzog sich sein zahnloser Mund zu einem Grinsen.
„Das ist ein guter Witz, Hertel! Ich will ihn mir merken und ihn heute Abend im ‚Ochsen' weitererzählen. Die Friesen essen eine Wilshuser Kuh. Das ist wirklich gut!"
Bero lachte schallend und schlug sich auf die Schenkel, sein Hund bellte erschreckt.
„Es stimmt aber! Schau, dort über den Bäumen hängt die Rauchfahne von ihrem Lagerfeuer!"
Bero starrte in die Richtung, in die Hertel gezeigt hatte, und wurde ernst. Er strich sich über den Bart.
„Wie viele sind es?", fragte er schließlich.
„Wohl zwei Dutzend Männer. Vielleicht auch mehr. Ich habe sie nicht alle gesehen."
Der Hirte nickte. Dann pfiff er leise und der Hund lief um das Vieh herum und trieb es sacht und ohne Laut dem Dorf zu.

Auf halbem Wege kam ihnen Andirke mit seinen beiden Knechten Poppe und Cuno auf einem Wagen entgegen. Sie waren offenbar unterwegs, um in der Heide Plaggen zu stechen, denn sie hatten Spaten dabei.
„Was machst du hier, Bero?“, fragte der Bauer und zügelte das Pferd. „Es ist noch nicht einmal Mittag und du kommst schon mit dem Vieh zurück?“
„Die Friesen sind an der Hunte“, keuchte Bero, „kehrt um!“
„Die Friesen? Dann ist es also wahr, dass sie die Gegend unsicher machen?“, rief Poppe.
„Hertel hat sie entdeckt. Er sagt, es sind mehr als zwei Dutzend Männer. Sie lagern an der Hunte.“
„Sind sie bewaffnet?“, fragte Andirke den Jungen.
„Bis unter die Zähne. Sie haben Schwerter und Schilde dabei. Alles konnte ich nicht sehen. Aber sie sahen nicht aus wie Bauern, die auf Aalfang an die Hunte gekommen sind. Sie haben eine Kuh geschlachtet.“
„Eine Kuh? Haben sie sie gestohlen?“ Andirke sah Bero ungläubig an.
„Ja! Aber nicht von uns“, grinste der Hirte. „Hertel sagt, es ist eine Wilshuser Kuh. Das Wilshuser Vieh steht wieder auf den Hunteweiden, zwar weiter oben, aber diese hatte sich wohl verirrt.“ Bero lachte auf. „Das geschieht ihnen nur recht!“
„Das ist nicht gut!“, rief Andirke, der jetzt plötzlich ganz aufgeregt war. „Steig auf, Hertel, ich nehme dich mit ins Dorf. Wir müssen alle Norddothlinger warnen. Und du, Bero, bringst so schnell du kannst das Vieh in die Ställe. Wir treffen uns alle im ‚Ochsen‘!“

„Nur zwei Dutzend!“, lachte Tonis und sah Andirke verächtlich an. „Wir nehmen sie gefangen und bringen sie zur Welsburg. Sollen die Männer des Grafen sich doch um die Friesen kümmern! Dann haben sie mal etwas anderes zu tun, als die Kaufleute auszunehmen!“
„So wie Hertel sie beschrieben hat, sind es geübte Kämpfer, Tonis! Kriegsknechte! Vielleicht sind Ritter dabei. Wir sind nur Bauern. Womit sollen wir sie überwältigen? Mit Mistforken? Oder hast du die Spieße für uns schon alle geschmiedet, wie du es dem Grafen damals versprochen hast?“, fragte Andirke unwillig. Tonis knurrte etwas in den Bart und schwieg.
„Wir sollten uns dennoch kampfbereit machen, falls sie hierher kommen“, schlug Mertin vor.
„Zu schade nur, dass der Graf nicht auf der Welsburg ist. Der hätte kurzen Prozess mit ihnen gemacht. Aber wir sind ja nur wehrlose Bauern!“ Tonis sah Andirke herausfordernd an.
„Die Friesen sind hier, weil der Graf im Friesischen ständig kurzen Prozess macht!“, rief Andirke. „Bevor wir etwas Dummes tun, lasst mich mit zwei Freiwilligen an die Hunte gehen und auskundschaften, was sie vorhaben. Vielleicht haben sie gar die Absicht, länger zu bleiben!“
Die meisten Bauern nickten zustimmend.
„Also, wer kommt mit?“
Andirke schaute auffordernd in die Runde.
Tonis schlug mit der Faust auf den Tisch.
„Ich komme mit! Soll der Teufel sie alle holen, diese Nordseepiraten!“
Andirke schüttelte den Kopf.

„Du bleibst hier und verteidigst mit Mertin das Dorf, wenn es sein muss. Zum Anschleichen taugst du nicht, Tonis. Du kannst doch schon jetzt nicht mehr gerade gehen. Du würdest im Wald so viel Lärm machen wie ein durchgegangener Ochse!"
„Am Ende fressen sie dich auch noch!", lachte Bero.
Tonis sprang wütend auf und wusste nicht, auf wen er sich zuerst stürzen sollte.
Mertin und Cuno packten ihn. „Sei vernünftig, Schmied! Was trinkst du auch schon am frühen Morgen?"
Tonis blickte wild um sich. Sein Blick blieb auf Berchte hängen, die gerade hereingekommen war, um nach Hertel zu sehen, denn sie hatte von den Frauen gehört, dass an der Hunte etwas geschehen war. Sie legte den Arm um ihren Sohn.
„Es ist alles nur wegen der da!", schrie Tonis, „nur wegen der Hexe! Fragt den Priester von Kirchdothlingen. Er hat sie gesehen, wie sie gehext hat!"
Mertin lachte.
„Du glaubst doch nicht, dass Berchte die Friesen hergehext hat, oder? Komm zu Verstand, Tonis! Such dir eine andere Frau. Sie will dich nicht! Und hör in Gottes Namen auf zu saufen!"
Tonis starrte den Dorfältesten an. Dann sackte er in sich zusammen und schüttelte den Kopf. „Was wisst ihr schon!", flüsterte er und schwieg.
„Also, wer kommt mit mir?", fragte Andirke. Heimold und Poppe meldeten sich.
„Gut. Dann lasst uns sofort aufbrechen."

Die Leute gingen bedrückt in ihre Häuser, verriegelten Fenster und Türen und löschten die Herdfeuer, damit kein verräterischer Rauch über den Baumkronen zu sehen war. Berchte und Hertel wollten ebenfalls in ihre Hütte gehen, aber Alma winkte sie zurück.

„Ihr bleibt besser hier. Eine Frau und ein Zwerg allein in einer abgelegenen Hütte, das ist leichte Beute, falls sie wirklich hierher kommen.“

Berchte nickte dankbar.

„Ich werde dir in der Küche helfen“, sagte sie und zog ihren Sohn mit sich. Einige Männer waren im ‚Ochsen‘ sitzen geblieben. Sie wollte nicht mit ihnen allein in der Schankstube bleiben, denn es gab schon genug Gerede über sie und ihren Sohn.

Am Nachmittag kamen Andirke, Heimold und Poppe endlich von der Hunte zurück.

„Sie sind fort“, sagte Andirke und ließ sich auf eine Bank im ‚Ochsen‘ fallen. Er wischte sich den Schweiß von der Stirn. Die Luft war drückend und heiß. Ein Gewitter zog heran. In der Ferne grummelte der Donner.

„Hol uns allen etwas zu trinken“, rief Heimold seiner Frau zu, „uns klebt die Zunge am Gaumen fest.“

„Ihr scheint dennoch nicht beruhigt zu sein. Was ist geschehen?“, fragten die Männer, die im ‚Ochsen‘ auf sie gewartet hatten.

Alma kam und stellte einen Krug Brunnenwasser auf den Tisch. Die Männer tranken gierig. Andirke wischte sich die Lippen trocken.

„Geh in die Häuser, Poppe, und sag den Leuten, dass die Gefahr vorerst vorüber ist. Sie können die Feuer wieder entzünden."
„Ja, Bauer."
Der Knecht kippte hastig den letzten Schluck Wasser in seine ausgetrocknete Kehle und verschwand.
Lange sagte niemand ein Wort.
„Sie haben tatsächlich eine fette Kuh aus der Herde der Wilshuser geschlachtet. Ein richtiges Schlachtfest haben sie veranstaltet an der Hunte", sagte Andirke schließlich in die brütende Stille hinein.
„Als sie satt waren, haben sie das, was sie an Fleisch gebrauchen konnten, in ihre Taschen gepackt und sind weitergeritten. Den Rest der Kuh haben sie am Hunteufer liegen lassen. Die Krähen sitzen schon auf dem halben Vieh."
„Na und?" Jörg schlug auf den Tisch. „Was geht uns eine halbe Wilshuser Kuh an?"
„Bist du so dumm oder tust du nur so?", fuhr Heimold den Bauern an. „Wenn die Wilshuser das sehen, kriegen wir gewaltigen Ärger, darauf kannst du dich verlassen. Die glauben uns nie, dass es Friesen waren, denen zufällig eine Wilshuser Kuh über den Weg gelaufen ist. Sie suchen doch nur nach einem guten Grund, sich auch noch unsere letzten Viehweiden unter den Nagel zu reißen. Frag Bero! Der kann dir ein Lied davon singen!"
„Genau!", rief der Hirt, „wir sollten die Kuh verschwinden lassen."
„Was nützt das? Sie werden merken, dass eine fehlt. Wir können nichts tun als abzuwarten", sagte Andirke resigniert.

„Abwarten! Immer nur abwarten, Andirke! Manchmal muss man auch etwas tun für seinen Frieden!“
Heimolds Gesicht lief fast lila an vor Zorn.
„Ich habe es dir schon auf dem Weg hierher gesagt: Ich halte nicht den Kopf hin für etwas, das ich nicht getan habe! Haben wir alle Rechte verloren, nur weil wir Dorfleute sind? Die Wilshuser sind nicht die Herren der Geest!“
„Heimold hat recht!“, rief Mertin. „Seht doch, was geschieht! Die Jungen gehen alle fort, weil sie meinen, sie können in der Stadt die Freiheit finden und ein besseres Leben. Das halbe Dorf steht schon wüst!“
„So ist es, Bauern!“, schnaubte Heimold. „Ich bin oft genug in Wilshusen, Delmenhorst oder gar Bremen, und ich sehe, wie viele Bauernjungen in die Stadt wandern, um dort ihr Glück zu versuchen. Vielleicht sollte ich meine Schänke auch zumachen und fortgehen!“
„Da sei Gott vor!“
Alma stand in der Küchentür, die Hände in die Hüften gestemmt. „Was redest du denn da, Mann!“
„Das will ich auch meinen!“ Mertin schlug mit der Hand auf den Tisch. „Wenn ich dich höre, Wirt, wünschte ich fast, der Graf würde zurückkehren und das, was er uns damals versprochen hat, wahrmachen. Wir können unser Dorf nicht im Stich lassen. Ich für mein Teil werde für unser Dorf kämpfen, wenn es sein muss.“
„Bevor ihr in die Schlacht zieht, solltet ihr erst einmal etwas essen“, sagte Alma. Sie rief nach Heske. Die Magd kam mit einer Schüssel voll dampfendem Kohl und stellte sie auf den Tisch. Berchte folgte mit Brot

und stellte es ebenfalls vor den Männern ab. Zögernd blieb sie stehen.
„Konntet ihr die Friesen belauschen? Haben sie etwas vom Grafen gesagt? Es heißt, dass er bei ihnen ist.“
Andirke nickte.
„Ja, sie haben von ihm gesprochen. Wenn es stimmt, was sie sagten, mäht er in Friesland mit blutiger Sense. Sogar Frauen und Kinder verschont er nicht, und mit allen hat er sich zerstritten. Vor allem mit seinem Bruder, dem Grafen Moritz, liegt er im Streit. Er brandschatzt, wo er kann.“
„Ich habe gehört, er ist wütend auf die Friesen, weil sie ihm die alten Oldenburgschen Rechte auf das Land zwischen Marsch und Nordsee streitig machen“, rief Mertin dazwischen, „selbst ernannte Häuptlinge spielen sich als Adlige auf, das kann er nicht dulden!“
„Ich habe gehört, dass mein Magen knurrt“, meinte Heimold und zog die Schüssel zu sich heran. Er fischte seinen Holzlöffel aus der Westentasche, wischte ihn an seinem Wams ab und tunkte ihn in den Kohl. Die anderen Bauern lachten und taten es ihm nach.
Nach und nach füllte sich die Schankstube. Alle wollten die Neuigkeiten hören, die Andirke, Heimold und Poppe von der Hunte mitgebracht hatten. Lautstark berieten sie, was sie mit der halben Kuh an der Hunte anstellen sollten. Bis in den Abend saßen sie beisammen und beratschlagten, aber niemand wusste Rat. Schließlich stand Andirke auf. Er schwankte leicht.
„Geht zurück in eure Häuser“, sagte er, eure Kühe wollen gemolken und gefüttert werden. Ich werde gleich morgen zum Bürgermeister nach Wilshusen

gehen mit der halben Kuh und ihm erklären, was passiert ist."
„Du willst das wirklich tun? Was ist, wenn sie dich einsperren?", fragte Mertin. „Die sind uns nicht gerade freundlich gesonnen, die Wilshuser, das weißt du doch, tom Stapel."
„Einer muss es tun. Der Bürgermeister Hinrik Doemesman ist ein guter Mann. Er wird mir glauben."
„Warum geht Mertin nicht mit?", fragte Lenne ihren Mann aufgeregt. „Er ist der Dorfälteste, es wäre seine Pflicht!"
„Er muss hier sein, falls ich nicht zurückkomme, Lenne. Er muss dafür sorgen, dass dem Dorf nichts geschieht."
Fassungslos starrte Lenne ihren Mann an. „Du bist doch sonst kein Heißsporn! Lass Mertin gehen, er ist schon ganz versessen darauf, die Messer zu wetzen!"
„Eben. Deshalb gehe ich", antwortete Andirke und drängelte sich an Lenne vorbei zur Tür.
„Und was ist mit mir und den Kindern? Was ist mit unserem Hof?"
Andirke drehte sich seufzend zu seiner Frau um. „Ich lasse dir Cuno da. Er ist kräftig und kann für zwei arbeiten. Gott wird mich schon beschützen, Lenne."
Die Leute senkten die Köpfe und schwiegen betreten. Nach und nach standen sie auf und gingen wortlos in ihre Häuser zurück. Die Stimmung war gedrückt. Alle wussten, dass die Gefahr noch nicht überstanden war.
Auch Berchte ging mit Hertel heim.
„Kann der Graf nicht kommen und uns alle beschützen?", fragte Hertel. „Er ist doch mein Vater."
Berchte schüttelte traurig den Kopf.

„Du bist nur einer seiner vielen Bastarde, Hertel, und dazu noch ein Krüppel. Der Graf, das lass dir gesagt sein, ist unberechenbar. Wenn du ihm je gegenüberstehst, sag ihm nicht, dass du sein Sohn bist. Er könnte es schlecht aufnehmen."
Sie nahm ihn an die Hand. Schweigend gingen sie durch das Dorf. Wenn nur die Hälfte der Nachrichten, die über den Grafen in Umlauf waren, stimmten, hatte er sich endgültig in ein rasendes Monstrum verwandelt. Wenn er so weitermachte, würde er noch den ganzen Norden in Brand setzen.

Am frühen Morgen brach Andirke nach Wilshusen auf, die halbe Kuh auf dem Wagen. Sein Knecht Poppe begleitete ihn. Scharen von Krähen folgten dem Fuhrwerk. Sie kamen nur langsam voran, denn die Wege waren von der Hitze ausgetrocknet und die Räder versanken im Mullsand. Auch die Gewitter der letzten Nacht hatten kaum Regen gebracht. So mussten Andirke und Poppe die meiste Zeit neben dem Wagen herlaufen, damit sie überhaupt vorwärts kamen.
Die Sonne stand schon hoch am Himmel und verbreitete brütende Hitze, als sie am Galgenberg auf dem Stöckenkamp vorbeikamen. Eine Gestalt baumelte sacht in der leichten Brise, ein Pferdedieb, der vor drei Tagen gehängt worden war. Solche Neuigkeiten verbreiteten sich rasch. Andirke und Poppe sahen nicht hin, denn das gleiche Schicksal mochte auch ihnen blühen.
Als sie mit ihrem Wagen am Galgen vorbeirumpelten, flogen die Krähen von dem Gehängten auf und stürz-

ten sich in das Gerangel um den stinkenden Kuhkadaver. Andirke schlug mit dem Stock nach ihnen, was sie nur noch wütender machte.
Das Zwischenbrückener Stadttor stand offen um diese Zeit. Eine schläfrige Wache lehnte an der Palisade. Von dem Geschrei der wild gewordenen Vögel wurde er wach und blinzelte gegen die Sonne. Er richtete sich auf.
„Halt! Was wollt ihr?“, schnauzte er die Neuankömmlinge an und streckte ihnen die Lanze entgegen.
„Wir wollen zum Bürgermeister von Wilshusen. Wir sind Bauern aus Norddothlingen.“
Der Wächter musterte sie misstrauisch. Dann ließ er die Lanze sinken und ging um den Wagen herum, wobei er nach den Krähen schlug, die ihn aufgebracht umflatterten.
„Was wollt ihr mit dem Aas beim Bürgermeister?“
„Es ist eine Wilshuser Kuh. Besser gesagt, der Rest davon. Wie haben sie an der Hunte gefunden.“
„So. Gefunden habt ihr sie also. Sie ist in einem bedauernswerten Zustand. Ich kann euch so nicht zum Bürgermeister lassen, aber den Weg zum Abdecker kann ich euch beschreiben.“
„Es waren die Friesen“, sagte Andirke ruhig, „die haben diese Kuh geschlachtet. Sie kamen die Hunte herauf und rasteten dort, wo das Wilshuser Vieh weidete. Wir haben sie beobachtet.“
Der Wachmann wich einen Schritt zurück. „Die Friesen waren an der Hunte? Was hatten sie da zu suchen?“ Er schaute sie mit offenem Mund an. Eine Krähe setzte sich auf seinen Helm und hackte auf ihn ein. „Verdammte Viecher!“, schrie er und scheuchte sie

weg. „Fahrt! Sollen die Wilshuser sich damit herumschlagen. Und nehmt diese verfluchten Krähen mit!“

Andirke ließ sich das nicht zweimal sagen. Er schnalzte mit der Zunge und die Pferde zogen den schweren Wagen durch das Zwischenbrückener Tor. Doch es waren noch weitere Tore zu passieren, so einfach kam man nicht in die Stadt hinein.
Am Huntetor wurden sie wieder aufgehalten. Der Wächter dort blieb in gebührender Entfernung vom Fuhrwerk stehen. Nachdem Andirke sein Anliegen erklärt hatte, winkte er sie ungeduldig weiter. Endlich waren sie in der Stadt angelangt.

Der Weg zum Rathaus war breit und ausgefahren. Zu beiden Seiten standen mehr oder weniger prächtige Fachwerkhäuser. Eine Herberge für die Durchreisenden, eine Schänke, ein Gerber, Töpferwerkstätten und eine Apotheke gab es hier. Dazwischen standen einfache Bürgerhäuser. Am prächtigsten aber war der Huder Klosterhof, der vom Reichtum des Klosters in Hude zeugte. Allerdings hatte das Kloster auch schon bessere Tage gesehen.
Unrat und Viehmist lagen vor den Häusern und verbreiteten in der Sommerhitze einen Gestank, der dem des Kuhkadavers kaum nachstand. Trotzdem wichen die Leute Andirke aus und schimpften. Einige aufgebrachte Bürger liefen ihnen nach und warfen mit Gemüse oder Sonstigem, von dem Andirke gar nicht wissen wollte, was es war. Es herrschte reges Treiben auf der Straße, sodass sie nur langsam vorankamen. Andirke erinnerte sich, dass die Straße vergrößert wor-

den war. Als er als Kind mit seinem Vater hier durchfuhr auf den Markt, um Hühner und Anderes zu verkaufen, war sie noch bedeutend schmaler gewesen. Er kannte keine Straße, auf der so viele Händler unterwegs waren wie hier, dabei war Wilshusen keine besonders große Stadt, nicht so wie Bremen oder Hamburg, aber dies war die Flämische Straße, die mitten durch Wilshusen hindurchführte.
Andirke stieg vom Wagen, um die scheuenden Pferde zu beruhigen, während Poppe auf die Krähen einschlug, von denen immer mehr über den Kadaver herfielen. Hinter der nächsten Biegung war der Marktplatz. Endlich waren sie da.

Poppe sprang vom Wagen und zog die Pferde in eine ruhigere Ecke. Die Leute gafften zu ihnen herüber. Einige Kinder warfen mit Steinen nach den Krähen. Einer traf Poppe an der Schulter. Er scheuchte die Kinder mit wüsten Worten fort.
Andirke sah sich um. Heute war kein Markttag, dennoch war der Platz fast ebenso belebt wie die Straße. Einige Frauen standen mit ihren Wassereimern am Brunnen. Sie hörten auf zu schwatzen, als sie den Wagen sahen.
Eine Gruppe Händler war ganz in der Nähe damit beschäftigt, sich zur Weiterreise zu rüsten. Sie prüften den Inhalt ihrer Kisten und Säcke und zurrten sie auf den Fuhrwerken fest. In einigen Kisten hatten sie feinste Töpferware, wie Andirke sehen konnte. Sie stammte offenbar aus den Wilshuser Töpfereien. Auch die Kaufleute hielten in ihrer Arbeit inne und starrten zu Andirke herüber.

„Du bleibst hier!“, ordnete Andirke an. „Ich suche den Bürgermeister.“
Poppe nickte nur. Andirke holte tief Luft, dann strich er sich mit der Hand die Haare glatt, richtete sein Wams und trat durch die dunkle Eichentür ins Rathaus.
Hier war es angenehm kühl. Von irgendwo her drangen leise Stimmen. Ein Mann, es musste, seiner Kleidung nach zu urteilen, einer der Ratmannen sein, kam die Treppe vom Ratssaal herunter. Andirke verneigte sich vor ihm.
„Verzeiht, Herr, wo finde ich den Bürgermeister Hinrik Doemesman?“
Der Ratmann blieb stehen und musterte den Bauern.
„Was willst du von ihm?“
„Das möchte ich nur ihm sagen, Herr.“
„So, so. Nun. Du hast Glück. Er kommt gleich hier herunter, denn die Sitzung ist gerade beendet.“
Andirke verbeugte sich noch einmal, aber der Mann war schon weitergegangen. Andirke stellte sich an den Fuß der Treppe und wartete. Er fühlte sich unwohl. Das Rathaus mit seiner fein polierten Holztreppe, dem gefliesten Boden und der geschnitzten Balkendecken, all das war so prächtig, dass er sich winzig und schwach vorkam. Er wagte nicht, sich auf die Bank neben der Treppe zu setzen.
Nach einer guten Weile kamen gleich mehrere Männer die Treppe herunter. Unter ihnen war auch Bürgermeister Doemesman. Andirke hatte ihn schon mehrmals gesehen, wenn er auf dem Markt gewesen war. Wie immer war er prächtig gekleidet. Als er den Bauern am Fuße der Treppe sah, blieb er stehen.

„Zu wem willst du, Bauer?“, fragte er.
Andirke verneigte sich tief.
„Ich bin Andirke tom Stapel, Bauer aus Norddothlingen. Ich muss mit Euch sprechen, Bürgermeister.“
Es kam öfter vor, dass jemand den Bürgermeister oder einen der Ratmannen sprechen wollte. Meist ging es um einen Streit unter Nachbarn, um Marktgebühren oder den Winkoop. Bei den Norddothlingern ging es meist um die Rechte an der Viehweide an der Hunte. Immerzu gab es deswegen Ärger. Diese Bauern waren stur und wollten nach Meinung des Bürgermeisters nicht einsehen, dass die Wilshuser im Recht waren.
Doemesman winkte Andirke ungeduldig in eine Ecke. Die anderen Ratmannen gingen weiter, sie beachteten Andirke nicht.
„Nun, Andirke von Norddothlingen, was hast du vorzubringen? Sprich, denn ich habe eine lange Sitzung hinter mir und bin hungrig.“
„Die Friesen waren gestern an der Hunte und haben eine von euren Kühen erwischt und geschlachtet“, begann Andirke. „Einer von uns hat es beobachtet. Die Kuh war wohl weggelaufen. Ich bringe Euch das, was von ihr übrig geblieben ist. Es liegt draußen auf meinem Wagen.“
Doemesman blickte verdutzt. Dann fing er an zu lachen und konnte sich kaum beruhigen.
„Das ist gut, Bauer! So eine Geschichte habe ich mein Lebtag nicht gehört!“
In diesem Moment stürzte Hermann Duvel, einer der Ratmannen, in das Rathaus.
„Doemesman! Komm heraus und sieh dir das an!“

Der Bürgermeister hörte auf zu lachen. Misstrauisch sah er von Andirke zu dem Ratmann. Dann stand er auf und folgte Duvel auf den Marktplatz. Andirke ging ihnen langsam nach.

Der Wagen stand dort, wo sie ihn hingestellt hatten. Die Pferde wieherten nervös. Poppe hatte sie festgebunden und versuchte, die vom Aasgeruch aufgebrachten Vögel so gut es ging mit einem Stock fernzuhalten. Dennoch saßen sie in Scharen auf dem Kuhkadaver, sodass er aussah wie ein schwarzer, fedriger Haufen, ein Riesenvogel aus der Hölle.
„Was ist das?“, fragte Doemesman angewidert.
„Das ist Eure Kuh, Bürgermeister. Oder besser das, was die Friesen übrig ließen“, sagte Andirke.
Doemesman sah ihn an.
„Was ist das für eine hanebüchene Geschichte, Bauer? Was sollen denn die Friesen hier an der Hunte, wenn sie die Nordsee vor der Tür haben, kannst du mir das verraten?“
„Vielleicht auf Fischfang gehen?“, lachte Duvel.
Andirke schüttelte den Kopf.
„Wir haben sie belauscht. Sie redeten davon, dass sie auf Rache sinnen wegen der Kriegszüge von Graf Gerd im Friesischen. Deshalb sind sie in der Geest.“
„Graf Gerd? Das ist doch lächerlich! Graf Gerd ist in Friesland, wie man hört. Warum also sollten die Friesen zu uns kommen, wenn sie sich rächen wollen?“
„Es ist aber so! Ich habe es mit eigenen Ohren gehört. Sie sind hier, um zu plündern und zu rauben, so wie der Graf es bei ihnen tut.“
„Wie viele waren es?“

„Ungefähr zwei Dutzend Männer. Sie waren schwer bewaffnet."
Doemesman sah Andirke ungläubig an. Die Ratmannen lachten.
„Zwei Dutzend Friesen also! Wir zittern schon vor Angst, Bauer! Was können zwei Dutzend Friesen schon anrichten?"
„Unser Dorf hätten sie verwüsten können, wenn sie gewollt hätten", sagte Andirke leise.
„So? Und warum wollten sie nicht? Es heißt doch, dass der Graf euer Freund ist! Sie hätten allen Grund, euer dreckiges Nest zu verwüsten. Warum wollten die Friesen also gerade unsere Kuh fressen und nicht eine von den euren?", giftete Doemesman. Er war so rot angelaufen im Gesicht, dass Andirke fürchtete, er könnte hier vor ihnen platzen.
„Glaubt Ihr denn, sie haben die Kuh vorher gefragt, ob sie eine Dothlinger oder eine Wilshuser Kuh ist?", mischte sich nun Poppe ein und erntete Gelächter von den Umstehenden. Doemesman sah ihn an.
„Hat dich jemand nach deiner Meinung gefragt, Knecht?"
„Nein. Aber ich sage sie trotzdem!"
Doemesman winkte ab und wandte sich wieder Andirke zu.
„Ich glaube euch nicht. Ich glaube vielmehr, ihr habt die Kuh genommen und ein schönes Schlachtfest im Dorf veranstaltet. Aber dann hat euch das Gewissen geplagt!"
Andirke richtete sich auf. Mit ruhiger, aber lauter Stimme sagte er: „Das ist es eben, Bürgermeister! Ihr Stadtleute glaubt, immer im Recht zu sein. Ihr haltet

uns für toll, weil wir Bauern sind. Wenn wir sie gestohlen hätten, Eure Kuh, wir wären sicher nicht mit den Resten in die Stadt gekommen, um Euch eine Lüge aufzutischen. Wir hätten sie vergraben oder einfach den Krähen überlassen. Ich stehe hier und spreche die Wahrheit. Wenn Ihr mir nicht glaubt, nun, dann sperrt mich ein. Aber lasst meinen Knecht laufen. Und seid wachsam. Die Friesen kommen früher oder später auch hier durch."

Die Leute tuschelten. Doemesmann musterte Andirke abschätzend.

„Ob die Geschichte wahr ist oder nicht, lässt sich nicht mehr sagen. Für mich klingt sie an den Haaren herbeigezogen. Zehn rheinische Goldgulden kostet euch die Kuh. Wenn ihr innerhalb von drei Tagen kommt und die Schuld begleicht, wollen wir die Sache auf sich beruhen lassen. Tut ihr es nicht, werden wir uns die Gulden mit Gewalt holen."

Doemesman drehte sich um und ging davon, gefolgt von den anderen Ratmannen, die verständnislos die Köpfe schüttelten.

„Aber Bürgermeister! Wir sind Bauern! Woher sollen wir so viele Gulden nehmen?", rief Andirke ihnen nach.

Doemesman blieb stehen und zeigte auf den Wagen. „Schafft mir das stinkende Vieh aus der Stadt. Und noch etwas, Andirke tom Stapel. Dass mir keine weiteren Klagen kommen wegen der Viehweide! Ich habe es satt, euch immer und immer wieder erklären zu müssen, dass es unser verbrieftes Recht ist, unsere Tiere an der Hunte weiden zu lassen. Es steht im Codex der Stadt geschrieben. Du kannst es selbst nachlesen."

Doemesman drehte Andirke und Poppe den Rücken zu und verschwand mit den anderen Ratmannen in der Menge.

Andirke und Poppe kamen am Nachmittag nach Norddothlingen zurück. Sie hatten den Kadaver unterwegs vergraben.

„Wie haben sie es aufgenommen?", fragte Mertin, der sie gesehen hatte und ihnen entgegenkam.

„Sie wollen binnen drei Tagen zehn rheinische Goldgulden von uns, oder sie kommen mit dem Schwert."

Andirke wischte sich den Schweiß von der Stirn.

„Zumindest haben sie uns laufen lassen. Geglaubt hat Doemesman uns jedenfalls kein einziges Wort. Er meint, wir hätten die Kuh geschlachtet."

„Ich habe es geahnt. Aber zehn rheinische Goldgulden? Dafür kriegt er eine ganze Herde Kühe!", schimpfte Mertin. „Woher sollen wir so viel nehmen!"

Andirke stieg vom Wagen und zuckte mutlos die Achseln.

„Ich weiß es doch auch nicht. Vielleicht hattest du recht, Mertin, und wir hätten unsere ehrliche Haut nicht zu Markte tragen sollen. Lass uns heute Abend im ‚Ochsen' darüber beraten. Ruf die Männer zusammen. Nach dem Abendläuten sollen sie kommen. Jetzt müssen wir erst einmal die Pferde versorgen."

Mertin legte Andirke und Poppe die Hände auf die Schulter.

„Es ist gut, dass ihr zurück seid", sagte er. Andirke nickte und ging mit seinem Knecht zum Hof, die Pferde am Halfter hinter sich herziehend.

Das Abendläuten der St. Firminus-Kirche war weithin zu hören. Nach und nach trafen die Bauern im ‚Ochsen' ein.
„Wenn es so weitergeht, kann ich bald meinen Strohsack hier aufschlagen", murrte Bero.
„Du sprichst ein wahres Wort. Man könnte meinen, wir hätten jetzt im Sommer nichts anderes zu tun, als im ‚Ochsen' zu sitzen und Heimolds Bier zu trinken", schimpfte Cuno, der zusammen mit Poppe und Andirke gekommen war.
„Schmeckt euch mein Bier etwa nicht?", fragte der Wirt.
„Es schmeckt uns zu gut!", rief Eberlin. „Wir könnten uns daran gewöhnen, wenn es nichts kosten würde."
„He, he! Von irgendwas muss ich ja auch leben!", rief Heimold gespielt ärgerlich.

Als alle versammelt waren, erzählte Andirke, wie es ihnen in Wilshusen ergangen war.
„Zehn rheinische Goldgulden!"
„Sie wissen genau, dass wir nicht so viel haben!"
„Sie legen es darauf an, uns zu überfallen!"
„Warum lassen sie uns nicht einfach in Ruhe!"
Die Bauern redeten wild durcheinander.
„Ruhe!", brüllte Mertin die aufgebrachten Bauern an. Er war aufgestanden und hatte beide Hände erhoben. Langsam beruhigten sie sich.

„Es hilft doch nichts, wenn wir alle durcheinander schreien, Männer! Wir sollten viel lieber überlegen, was wir jetzt tun!“
„Was bleibt uns schon übrig?“, rief Jörg. „Wir müssen zahlen, denn sie sind stärker als wir. So einfach ist das!“
Im Schankraum war es still. Die Männer starrten betrübt in ihre Becher.
„Was musstest du auch gleich mit der Kuh zu ihnen laufen, Andirke!“, fauchte Tonis.
„Sie wären früher oder später gekommen, die Wilshuser, da kannst du Gift drauf nehmen, Schmied!“, erwiderte Eberlin. „Und was das Geld angeht: Fragen wir doch Heimold, er ist der Einzige hier im Dorf, der viel mit Münzen umgeht.“
„Ja, fragen wir den Wirt, ob er etwas leihen kann, wo wir schon ständig bei ihm sitzen.“
„Und was ist mit euch?“, fragte Heimold aufgebracht, „ihr könnt nicht verlangen, dass ich allein für diese Kuh zahle!“
„Wie viel werden wir schon geben können?“, lachte Jörg freudlos. „Der Sommer ist zu trocken und das Korn ist notreif. Das Vieh ist mager, weil die Wilshuser uns nicht auf die fetten Weiden lassen. Wir können froh sein, wenn wir so viel zusammen bekommen, dass wir unsere Abgaben zahlen können. Wie sollen wir da noch zehn rheinische Goldgulden zusammenkratzen?“
Heimold setzte sich zu den Bauern an den Tisch. Er war ein wenig blass geworden.
„Warum sollte ich mehr haben als ihr? Sag es mir, Jörg! Von dem bisschen, das ich für das Bier von euch

bekomme, kann ich nicht einmal die Zutaten bezahlen, die ich brauche, um neues Bier zu brauen!"
Jörg sprang auf.
„Und was ist mit den Händlern, die du beherbergst? Sag mir nicht, dass sie nicht gut zahlen. Am Sonntag hatte Alma ein neues Kleid an in der Kirche. Du bist es, der am meisten hier im Dorf besitzt!"
Einige der Bauern nickten, andere sahen sich besorgt zu Mertin und Andirke um. Die Stimmung war gereizt. Mertin hob erneut die Hand.
„Männer", rief er, „das bringt doch nichts, wenn wir uns jetzt auch noch streiten. Jeder muss etwas dazutun und jeder von euch sagt jetzt, wie viel er geben kann."

Nicht einmal die Hälfte des verlangten Preises kam zusammen, obwohl Heimold großzügig drei Gulden bot. Die Bauern schwiegen ratlos.
„Damit werden sie sich nicht zufriedengeben", seufzte Mertin, „bald stehen sie hier im Dorf und dann gnade uns Gott."
„Wo wir gerade von der Gnade Gottes sprechen", sagte Tonis, und es lag etwas Lauerndes in seinem Tonfall, „fragt doch mal Berchte nach dem, was sie um den Hals trägt. Ein Geschmeide von ganz besonderer Art, sicher sehr kostbar. Ich sah, wie sie es kürzlich auf dem Markt in Wilshusen unter ihrem Kleid trug."
„Wovon sprichst du?", fragte Andirke ärgerlich, „kannst du nicht einmal jetzt deinen Zwist mit Berchte vergessen? Es geht um das Dorf und nicht um deine verletzte Mannesehre."

Tonis war schnell. Er stürzte sich auf den Bauern, noch bevor der reagieren konnte, und schlug ihm die Faust ins Gesicht. Es knackte und ein Schwall Blut schoss aus Andirkes gebrochener Nase. Mehrere Bauern sprangen auf und hielten Tonis fest, bevor er noch einmal zuschlagen konnte. Er schnaufte wie ein Stier, er war wie von Sinnen.
„Geht zu ihr und lasst euch das Geschmeide zeigen!“, schrie er, „weiß der Teufel, woher sie es hat! Ihr wollt doch das Dorf retten, oder etwa nicht? Sie könnte es tun!“
Alle schwiegen. Alma kam und brachte Andirke ein Tuch, mit dem er sich das Blut von der Nase wischen konnte.
„Gut“, nuschelte Andirke, noch immer am Boden hockend, „ich denke, ich sollte mit der Nase zu Berchte gehen. Dann kann ich sie fragen. Und was dich angeht, Schmied, so werde ich dich vor das Gogericht bringen, wenn du nicht lernst, deinen Jähzorn zu beherrschen!“
Tonis knurrte etwas in seinen Bart hinein. Die Männer ließen ihn los. Er nahm seine Mütze und ging ohne ein weiteres Wort in seine Schmiede zurück.
Poppe und Cuno halfen ihrem Bauern auf die Beine. Er schwankte leicht und hielt sich am Tisch fest.
„Sollen wir dich zu Berchte bringen, Bauer?“, fragte Poppe.
„Nein, ich kann allein gehen. Versammelt euch morgen bei Sonnenaufgang hier und bringt mit, was ihr geben könnt. Wir schaffen es dann nach Wilshusen, ob es genug ist oder nicht. Gott wird uns beistehen.“ Mit

diesen Worten wankte Andirke hinaus und machte sich auf den Weg zu Berchte.

Die Tür stand offen. Berchte saß am Feuer und rührte in dem Grapen, der am Kesselhal über den Flammen hing. Es roch nach gekochter Gerste und Gemüse. Hertel saß in einer Ecke und zerstampfte getrocknete Kräuter. Eine kleine Handwaage lag auf dem Tisch und eine Schüssel mit Samen des Johannisbrotbaums, die er offenbar als Gewichte benutzte, wie die Apotheker es taten. Als Andirke eintrat, sah er auf.
„Was ist mit dir geschehen?“, fragte Berchte bestürzt. Schnell schob sie ihm einen Schemel hin. Andirke setzte sich und nahm das vom Blut durchweichte Tuch vom Gesicht. Seine Nase war blau angelaufen und schien immer noch anzuschwellen.
„Tonis war es. Er hatte einen seiner Zornesausbrüche.“
Berchte schwenkte den Kesselhal von der Feuerstelle weg.
„Hol Wasser, Hertel!“, rief sie. Ihr Sohn rutschte vom Schemel, nahm den Ledereimer vom Haken an der Wand und lief zum Brunnen. Währenddessen befühlte Berchte vorsichtig die geschwollene Nase. Andirke verzog das Gesicht vor Schmerzen. Berchte stand auf und suchte in ihrem Kräuterregal nach einer Salbe. Als sie sie gefunden hatte, kam Hertel schon mit dem Wasser zurück und stellte den Eimer neben Berchte ab. Die tunkte ein Tuch in das kalte Wasser und begann, die Nase vorsichtig zu säubern.
„Sie ist gebrochen“, sagte sie. „Sie wird krumm bleiben, deine Nase, aber da du schon eine Frau hast, ist

es nicht so schlimm. Deine Nase wird trotzdem weiterhin ihren Dienst erfüllen."
„Sie wird mich zieren. Ich sehe jetzt aus wie ein richtiger Draufgänger", presste Andirke zwischen zusammengebissenen Zähnen hervor. Berchte strich lächelnd die Salbe auf die Nase. Sie war angenehm kühl. Andirke atmete auf.
Als Berchte fertig war, goss sie Wasser in einen Becher und zählte aus einem Fläschchen zehn Tropfen hinein. Sie fielen schwer wie Sirup in das Wasser.
„Trink das, es lindert die Schmerzen", sagte sie.
Als Andirke ausgetrunken hatte, nahm Berchte den Becher, der Bauer blieb sitzen. Sie sah ihn fragend an.
„Ich muss mit dir reden", sagte er.
„Du solltest aber nicht so viel reden. Halte dein Gesicht still, dann heilt die Nase schneller. Am besten gehst du nach Hause und schläfst. Morgen wird es dir besser gehen."
„Es ist wichtig, Berchte. Du hast sicher gehört, dass wir den Wilshusern wegen der Kuh zehn rheinische Goldgulden schulden. Wir können es nicht zusammenbekommen. Tonis sagt, du besitzt ein kostbares Geschmeide, das du immer um den Hals trägst."
„Habt ihr euch deshalb geschlagen?"
„Nun ... ja!"
Berchte nahm den Wassereimer, den Hertel neben das Flett gestellt hatte, und trug ihn in eine Ecke.
„Geh hinaus, Hertel, und hack mir ein wenig Schürholz klein", sagte sie.
„Aber ich habe doch erst heute Morgen ..."
„Tu, was ich sage!"
Hertel schlich schmollend aus der Hütte.

„Warum heiratest du ihn nicht, Berchte?“, fragte Andirke, „eine Frau, so allein hier im Wald, das ist nicht gut für den Frieden im Dorf. Es gibt immer Zank unter den Männern.“
„Ist es meine Schuld, dass sich die Männer wegen mir zanken? Ich will nichts von ihnen. Ich habe auch Tonis nie Hoffnungen gemacht, Andirke! Ich will ihn nicht heiraten. Er ist ein grober Mensch und mir zuwider!“
Andirke stand auf. Trotz des angeschwollenen Gesichts sah Berchte, dass er wütend war.
„Seit wann sucht sich eine Frau ihren Mann? Tonis ist so, weil du ihn verschmähst, Berchte. Mit einer Frau im Haus wäre er sicher sanft wie ein Lamm und im Dorf kehrte wieder Frieden ein, versteh das doch!“
„Dann hast du wohl vergessen, was mit Katrin und ihrer Kleinen geschah? Warum hat Tonis sie nicht geheiratet? Was, glaubst du, würde er mit Hertel machen, wenn ich ihn zum Manne nähme? Es würde kein Jahr dauern, dann läge Hertel auch neben dem Misthaufen begraben. Nein, Andirke, lieber gehe ich fort von hier, als Tonis' Frau zu werden. Das ist mein letztes Wort!“
„Dann gib mir wenigstens das Geschmeide, Berchte. Du kannst damit das Dorf retten, ich bitte dich!“
Berchte drehte sich um und räumte Hertels Kräuter beiseite.
„Ich habe kein Geschmeide und weiß nicht, wovon Tonis faselt.“
„Tonis sagt, du hättest eine kostbare Halskette getragen, als er dir auf dem Ulrichsmarkt in Wilshusen begegnet ist. Stimmt das?“

„Tonis war betrunken, und er hatte eine Stadtdirne im Arm. Eine kranke dazu. Ich kenne sie, sie hat den roten Schanker! Er war nicht bei Sinnen. Ich weiß nicht, was er gesehen hat!"
Fast hätte sie sich an die Brust gegriffen, wo das Kreuz heiß auf der Haut brannte. ‚Nein. Ich werde es nicht hergeben. Es ist unser einziger Schutz', dachte sie.
Andirke erhob sich.
„Nun gut", sagte er müde, „vielleicht sprichst du die Wahrheit. Wenn nicht, muss Gott darüber richten."
Er griff Berchtes Hand, zog sie zu sich heran und sah ihr in die Augen.
„Überleg dir, was ich gesagt habe! Es geht so nicht weiter im Dorf. Heirate Tonis! Was Hertel angeht, er ist bald kein Kind mehr. Er könnte bei einem von uns als Knecht unterkommen. Er ist zwar klein, aber geschickt."
Berchte schüttelte schweigend den Kopf. Andirke ließ sie los und ging hinaus.

„Warum hast du ihm das Kreuz nicht gegeben, Mutter?", fragte Hertel leise. Er stand mit dem gefüllten Holzkorb in der Tür. „Ist es, weil du es vom Grafen bekommen hast? Von meinem Vater?"
„Schwätz nicht herum! Beende deine Arbeit und rede mit niemandem darüber, hörst du? Mit niemandem!"
Sie hatte barsch mit ihm gesprochen. Das tat sie selten. Hertel zog seinen Kopf zwischen die schmalen Schultern und stellte den Holzkorb ab. Dann setzte er sich wieder an seine Arbeit.

Berchte schwenkte den Grapen über die Feuerstelle zurück und rührte abwesend darin.
Was würde jetzt geschehen? Ob die Wilshuser das Dorf wirklich überfielen, wegen einer einzigen Kuh? Sie konnte es kaum glauben. Aber wenn sie es taten, war es ihre Schuld. Sie hatte Andirke das Kreuz verweigert. Ja, sie hatte sogar gelogen. Warum eigentlich? Sie wusste die Antwort. Es war, weil Tonis das Kreuz gefordert hatte. Warum konnte er sie nicht in Frieden lassen? Wegen ihm musste sie vielleicht bald das Dorf verlassen, ob mit oder ohne Kreuz. Oder sie musste ihn heiraten. Nein, sie würde das Kreuz nie und nimmer hergeben, nicht für dieses Dorf!

Mertin und Tonis machten sich am nächsten Morgen auf den Weg nach Wilshusen mit dem Wenigen, das sie zusammengekratzt hatten. Mertin hatte seine beste Kuh dazugegeben und Jörg eine trächtige Ziege.
Tonis sagte kein Wort. Er brachte das Gespräch auch nicht wieder auf Berchtes Geschmeide. Es war, als ob ihm leid täte, was am Tag zuvor im ‚Ochsen' geschehen war.

Schon gegen Mittag waren sie zurück.
„Was sagen sie?", fragte Heimold aufgeregt. Er war ihnen entgegengelaufen.
Mertin winkte ab.
„Doemesman sagt, es gilt für die Hälfte. Morgen wollen sie den Rest. Sie sind unerbittlich."
„Morgen schon? Ich dachte, sie hätten uns drei Tage Zeit gegeben! Warum jetzt nur zwei?"

„Was spielt das für eine Rolle? Wir haben nicht mehr. Weder morgen noch übermorgen."
„Wir hätten schon mehr, wenn Berchte ihre Halskette herausrücken würde. Ich werde zur ihr gehen und sie holen. Wenn es sein muss, mit Gewalt", knurrte Tonis. Niemand hielt ihn auf.

Als er bei der Hütte ankam, fand er sie verschlossen. Niemand öffnete auf sein Klopfen und Rufen. Es war seltsam still hier. Tonis ging zu den Fenstern, um in die Hütte zu sehen, aber es war alles dunkel. Er spürte den Zorn in sich hochkochen. Wie konnte es sein, dass diese Frau sich ihm ständig entzog? Welches Recht hatte sie dazu? Sie war allein mit ihrem kleinen Krüppel. Welcher Mann würde so eine Frau noch nehmen? Sie sollte dankbar sein und froh, dass er, Tonis, der Schmied, sie nicht verschmähte. Stattdessen verhöhnte sie ihn!
Er musste seinem Zorn Luft machen und trat mit aller Gewalt gegen die verschlossene Tür. Das morsche Holz gab schnell nach. Licht fiel in die Hütte. Tonis blieb in der Tür stehen.
„Berchte! Komm heraus!", schrie er. Niemand antwortete. Er stürmte in die Hütte hinein. Niemand war da. Das Kräuterregal war ausgeräumt, die Deckenbalken, von denen sonst unzählige Büschel Kräuter zum Trocknen hingen, waren kahl. Die Kleidertruhe stand offen und gähnte ihm leer entgegen. Auf dem Boden lagen verstreut einige Dinge, ein Fußlappen, ein Mörser. Neben der Feuerstelle reckte ein Schemel seine Holzbeine in die Luft. Tonis stellte ihn hin und ließ sich auf ihm nieder. Er nahm den Schürhaken vom

Boden und stocherte damit in der Asche herum. Es war noch Glut da. Neben dem Feuer stand der Grapen, in dem Berchte das Essen zubereitete. Ein Rest kalter Suppe schwamm darin. Tonis zog seinen Löffel aus dem Wams und aß sie auf. Dann fing er an zu weinen.

Auf der Welsburg

Berchte und Hertel waren früh fortgegangen. Noch vor Sonnenaufgang war ein Bote gekommen und hatte eine Nachricht gebracht. Er hatte Berchte fast zu Tode erschreckt, als er an die Tür klopfte.
Leise und hastig hatte der Bote ihr mitgeteilt, dass der Graf auf der Welsburg sei und nach ihr schicke. Er sei in einem Kampf verletzt worden und brauche ihre Hilfe.
Alles hatte sich in ihr überschlagen, Sorge, Angst und Freude, ihn wiederzusehen. Fast war sie froh, einen anderen Grund zu haben, das Dorf zu verlassen als die drohende Heirat mit dem Schmied.
Hastig hatte sie ihre und Hertels wenigen Habseligkeiten zusammengerafft und auf den Handwagen gepackt, den sie benutzte, wenn sie auf die Märkte zog. Noch vor dem ersten Hahnenschrei waren sie losgewandert in Richtung Welsburg.
Hertel hatte sie die ganze Zeit mit Fragen überschüttet. Er war so aufgeregt wie eine Braut vor der ersten Nacht mit ihrem Gemahl. Auf jeden Fall war es das erste Mal, dass er seinen Vater sehen sollte.
„Sag ihm nicht, dass du sein Sohn bist, hörst du, Hertel? Er muss es selbst herausfinden“, flehte Berchte.
Hertel hatte genickt und dabei hatten seine Mooraugen gefährlich geglänzt.

Es war eine beschwerliche Wanderung. Der Handwagen sank immer wieder im Mullsand ein, der die Wege nach der langen Trockenheit bedeckte. Dann wieder mussten sie sich den Weg durch die Ausläufer des

Moores suchen, in denen Mückenschwärme auf frisches Blut warteten und sich auf sie stürzten. Zu guter Letzt versperrten die zugewucherten Gräben und Wälle der alten Landwehr den Weg.
Die Sonne stand hoch am Himmel, als Berchte und Hertel die Burg endlich vor sich sahen. Sie waren erschöpft und durstig.
„Lass uns kurz rasten“, keuchte Berchte und wischte sich den Schweiß aus den Augen. Hertel nickte nur. Sie setzten sich in den Schatten einiger Haselnussbüsche. Berchte nahm den Wasserbeutel vom Wagen. Viel war nicht mehr drin. Sie trank einen Schluck und reichte den Rest Hertel.
„Trink aus. Wir sind ja da“, sagte sie.

Berchte war nur selten hier gewesen, denn die Burg war ihr nicht geheuer. Wer es einrichten konnte, machte einen Bogen um die Welsburg. Gruselige Geschichten erzählte man sich von widergehenden Grafen und Walridersken, die hier ihr Unwesen trieben. Lange Zeit hatte sie leer gestanden, dann hatte ein Burgverwalter dort gewohnt mit einer kleinen Besatzung. Jetzt hausten, wenn er nicht selbst da war, Graf Gerds Knechte auf der Burg. Abenteurer und Piraten, überzählige Bauernsöhne und Wagehälse. Sie waren dem Grafen treu ergeben, denn sie hatten nichts zu verlieren als ihr armseliges Leben. So raubten sie je nach Lust und Laune auf Geheiß des Grafen Kaufleute aus, die auf den nahen Handelswegen unterwegs waren. Vor allem die Lübecker hatten nichts zu lachen, denn sie hasste der Graf besonders.

In Hengsterholz kurz vor Wilshusen, direkt an der Flämischen Straße, gab es einen Hinterhalt. Ton Wendbüdel hieß dieser Ort, denn hier mussten die Kaufleute und Händler ihre Beutel wenden und deren Inhalt an Gerds Räuberbande abliefern, wenn sie nicht schon in Delmenhorst um ihre Waren betrogen worden waren. Der Graf selbst lud sie auf die Burg ein, um mit seiner Elle den Stoff zu messen, den er ihnen abkaufen wollte. Was die Kaufleute nicht wussten: Gerds Elle war fünf Mal so lang wie das übliche Maß, denn er benutzte zum Messen die Spieße seiner Soldaten. Zeitweise war es so schlimm, dass die Händler die Flämische Straße mieden. Die Wilshuser mussten ihnen Geleitschutz anbieten, sonst wären sie nicht mehr in die Stadt gekommen.

Berchte spürte, wie sich beim Anblick der Burg ihre Nackenhaare aufstellten. Düster und wie ein lauerndes Tier erhob sie sich aus der Welseniederung. Das Holz der Palisadenwände war schwarz und rissig. An einigen Stellen waren Brandspuren alter Überfälle zu sehen, und von den Dächern waren Ziegel heruntergefallen. Niemanden schien es zu kümmern. Die Ufer der Burggräben und die Wälle waren zugewuchert, sodass die Burg verlassen wirkte. In all ihrer Erbärmlichkeit hatte die Burg etwas Trotziges an sich. ‚Sie passt zum Grafen', dachte Berchte.
„Lass uns weitergehen", sagte sie, „der Graf wartet sicher schon auf uns."

Ohne aufgehalten zu werden, kamen sie an den Vorwerken vorbei. In den Ställen wieherten Pferde. In einem Gatter suhlten sich einige Ferkel. Eine Menge Landsknechte lungerten hier herum, einige putzten ihre Waffen, andere schliefen oder schwatzten miteinander. Sie sahen abgerissen aus. Woher kamen sie alle?

Die Männer riefen Berchte zotige Bemerkungen zu. Ein Schmied stand mitten unter ihnen und kratzte einem Pferd die Hufe aus. Auf dem Feuer, das er vor der Schmiede entzündet hatte, glühten mehrere Hufeisen. Eine Frau mit einer Kiepe Holz auf dem Rücken hinkte über den Platz. Berchte kannte keinen von ihnen.

„Komm weiter", rief sie Hertel zu, der sich neugierig umsah.

Sie kamen am inneren Burggraben an. Der Bergfried erhob sich vor ihnen. Das Tor stand offen. Zwei Wachen saßen davor und spielten eine Partie Tric Trac. Sie sahen auf, als der Handwagen über die Brücke rumpelte. Vor den Wächtern blieb Berchte stehen.

„Was wollt ihr hier?", fragte der größere der beiden wenig freundlich und wandte sich wieder seinem Spiel zu.

„Ich bin Berchte und dies ist mein Sohn Hertel. Wir kommen aus Norddothlingen und wurden zum Grafen gerufen. Ich verstehe mich auf die Heilkunst."

Die Wächter sahen neugierig von ihrem Spiel auf.

„Du bist also die Hexe, die er bestellt hat?", fragte der kleinere der Wächter. Er musterte sie abschätzend von oben bis unten.

„Geschmack hat er ja, der Alte. Das muss man ihm lassen!", rief der Große anerkennend, „wir haben den

Befehl, dich durchzulassen. Aber keiner hat etwas von einem Zwerg gesagt."
„Er ist mein Sohn und mein Gehilfe. Ohne ihn kann ich den Grafen nicht behandeln." ‚Und der Graf ist sein Vater', setzte Berchte in Gedanken hinzu.
Der Große stand auf und sah sich um.
„He! Du da!", rief er und zeigte auf einen Jungen, der ein störrisches Schwein an einem Strick hinter sich herzog, „komm her und bring diese Frau und den Zwerg zum Grafen! Er wartet schon!"
Der Junge starrte den Wächter an.
„Was ist? Sprichst du meine Sprache nicht?"
„N-Nein. Doch!", stotterte der Junge und winkte Berchte zu sich heran. Er drehte sich um und zog das Schwein in eine andere Richtung, in die es auch nicht folgen wollte. „Nodil, bist du das?", fragte Berchte. Sie hatte den Schweinehirten, der ihr mitten im Winter eine Botschaft gebracht hatte, wiedererkannt. Nodil nickte nur. Vor dem Eingang des Herrenhauses blieb er stehen.
„Da rein", sagte er und schleppte das aufgeregt grunzende Schwein mit sich fort.

Berchte drückte vorsichtig die mächtige Tür auf.
„Gott zum Gruße", rief sie in die schummrige Diele hinein, „hier ist Berchte und ihr Sohn Hertel aus Norddothlingen!"
Sie horchte. Niemand antwortete.
„Lass uns hineingehen", flüsterte sie und ließ den Wagen stehen. Vorsichtig betrat sie die Diele. Hertel folgte.

Noch nie war Berchte hier gewesen, schon gar nicht im Herrenhaus. Trotz der Glasfenster war das Licht gedämpft, und ihre Augen mussten sich erst an die Dunkelheit gewöhnen, da sie aus der hellen Sonne kamen.
„Sieh nur, Mutter“, flüsterte Hertel und zeigte auf den Boden. Er war mit herrlichen Fliesen ausgelegt. Der Junge kannte nur die festgetretenen Lehmdielen aus den Bauerhäusern.
Es war angenehm kühl in der Diele. Sie gingen weiter und kamen in den großen Saal. Staunend schauten sie sich um. Vor einem Kamin, der jetzt kalt war, standen einige Holzstühle um einen massiven Tisch. An den Wänden waren mehrere kostbar geschnitzte Truhen aufgereiht. Teppiche hingen an den Wänden. Hier sah es nicht nach Verfall aus.
Hertel wanderte herum und ließ seine Finger über die Schnitzereien an den Möbeln fahren. Meist waren es Jagdszenen. Berchte betrachtete die Bilder auf den Wandteppichen und konnte sich nicht sattsehen. Sie hörten nicht, dass sich Schritte näherten. Ein Diener kam herein und musterte die Besucher.
„Seid Ihr die Frau aus Norddothlingen, nach der der Graf geschickt hat?“
Berchte nickte.
„Endlich. Der Graf wartet auf euch in der Kapelle. Ich führe euch zu ihm. Folgt mir.“

Der Diener lief so schnell, dass Berchte Hertel an der Hand hinter sich herziehen musste. ‚Warum diese Eile‘, fragte sie sich, ‚steht es so schlecht um den Grafen?‘

Der Diener blieb so abrupt stehen, dass Berchte gegen ihn stieß. Er öffnete eine kleine Tür und trat beiseite. Berchte und Hertel schlüpften hindurch. Sie standen in der kleinen Kapelle. Es war ein schlichter Holzbau, der an das Herrenhaus grenzte. Der einzige Schmuck war ein buntes Fenster über einem einfachen Altar. Darauf brannte eine Kerze und verbreitete den Duft von Honig. Es war still in der Kapelle, so still, dass Berchte den Grafen atmen zu hören meinte. Hertel drückte sich an sie.
Der Graf kniete vor dem Altar. Er betete.
Berchte und Hertel standen lange da. Der Graf rührte sich nicht. Schließlich, nach einer halben Ewigkeit, erhob er sich schwankend, griff nach einem Stab und stützte sich darauf. Erst jetzt sah Berchte, dass sein Bein verbunden war. Der Verband war schmutzig. Ein großer brauner Fleck wie von getrocknetem Blut zeichnete sich an der Wade ab. Der Graf stöhnte leise und drehte sich um.
Berchte erschrak, sie spürte, wie Hertel seine kleinen Hände in ihren Schenkel grub. Wie ein Geist sah der Graf aus, weiß und hohl im Gesicht, mit tief liegenden Augen, fast wie ein Sterbender. Eine hässliche Narbe zog sich quer über sein Gesicht, vom Mundwinkel über die Nase bis in den Haaransatz über der Stirn. Sein üppiges, kupferfarbenes Haar hing ihm strähnig vom Kopf. Er hielt inne, als er seine Besucher sah, und lächelte. Für einen Moment schimmerte der Mann durch, den Berchte im Gedächtnis hatte.
„Wie schön, dass du da bist“, sagte er leise. Er humpelte mühsam auf Berchte zu. Als er vor ihr stand, fielen sie sich in die Arme. Hertel wich zurück. Er

drückte sich auf eine der Bänke und sah zu, wie sie dastanden, seine Eltern, aneinander festgeklammert wie zwei Ertrinkende.

Wie lange sie so gestanden hatten, wusste Berchte nicht.
„Mutter“, hatte Hertel schließlich gerufen und sie am Ärmel gezupft. Sie hatte ihn ganz vergessen.
„Setzen wir uns doch“, sagte sie sanft.
Erst jetzt bemerkte der Graf den Jungen.
„Was ist das“, fragte er, „ist das dein Kind?“
„Er ist mein Sohn. Hertel heißt er.“
„Du hast also einen Sohn?“, fragte der Graf überrascht. Er betrachtete Hertel mit zusammengekniffenen Augen. „Was ist mit ihm? Er ist klein, hat aber das Gesicht eines Jünglings.“
„Er ist von Gestalt ein wenig klein geraten, dafür ist sein Verstand umso schärfer.“
„Ich habe viele Zwerge gesehen auf meinen Reisen und weiß ihre Klugheit zu schätzen. Komm her, Hertel, und lass dich ansehen!“, sagte der Graf.
Hertel ging zu ihm und verneigte sich.
„Wie alt bist du?“
„Im Winter waren es zwölf Jahre, Herr.“
Der Graf schaute ihn nachdenklich an und dann Berchte. Die lächelte.
„Komm näher“, sagte der Graf.
Hertel trat einige Schritte auf ihn zu. Der Graf nahm sein Gesicht in die Hände und schaute ihm in die Augen. Dann sah er Berchte an. Die nickte. Er hatte verstanden.

„Wenn es so ist, sei willkommen, kleiner Hertel. Ich habe deiner Mutter eine Kammer auf der Burg herrichten lassen, gleich neben meiner Kemenate. Dort kannst du auch schlafen.“
„Was ist mit dem Bein?“, fragte Berchte.
Der Graf winkte ab.
„Ein Holsteiner war's. Es will nicht heilen. Ich laufe schon lange damit herum, aber jetzt hat es sich wieder entzündet. Die Quacksalber auf der Oldenburg sagen, dass das Bein ab muss, wenn ich überleben will. Sie liegen mir damit in den Ohren! Aber hat man je von einem einbeinigen Grafen gehört? Wie soll ich unsere Grenzen verteidigen? Überall steht der Feind und wartet nur darauf, mich zu stürzen, und wenn es der eigene Bruder ist!“
Ein heftiger Schüttelfrost packte den Grafen. Er klapperte mit den Zähnen und hielt sich an der Kirchenbank fest.
„So steht es um mich. Graf Gerd der Schreckliche, so nennt man mich doch, oder? Jetzt bin ich am Ende. Gott straft mich, und ich habe es verdient, denn ich habe fürchterlich gesündigt. Meine Kinder sterben mir weg und Adelheid verweigert sich mir. Meine Brüder wenden sich gegen mich und der Feind steht an allen Landesgrenzen. Selbst meine Bastarde sind nur Zwerge!“
Er sah zu Hertel, dann zum Kreuz, das auf dem Altar stand.
„Warum strafst du mich so, Gott? Was nützt es, wenn du mich bis in meine Brut hinein verfolgst?“
Er rang die Hände. Berchte nahm sie in ihre. Sie waren heiß. Er glühte vom Fieber.

„Ich weiß, es ist hochmütig“, flüsterte er, „aber lieber sterbe ich, als ein Krüppel zu werden. Du bist meine letzte Hoffnung, Berchte. Wenn ich dies überlebe, das schwöre ich, werde ich für unseren Sohn sorgen.“
Er zog sich mit letzter Kraft auf die Beine.
„Ich bin so müde, Berchte. Hilf mir.“
Berchte stützte ihn. Gemeinsam mit Hertel brachte sie den Grafen aus der Kapelle. Im Saal trafen sie auf eine Magd, die damit beschäftigt war, den Boden zu fegen. Sie ließ den Besen sinken, und glotzte sie mit offenem Mund an.
„Was stehst du da und hältst Maulaffen feil!“, fuhr Berchte sie an. „Komm und hilf uns, den Grafen in seine Kemenate zu schaffen!“
„Ich soll ihn anfassen?“, flüsterte die Magd entsetzt.
„Tu, was sie sagt“, keuchte der Graf, „ich habe nicht die Pest!“
Die Magd gehorchte widerwillig. Gemeinsam schafften sie es, ihn in sein Bett zu legen. Der Graf schnappte vor Anstrengung nach Luft.
„Bring mir heißes Wasser und Tücher!“, befahl Berchte der Magd. Die sah unschlüssig den Grafen an.
„Mach schon! Oder du kannst in Zukunft die Latrinen putzen!“, fuhr er sie an. Die Magd eilte davon.
„Ich muss die Arzneien holen, was wir hier brauchen“, sagte Berchte zum Grafen, „es ist alles auf meinem Wagen. Er steht im Hof. Wir sind gleich wieder da.“
„Nein“, flüsterte der Graf, „bleib bei mir! Wolf kann es tun. Der Diener!“
Er wandte sich Hertel zu.
„Such den Diener. Sag ihm, er soll alles heraufschaffen! Wenn er sich weigert, sag ihm, ich schneide ihm

sein Gemächt ab, wenn er mir das nächste Mal unter die Augen kommt."
Hertel machte große Augen, nickte und lief hinaus.
Berchte begann, den schmutzigen Verband vom Bein zu wickeln. Der Graf stöhnte vor Schmerzen. Als sie fertig war, musste selbst Berchte eine Übelkeit zurückhalten. Die Wade war von oben bis unten wundes Fleisch. Es stank faulig. Das ganze Bein war geschwollen und hatte sich dunkelrot gefärbt.
Berchte hielt die Luft an. Die Medici von der Oldenburg hatten recht gehabt. Das Bein war brandig. Wenn der Graf überleben wollte, musste es amputiert werden, und selbst dann würde sein Leben an einem seidenen Faden hängen. Es sei denn ...
Berchte lief ein Schauder über den Rücken. Es gab da eine Möglichkeit, die allerdings fürchterlich war, und sie würde auf dem Rad landen, wenn es herauskäme.

„Wie sieht es aus?", fragte der Graf schwach. Er hatte die ganze Zeit die Augen geschlossen gehalten, sodass Berchte dachte, er schliefe.
„Nicht gut, Herr, gar nicht gut."
Der Graf griff ihre Hand.
„Nenn mich nicht Herr, wenn wir unter uns sind! Versprich es mir!"
Berchte nickte. Der Graf ließ sich auf sein Lager zurücksinken. Er lachte leise.
„Der Teufel wird sich freuen über so einen fetten Braten wie mich. Er sitzt schon in der Hölle und schürt das Fegefeuer."
Berchte fuhr auf.

„Sag so etwas nicht! Es heißt doch, Gott vergibt alle Sünden! Ist es nicht so? Hast du mir nicht dieses hier gegeben in der Nacht, als wir unseren Sohn zeugten?“
Sie zog das Kreuz unter ihrem Kleid hervor.
„Es hat uns beschützt, mich und Hertel, eine Hexe und ein Sündenkind. Vielleicht ist Gott nicht so kleinlich, wie die Priester uns weismachen wollen.“
Der Graf starrte auf das Kreuz.
„Du hast es noch?“
„Was dachtest du?“ Berchte lächelte.
„Was ich getan habe“, flüsterte Gerd, „das kann er nicht vergeben, oder er wäre ein schlechter Gott. Falls ich dies hier überlebe, gehe ich ins Kloster und entsage der Welt. Ich will für die beten, die ich erschlagen habe. Vielleicht verschafft es mir ein wenig Ruhe. Und jetzt sag mir frei heraus, ob du mich retten kannst.“
Berchte seufzte.
„Das Bein ist brandig. Wenn wir es nicht abnehmen, wirst du noch drei Tage leben. Vielleicht vier. Du wirst große Schmerzen haben und dein Geist wird sich mehr und mehr umnachten. Fürchterliche Albträume werden dich quälen. Es wird ein grausames Sterben sein, Gerd. All dies wird nicht geschehen, wenn du dich von dem Bein trennst. Selbst wenn du stirbst, wird es ein leichterer Tod sein.“
Der Graf lächelte schief.
„Versuch es gar nicht erst! Ich sagte schon, ich werde mein Bein nicht hergeben. Also, was kannst du in diesem Falle tun?“
Berchte zögerte.

„Es gibt da noch ein Mittel ... Ich habe einmal meiner Mutter dabei zur Seite gestanden, als sie es anwendete. Es ist allerdings schrecklich – und eine Sünde obendrein.“
„Gut. Dann befehle ich dir, es zu tun! Es wird auf eine Sünde mehr oder weniger nicht mehr ankommen bei mir.“
Der Graf sah an die Decke und es schien, als sähe er dort Bilder von solcher Grausamkeit, wie Berchte sie sich nicht vorstellen konnte. Sie nahm seine Hand.
„Willst du mir nicht sagen, was dich quält?“, fragte sie leise. Er schloss die Augen. Lange schwieg er.

„Ich war im Lengener Land und habe eine Schlacht gegen die Friesen geschlagen“, begann er schließlich zu erzählen. „In einem Dorf hatten sie sich in der Kirche verschanzt. In Friesland dienen die Kirchen zugleich als Fluchtburgen. Es sind tüchtige Leute, die Friesen, das muss man ihnen lassen. Und listig sind sie. Fast so listig wie ich.“
Er lachte hustend.
„Ich bin in die Kirche eingedrungen und stand vor einem Haufen Frauen, Kindern und Greisen. Die Männer kamen uns von hinten nach und griffen uns an. Sie hatten ihre Familien als Köder benutzt, verstehst du?“
Berchte nickte stumm.
„Sie verspotteten mich! Diese wehrlosen Menschen haben mich verhöhnt! Ich sah in ihre trotzigen Gesichter und da geschah es, dass ein Dämon von mir Besitz ergriff. Der Teufel muss ihn geschickt haben!“
Er schlug sich gegen die Stirn.

„Wir drängten die Männer aus der Kirche und verschanzten uns mit den Frauen und Kindern. Ich war nicht mehr ich selbst, Berchte!“
Er raufte sich die Haare.
„Ich befahl, blutige Ernte zu halten. Ich habe Frauen und Kinder gemordet, Berchte. Ich habe sie aufgespießt und zerteilt. Ich habe in ihrem Blut gebadet und ich habe es getrunken. Ich war besessen! In meiner Raserei habe ich nicht einmal gemerkt, dass die Friesen die Tür einrammten und mich jemand am Bein verwundete. Wir schlugen auch sie. Als der letzte Friese sein Leben ausgehaucht hatte, wich der Teufel und mir gingen die Augen auf.“
Berchte erschauderte.
„Ich sah, was ich getan hatte. Mein Entsetzen war so groß, dass ich noch am gleichen Tag aufbrach ins Kloster Rastede. Ich wollte um Vergebung bitten. Als ich vor dem Bildnis der Mutter Gottes auf die Knie sank und beichtete, weinte sie blutige Tränen.“
Gerd krallte sich wie ein Ertrinkender an Berchtes Arm. Seine Mooraugen flehten sie an.
„Es gibt keine Vergebung für mich“, flüsterte er, „ich bin ein Verdammter, Berchte. Rette mich vor dem Fegefeuer!“

Es war das erste Mal, dass Berchte vor dem Grafen graute, und dennoch fühlte sie sich zu ihm hingezogen. Wie konnte es sein, dass sie ihn trotz allem liebte? Oder war das ebenfalls nur ein Wahn? War sie ebenso wie er besessen von Dämonen, die sie willenlos machten? Sie unter seinen Bann stellten? ‚Am Ende ist es besser, ihn sterben zu lassen‘, dachte Berchte,

‚damit er nicht noch mehr Unheil anrichten kann.'
Wenn sie ihn nun aber von seinen Dämonen befreite? Wäre er dann wieder der Mann, den sie liebte? Und zugleich der Landesherr, auf den die Bauern seit Langem warteten? Ihr fiel ein, dass die Wilshuser Norddothlingen bedrohten. Könnte der Graf dem nicht endlich Einhalt gebieten und die Stadt in ihre Schranken weisen?

Berchte kannte das Ritual, das die Dämonen vertrieb. Sie wusste auch, wie sie das Bein retten konnte. Beides war absolut ketzerisch und streng verboten. Aber was kümmerte es sie? Sie sah den Grafen an, der auf seinem Bett nach Luft rang.

„Dämonen kann man nur mit Dämonen bekämpfen. Und deine Beinwunde, die dir den Tod bringt, nur mit dem Tod selbst. Es ist gefährlich und weder Priester noch Mönche dürfen davon wissen. Willst du das alles auf dich nehmen und am Ende vielleicht mit mir zusammen im Fegefeuer landen?", fragte Berchte.

„Nichts wäre mir lieber."

Gerds gequälte Gesichtszüge entspannten sich und er schlief ein. Leise erhob sich Berchte und ging hinaus.

Bruderzwist

Die Männer hatten sich noch am Abend, nachdem Mertin und Tonis mit den schlechten Nachrichten aus Wilshusen zurückgekommen waren, auf Mertins Hof versammelt. Sie waren bewaffnet mit Messern, Sensen und Spießen, einige trugen ein mehr oder weniger schartiges Kurzschwert, das sie auf irgendeinem Schlachtfeld gefunden hatten. Nicht wenige trugen nur eine angespitzte Forke.
„Ist das alles?", fragte Mertin.
„Was hast du erwartet? Schwerter und Steinbüchsen?", fragte Andirke und sah sich suchend um.
„Wo ist Tonis?"
„Der wollte zu Berchte gehen, um ihr irgendeinen Schmuck abzuknöpfen."
„Das dauert aber lange!" Poppe lachte anzüglich.
Eberlin schlug zornig mit der Faust auf den Tisch. „Statt uns die versprochenen Spieße zu schmieden, rennt er einem Weiberrock hinterher! Mit diesem Kram können wir nicht einmal einen besoffenen Ritter überwältigen! Wir sollten uns im Moor verstecken!"
„Wenn die Wilshuser kommen, werde ich mit ihnen reden", sagte Mertin. „Wenn sie uns alle töten, werden sie ihre Gulden nie bekommen, das können sie nicht wollen. Städter sind geschäftstüchtige Leute."
„Wir sollten wenigstens die Frauen, Kinder und Greise ins Moor schicken. Wenn die Wilshuser unsere Häuser anzünden, werden sie alle sterben", wandte Jörg ein. Die Bauern nickten zustimmend.

„Das werden sie nicht tun“, sagte Andirke, „die Wilshuser sind keine Barbaren!“
„Ach! Und wie nennst du es, dass sie uns für eine räudige Kuh derart drangsalieren?“, schimpfte Eberlin. „Ich für mein Teil habe meine Familie ins Moor geschickt.“
„Er hat recht“, sagte Jörg, „seid vernünftig! Wir können nicht siegen, weder mit Waffen noch mit Worten. Wir sind viel zu wenige! Es ist besser, wenn wir uns alle verstecken!“
„Das willst du? Dich verstecken wie ein Dieb? Das ist es doch, was die Wilshuser uns anhängen wollen! Sie werden sagen, wir verstecken uns, weil wir ein schlechtes Gewissen haben, und sie werden wiederkommen. Doch dann bringen sie einen Richter mit. Weißt du, was sie mit Viehdieben machen? Ich habe es gesehen!“ Andirke strich sich über den Hals.
Eberlin ließ den Kopf sinken.
„Es ist doch nur so, dass wir nichts anderes haben als unseren kleinen Hof mit der Stellmacherei. Du bist der Meier des Grafen, Andirke tom Stapel, sie werden nicht wagen, deinen Hof anzuzünden, sonst kriegen sie es mit dem Schrecklichen zu tun. Aber was ist mit uns?“
Andirke lachte spöttisch. „Mein Hof ist so heruntergekommen wie die Welsburg. Wenn die Wilshuser kommen, werden sie sich ihn zuerst vornehmen. Schließlich ist es der Meierhof der Welsburg! Denk doch mal nach!“
„Das ganze Dorf steht unter seinem Schutz, hast du das vergessen?“, mischte sich Mertin ein, „aber viel-

leicht hat er uns längst vergessen. Er war lange nicht auf der Welsburg."
„Worüber die meisten hier nicht gerade traurig sind, oder? Im Übrigen ist er da", sagte Andirke.
Alle starrten ihn an. Plötzlich wurde es totenstill in Mertins Diele.
„Wer ist da?", fragte Bero einfältig.
„Der Graf, du Dummkopf! Er ist auf der Welsburg. Bevor ich hierher ging, kam einer seiner Knechte und brachte mir die Nachricht, dass der Graf angekommen sei. Ich musste Cuno mit einer Wagenladung Getreide und Pökelfleisch losschicken, denn seine Landsknechte haben Hunger."
„Das sagst du erst jetzt?", rief Mertin, „hast du dem Knecht nicht gesagt, dass wir in Not sind und Hilfe brauchen?"
„Doch, das habe ich. Aber der Graf ist verletzt. Sein Knecht sagte, es stehe sehr schlecht um ihn. Er kann uns nicht beistehen."
„Er stirbt? Aber er könnte uns seine Männer schicken, Andirke! Die rauben auch ohne den Grafen die Kaufleute aus. Da werden sie doch die Wilshuser zurückschlagen können."
„Ich habe keine Ahnung, wer das Kommando über seine Männer hat, nicht einmal der Knecht wusste es. Es scheint ein großes Durcheinander auf der Burg zu herrschen. Wir können nicht auf die Hilfe des Grafen vertrauen. Also, Bauern, was tun wir?"
Die Männer verharrten stumm.
„Deshalb ist sie also fort, die verdammte Hexe", rief Tonis, der an der Tür lehnte. Niemand hatte ihn hereinkommen sehen.

„Wer ist fort?“, fragte Poppe.
„Berchte, du Dummkopf! Wer sonst! Sie ist fort, mitsamt ihrem Zwerg und allen Habseligkeiten. Das Geschmeide hat sie auch mitgenommen.“
„Was spielt das jetzt für eine Rolle“, fragte Andirke, „falls sie überhaupt eines hat? Wir haben andere Sorgen, Tonis! Es geht um das Dorf! Also, Männer, was schlagt ihr vor?“
Mertin erhob sich.
„Wenn keiner etwas vorzubringen hat, hört mich an. Wir versammeln uns morgen vor Sonnenaufgang vor dem ‚Ochsen‘ und erwarten dort die Wilshuser. Wenn sie kommen, werde ich mit ihnen reden. Es sind Städter, sie wollen handeln. Ich werde ihnen, wenn es sein muss, unsere Herde anbieten.“
„Unsere ganze Herde?“
„Bist du nicht bei Trost?“
„Für eine Kuh, die wir nicht einmal angerührt haben?“
Die Bauern schrien wild durcheinander.
„Wovon sollen wir dann leben? Wie sollen wir die Abgaben zusammenkriegen?“
„Womit soll die Burg versorgt werden, jetzt, wo der Graf gekommen ist?“
Mertin zuckte die Achseln.
„Wir können nur hoffen, dass Berchte den Grafen heilen kann, und er uns unter die Arme greift, sobald es ihm besser geht. Er ist ein Freund der Bauern und ein Feind aller Städter, das hat er ja oft genug gesagt. Er wird uns gewiss helfen.“
Tonis lachte laut auf.

„Dann ist es also wahr, dass sie zu ihrem Geliebten geflohen ist?"
„Verdammt, Tonis, ja!", schrie Andirke. Die Bauern sahen ihn erschrocken an. Andirke erhob sonst nie seine Stimme. „Der Knecht hat es mir gesagt. Bete, dass sie ihn heilt!"
„Er könnte seine Leute an die Flämische Straße schicken. Ton Wendbüdel. Dort lässt er sie ein paar Viehhändler überfallen. Dann bekommen die Wilshuser das gestohlene Vieh für ihre blöde Kuh! Das kann er auch von seinem Krankenlager aus befehlen!"
„Du bist ja betrunken, Schmied!" Andirke ging auf Tonis los. Der schnaubte.
„Komm nur! Ich kann dir gerne noch ein Andenken verpassen, aber dann ist Berchte nicht da, um dir die Knochen zu richten!"
„Geht auseinander!", schrie Mertin sie an. Poppe und Jörg hielten Andirke fest. Tonis lachte.
„Feiglinge seid ihr, alle miteinander!"

In der Nacht hatte es sich kaum abgekühlt. Der Himmel war erleuchtet von fernen Gewittern. Wohl keiner der Norddothlinger hatte ein Auge zugetan. Am Morgen dann wollte es nicht hell werden, denn schwarze Wolken türmten sich am Horizont auf und verdeckten die aufgehende Sonne. Es war so schwül, dass man kaum atmen konnte.
Die Bauern hatten sich wie verabredet vor dem ‚Ochsen' versammelt, ein bunter, schlecht bewaffneter Haufen mit dem Mut der Verzweiflung. Andirke, Mertin, Eberlin und Tonis saßen auf Pferden, denen man ansah, dass sie mehr zur Feldarbeit taugten als zum

Kriegsdienst. Stechfliegen schwirrten in Schwärmen um sie her und setzten nicht nur den Pferden zu. Die Männer waren schlecht gelaunt, niemand sprach ein Wort.
Dann plötzlich blitzte und donnerte es gleichzeitig. Ganz in der Nähe splitterte eine Eiche entzwei, als habe ein Riese sie mit der Axt gespalten. Es begann, wie aus Kübeln zu schütten, und in wenigen Augenblicken waren alle nass bis auf die Haut. Dann prasselten Hagelkörner groß wie Wachteleier auf sie nieder. Die Pferde bäumten und die Männer schrien vor Schmerzen, denn es war, als regne es Steine auf sie herab.
„Sucht euch Schutz, Leute, bis das hier vorbei ist!", schrie Andirke die Männer an, die sich die Arme über den Kopf hielten. Die meisten drängten in den ‚Ochsen', andere flüchteten sich in die nächste Scheune. In diesem Moment preschten die Wilshuser in das Dorf. Es waren wohl zwanzig Reiter, allesamt schwer bewaffnet. Sie fielen fast von ihren Pferden, stießen die Bauern beiseite und zwängten sich ebenfalls in den ‚Ochsen'. An der Tür gab es ein Handgemenge.
Es dauerte lange, bis sich das Durcheinander ein wenig gelichtet hatte. Dicht gedrängt und schweigend standen sich die Männer gegenüber, auf der einen Seite die Norddothlinger, die es in den ‚Ochsen' geschafft hatten, auf der anderen die Wilshuser. Zwischen ihnen stand nichts als der lange schartige Holztisch. Der Schankraum platzte aus den Nähten.
Bürgermeister Doemesman und die Ratmannen Wedekint Goldsmit und Johan to Dore standen ganz vorn, eskortiert von den Kriegsknechten. Ein Fremder

war bei ihnen. Er war gekleidet wie ein Fürst, was man erst auf den zweiten Blick bemerkte, denn er war genauso durchnässt wie die anderen, als hätte man sie alle durch die Hunte gezogen.
Der Fremde drängte sich nach vorn. Er zog sich die nassen Lederhandschuhe von den Händen. Sein Umhang triefte. Er nahm den Helm ab. In den langen Haaren hingen noch Hagelkörner, die nun rasch zu schmelzen begannen. Die Bauern betrachteten den Fremden misstrauisch. Er sah ihrem Landesherrn, dem Grafen Gerd, ähnlich, obwohl er kleiner und rundlicher war.
„Es ist sein Bruder. Es muss Graf Moritz sein“, flüsterte Mertin Andirke zu.
„Aber der ist doch ein Geistlicher in Bremen. Sieht so ein Kirchenfürst aus?“
Mertin zuckte die Achseln.

„Gibt es hier einen Wirt?“, fragte der Fremde und schlug die nassen Handschuhe auf den Tisch, sodass Wassertropfen zu allen Seiten spritzten. Heimold schob die Bauern beiseite und verneigte sich so tief, dass er mit der Stirn auf den Tisch knallte.
„Hier bin ich, Herr. Zu Diensten. Was wünscht Ihr?“
„Bring mir Wein!“
Heimold beugte wieder den Rücken, diesmal allerdings vorsichtiger. Auf seiner Stirn blühte ein Horn. Tonis verdrehte angewidert die Augen.
„Herr, dies ist nur eine schlichte Dorfherberge“, jammerte Heimold, „Wein habe ich keinen.“
„Dann bring mir irgendetwas! Meinetwegen eine Kanne von dem Dünnbier, das ihr Bauern hier den ganzen

Tag sauft, auch wenn es mich ekelt. Meine Kehle ist trocken wie der Geestsand, obwohl ich nass bin bis auf die Haut.“

Der Fremde zog einen der Schemel, die verstreut unter dem Tisch lagen, zu sich heran und setzte sich. Er winkte Doemesman und die anderen Ratmannen zu sich heran.

„Setzt euch zu mir! Wir haben etwas zu besprechen mit den Norddothlingern, wo wir schon alle so schön beisammen sind.“

Die Wilshuser setzten sich, nur die Kriegsknechte blieben hinter ihnen stehen, die Waffen kampfbereit.

Die Bauern wagten immer noch nicht, sich zu rühren. Der fremde Fürst musterte sie und grinste verächtlich.

„Das also sind die Freunde meines kleinen Bruders? Er hat sich schon immer gern mit Gesindel abgegeben. Schon als er klein war, liebte er es, in den Pferdeställen mit den Knechten zu schwatzen.“

Tonis, der vorn neben Andirke stand, machte einen Schritt auf den Grafen zu, aber Andirke hielt ihn zurück. In diesem Moment kam Heimold mit zwei Kannen Bier, gefolgt von Alma, die hastig Becher vor die Herren auf den Tisch stellte.

„Wünscht Ihr etwas zu essen?“, fragte sie unterwürfig.

Moritz schüttelte den Kopf.

„Behaltet euren Fraß für euch selbst. Ich werde später mit diesen hohen Herren speisen, nicht wahr?“ Er sah Doemesman und die Ratmannen spöttisch an, während er Heimold seinen Becher hinhielt. Der Wirt goss ein.

„Zum Wohl!“, murmelte dieser und verneigte sich wieder tief.
Der Graf nahm seinen Becher und trank ihn in einem Zug leer. Dann verzog er das Gesicht.
„Dass dich die Pestilenz anfalle, Wirt, was ist das für ein Ekel erregendes Gesöff! Wie mein Bruder das nur runterkriegt! Er säuft dies in allen Bauernschänken, nicht wahr?“
Der fremde Graf knallte den Becher auf den Tisch. Die Bauern sahen ihn nur an. Immer noch rührte sich niemand. Moritz grinste in die Runde.
„Verzeiht, Bauern, ich habe mich noch nicht vorgestellt. Ich bin euer neuer Herr. Graf Moritz von Oldenburg und Delmenhorst. Mein Bruder, euer ehemaliger Landesherr Graf Gerd, wird zurücktreten und mir seine Grafschaften überlassen. Wie ich hörte, will er ins Kloster gehen. Als ehemaliger Geistlicher würde ich sagen, er hat es dringend nötig.“
Moritz lachte hässlich und hielt Heimold, der immer noch wie versteinert mit seinen Kannen am Tisch stand, den Becher hin.
„Gieß nach, auch wenn es nach Pisse schmeckt!“
Heimold starrte in den leeren Becher des Grafen. Es zuckte in seinem Mundwinkel, als wolle er etwas sagen, aber er schluckte es hinunter und schenkte nach.
„Nun, Bauern, ihr werdet euch fragen, was ich hier will in diesem gottverlassenen Nest. Ich suche meinen kleinen Bruder und war auf dem Weg zur Welsburg, wo er sich aufhalten soll. In der schönen Stadt Wilshusen habe ich gerastet, und was höre ich da? Eine hässliche Geschichte von einer gestohlenen Kuh und unsichtbaren Friesen, die an der Hunte herumlun-

gern. Und nun wollt ihr die Kuh nicht zahlen, sagt der Bürgermeister. Da habe ich ihm meine Dienste angeboten, ist es nicht so?“
Er wandte sich Doemesman zu. Der nickte unglücklich.
„Ich muss zugeben, Doemesman“, fuhr Moritz fort, „der Preis, den ihr verlangt, ist königlich. Aber Unrecht bleibt Unrecht. Dennoch“, er hob seinen Becher und hielt ihn den Norddothlingern hin, „was die Sache mit der Kuh angeht, so wollen wir das Ganze vergessen, wenn ihr mir helft, auf die Welsburg zu kommen, denn freiwillig wird mein Bruder mich kaum einlassen.“
„Noch ist Graf Gerd unser Herr“, rief Mertin, „wir haben ihm Treue geschworen!“
Moritz lachte schallend.
„Das ist er so oder so nicht mehr lange. Er ist krank. Eine alte Verletzung macht ihm zu schaffen. Der Abt von Rastede hat es mir bestätigt, denn dort hat er sich zuletzt aufgehalten. Sie konnten ihm nicht helfen. Es soll sehr schlecht um ihn stehen. Also, was ist, Männer? Helft ihr eurem neuen Herrn? Zieht ihr mit mir auf die Welsburg gegen Gerds Räuber und Piraten? Es soll nicht zu eurem Schaden sein.“

Niemand sagte ein Wort. Das Schweigen war so undurchdringlich, dass man es hätte schneiden können. Doemesman und die anderen Wilshuser Ratmannen rutschten auf ihren Schemeln herum. Die ganze Sache schien nicht so zu laufen, wie sie es geplant hatten. Da drängelte sich Tonis vor. Er trat vor den Grafen an den Tisch.

„Ich weiß, wie man die Burg am besten erstürmen kann, Herr."
„Wer bist du, Mann?", fragte Moritz und musterte ihn neugierig.
„Ich bin Tonis, der Schmied von Norddothlingen."
Der Graf erhob sich.
„Was meint ihr, Bürger von Wilshusen? Ist euch dies eine Kuh wert? Bald seid ihr befreit von dem Unruhestifter Gerd, dem Schrecklichen."
Doemesman erhob sich ebenfalls.
„Herr Graf, bei allem Respekt, die Sache mit der Kuh fällt ja doch in unsere Gerichtsbarkeit und nicht in die Eure, selbst wenn Ihr der neue Herr über diese Grafschaft seid."
Moritz sah den Bürgermeister verblüfft an, dann lachte er wieder.
„Das gefällt mir an euch Stadtleuten, Doemesman! Ihr nehmt kein Blatt vor den Mund, nicht einmal vor einem Grafen. So regelt denn die Sache mit der Kuh selbst. Ihr dürftet leichtes Spiel haben."
Er erhob sich und nahm die immer noch triefenden Handschuhe vom Tisch.
„Ich für mein Teil werde auf die Welsburg gehen und meinen Bruder, falls er noch lebt, davon in Kenntnis setzen, dass er hier nichts mehr zu suchen hat. Du da, Schmied, wirst mich begleiten. Geh und besorg dir ein Pferd."
Tonis nickte eilfertig und verließ den ‚Ochsen'.
„Vielleicht kann mein Bruder ja bei euch wohnen, Norddothlinger", fuhr der Graf gehässig fort, „er sagte mal etwas von einer Dirne hier in Norddothlingen, in

die er sich verliebt hatte. Sie soll sehr schön sein, aber leider eine Hexe."
Der Graf drehte sich ohne ein weiteres Wort um und ging zur Tür.
„Aber Herr Graf, Ihr könnt uns doch nicht hier allein zurücklassen!", rief Doemesman. Der Graf blieb in der Tür stehen.
„Du sagtest doch, Bürgermeister, dass das hier in deine Gerichtsbarkeit fällt. Also habe ich in diesem gottverdammten Nest nichts mehr zu schaffen. Der Rest ist eure Sache. Ich war schon immer dafür, den Städtern die größtmögliche Freiheit zu lassen, ganz im Gegensatz zu meinem Bruder."
Der Graf hob die Hand zu einem vagen Gruß und war aus der Tür. Seine Landsknechte folgten ihm und ließen die Wilshuser allein mit den Bauern zurück.

„Was ist nun mit der Kuh?", fragte Andirke. Er hatte sich zu den Wilshusern an den Tisch gesetzt, nachdem Moritz mit seinen Knechten fortgeritten war. Nach und nach kamen die anderen Bauern in den ‚Ochsen'. Jetzt waren sie in der Überzahl und die Wilshuser saßen in der Falle, aber niemand schien sich darüber recht zu freuen.
Doemesman wandte sich Andirke zu.
„Du bist ein vernünftiger Mann, tom Stapel, auch wenn du ein Norddothlinger bist. Schick die anderen nach Hause und lass uns hier über die Sache reden, von Mann zu Mann. Wir werden uns schon einig."
Andirke nickte.

„Wir werden uns hier und jetzt vor allen Bauern einig, Bürgermeister, oder gar nicht. Vor allem muss Mertin dabei sein. Er ist der Dorfälteste."
Die Bauern schoben ihre Schemel in einen Kreis um die Wilshuser und setzten sich.
„Heimold! Hast du nur für den Grafen etwas zu trinken oder auch für uns Bauern?", rief Eberlin.
Heimold knallte die beiden Kannen auf den Tisch, die er immer noch in der Hand hielt.
„Da! Bedient euch nur", sagte er grimmig. Er hob einen Schemel auf und wollte sich dazusetzen.
„Hast du nicht etwas vergessen, Wirt?", fragte Mertin und ahmte dabei die hochfahrende Stimme des Grafen Moritz nach. Heimold sah ihn verständnislos an. Mertin griff ihm in die schütteren Haare und drückte seinen Kopf hinunter, bis er mit der Nase auf den Tisch schlug. Die Bauern lachten.
„So ist es recht, Wirt."
„Lass ihn, Mertin!", fuhr Andirke dazwischen, „wir haben jetzt Wichtigeres zu klären."
Mertin ließ den Wirt los. Der rieb seine Nase und setzte sich ans andere Ende des Tisches. Er starrte Mertin böse an. Die Bierkannen wurden herumgereicht und alle gossen sich ein. Wann kam es schon vor, dass die Bauern am Morgen im ‚Ochsen' saßen statt auf den Feldern zu arbeiten? Das war ganz und gar unchristlich, aber sie genossen es, einmal nicht mit dem Rücken an der Wand zu stehen. Die Wilshuser hatten sich ihnen quasi ausgeliefert Die Bauern tranken sich gut gelaunt zu.

„Lasst uns auch auf Doemesman und seine Ratmannen trinken“, rief Jörg, „weil sie so freimütig zu uns gekommen sind. Am Ende werden wir noch Freunde!“
Die Bauern lachten und Heimold musste aufstehen, um die Bierkannen zu füllen.
„Ihr bringt mich noch an den Bettelstab“, murmelte er und verschwand im Keller.
„Ich mache euch als Dorfältester einen Vorschlag, Ratmannen von Wilshusen“, sagte Mertin. „Wir vergessen die Sache mit der Kuh jetzt. Ich finde, sie ist teuer genug bezahlt, wenn man bedenkt, dass nicht wir sie geschlachtet haben, sondern die Friesen.“
Wedekint schnaubte.
„Wer das glaubt, ist ein Narr! Niemand außer euch hat die Friesen gesehen.“
„In Anbetracht eurer Lage ist es mir egal, ob ihr uns glaubt oder nicht“, sagte Mertin. „Wir haben die Kuh nicht gestohlen und dennoch haben wir bezahlt. Entweder reicht euch das, oder wir werden euch unseren Standpunkt ein wenig deutlicher kundtun. Es ist kein Graf in der Nähe, der euch helfen könnte.“
Ratmann to Dore sprang auf, sein Schemel krachte gegen die Wand hinter ihm.
„Du bist unverschämt! Ihr Bauern könnt es nicht verwinden, dass die fetten Weiden an der Hunte unsere Weiden sind! Deshalb habt ihr die Kuh geschlachtet. Es ist ja nichts Neues, dass ihr Ärger macht wegen der Viehweide!“
„Wer hat sich das eigentlich ausgedacht mit der Weide?“, fragte Bero. Er stand mit hochrotem Kopf am Tisch. „Hat uns jemand gefragt, bevor ihr das in euren Codex geschrieben habt? Ist es nicht vielmehr das

Recht aller, das Vieh dort weiden zu lassen, wo die Wiesen am saftigsten sind? Aber wenn ihr unser Vieh an der Hunte seht, jagt ihr es fort. Wie oft kam es dabei vor, dass eines von unseren Tieren in die Hunte fiel und ertrank? Haben wir je dafür einen so hohen Preis verlangt, wie ihr es tut?"
Bero atmete schwer. Selten hatte er so viel gesprochen wie jetzt. Die anderen Bauern nickten zustimmend.
„Das ist nicht wahr!", rief Doemesman, „ihr bauscht alles auf, Bauern! Wir wollen doch nichts weiter, als friedlich nebeneinander zu leben!"
„Friedlich nennt ihr das?", brauste nun Mertin auf. „Unser Vieh ist mager, weil ihr die fetten Weiden für euch beansprucht, und wenn eine Wilshuser Kuh hustet, schickt ihr uns die Kriegsknechte auf den Hals! Findet ihr das gerecht?"
Die Bauern prosteten Mertin zu. Einige waren aufgestanden und schwenkten ihre Forken gegen die Wilshuser. Die Stimmung spitzte sich mehr und mehr zu.
„Was ist nun, Doemesman, erlasst ihr uns die restliche Schuld für die Kuh oder nicht?", fragte Andirke, „falls du ja sagst, könnt ihr gehen."
„Nein! Er soll uns zurückgeben, was wir schon bezahlt haben!", rief Eberlin.
„Er hat recht!", brüllte ein anderer Bauer, „sollen sie sich an die Friesen halten! Immer müssen wir zahlen!"
Sie waren alle aufgesprungen und drängten sich um die Wilshuser. Einige schwankten schon vom Bier am frühen Morgen.

„Haltet ein, Männer!“, brüllte Andirke dazwischen. „Es nützt nichts, wenn wir sie jetzt verprügeln. Sie sollen uns das Versprechen geben, uns in Frieden zu lassen!“

„Und das Versprechen, dass sie ihr Vieh in Zukunft sonst wo mästen, aber nicht bei uns“, fügte Bero hinzu.

„Ja! Ja! Das sollen sie versprechen! Auf die Bibel!“

Alle riefen durcheinander. Einige fuchtelten mit ihren Forken vor den Nasen der Ratmannen herum. Die Wilshuser waren blass geworden und sagten kein Wort. Wedekint schielte ein ums andere Mal zur Tür, aber der Fluchtweg war versperrt. Doemesman stand zitternd auf.

„Seid vernünftig, Norddothlinger“, sagte er, „so einfach geht das nicht. Das mit der Kuh, das soll gut sein. Wir erlassen euch die restliche Schuld. Aber weder werden wir euch etwas zurückzahlen noch können wir hier und jetzt versprechen, unser Vieh nicht mehr auf die Hunteweiden zu treiben. Das muss alles im Rat besprochen werden. Ich bin kein Fürst, der eigenmächtig bestimmen kann! Aber ich verspreche bei meiner Ehre, dass ich diese Angelegenheit auf der nächsten Sitzung des Rates einbringen werde!“

„Geschwätz! Nichts als Geschwätz!“

Die Bauern waren außer sich vor Wut. Einige stürzten sich auf Doemesman und schlugen ihm ins Gesicht. Tom Dore und Wedekint zückten ihre Schwerter, aber sie wurden schnell überwältigt. Die Besonneneren versuchten, die aufgebrachten Männer von den Wilshusern fortzuzerren. Es entstand eine wüste Rangelei.

„Bauern von Norddothlingen, haltet ein!"
Andirke war auf den Tisch geklettert. „Lasst die Wilshuser gehen! Ihr seid keine Feiglinge, die sich an drei wehrlosen Ratmannen vergreifen! Lasst sie los, sage ich!"
Er stocherte mit einem Speer, den er aus dem Gewühl gezogen hatte, in dem Knäuel von Männerleibern herum.
„Mertin, so hilf mir doch, sie auseinanderzubringen!"
Mertin stand, die Arme vor dem Bauch verschränkt, in einer Ecke und sah der Prügelei amüsiert zu.
„Lass ihnen doch den Spaß", grinste er, „die Wilshuser haben es verdient."
„Sie bringen sie um, Mertin, du musst mir helfen!"
Mertin seufzte. Betont langsam ging er um den Tisch, packte die Männer beim Kragen und zog sie auseinander. Die Männer rappelten sich auf. Poppe und Heimold kamen hinzu. Gemeinsam schafften sie es schließlich, die Wilshuser vor weiteren Schlägen zu schützen.

Stöhnend wälzten sie sich am Boden. Ihre Kleidung war zerrissen, aber außer einigen blauen Flecken und Schrammen schienen sie nichts Ernsthaftes abbekommen zu haben.
„Geht jetzt in eure Stadt zurück", sagte Andirke.
„Und lasst euch so schnell nicht mehr bei uns blicken!"
Mertin spuckte vor ihnen aus.
Die Wilshuser standen mühsam auf.

„Freut euch nicht zu früh!“, sagte Goldsmit leise. „Euer Dorf ist dem Untergang geweiht.“ Er ordnete seine Kleider. To Dore stand neben ihm.
„Lass sie ihren Sieg feiern, solange sie noch können. Schon bald steht hier kein Stein mehr auf dem anderen, denn hier weht jetzt ein anderer Wind.“
Die Wilshuser wankten aus dem ‚Ochsen‘ hinaus. Es hatte aufgehört zu regnen. Die Sonne schien in Streifen durch die Wolken. Der Boden dampfte.
Die Wilshuser bestiegen ihre Pferde und ritten so schnell sie konnten davon.
„Seht, wie sie ihre Schwänze einziehen!“, höhnte Mertin.
„Sie werden wiederkommen“, sagte Andirke, „verlasst euch drauf. Aber dann bringen sie ihre eigenen Kriegsknechte mit.“

Am seidenen Faden

Der Morgen wollte und wollte nicht anbrechen auf der Welsburg. Schwarze Gewitterwolken verdunkelten den Himmel, es blitzte und donnerte. Berchte sah aus dem Fenster auf den Burghof. Regen rann die Scheiben hinunter, sodass sie nur Schemen erkennen konnte. Menschen eilten über den Hof, Tiere drückten sich unter Vordächer, immer wieder erhellten Blitze den düsteren Morgen.

Hertel lag wach auf seinem Bett. Er hatte die ganze Nacht kein Auge zugetan. Nicht nur die Hitze hatte ihn wachgehalten. Immer wieder schlichen sich die Bilder der Nacht in seinen Kopf. Das stinkende Bein, die Maden darauf, der eklige Ziegenbock. War der Ziegenbock nicht ein Tier des Teufels?

„Gott zürnt uns, Mutter", flüsterte er. Berchte lachte leise.

„Ja, Hertel. Gott zürnt uns. Obwohl ich nie verstehen werde warum."

Hertel schloss wieder die Augen. Er hatte kaum geschlafen in der Nacht, denn er war mit seiner Mutter in den Burghof geschlichen, zu der Abfallgrube, in der ein verendeter Ziegenbock lag. Er lag dort schon lange, denn er stank fürchterlich und die Maden hatten Löcher in ihn gefressen. Das konnte man selbst beim Schein der Laterne erkennen, die Hertel gehalten hatte. Ihm wurde immer noch übel, wenn er daran dachte, was seine Mutter getan hatte.

„Reiß dich zusammen!“, hatte sie ihn angeraunzt, „wenn du ein Heiler werden willst, musst du dich an den Anblick des Todes gewöhnen!“
Dann hatte sie ein Kästchen hervorgeholt, das sie von dem Grafen geliehen hatte. Es war ein kostbares Kästchen mit einer bronzenen Schließe. Diese war mit einem Adler verziert. In dieses schöne Kästchen hatte Berchte den Tod gesammelt. Als sie in die Räume der Burg zurückkehrten, wimmelte es darin von Maden.

Berchte drückte ihre Wange gegen die kühle Scheibe und griff nach dem Kreuz um ihren Hals. Vielleicht war es gar nicht Gott, der ihnen zürnte. Vielleicht waren es ganz andere Mächte. Dunkle Mächte. Vielleicht zürnten sie, weil sie versuchte, den Grafen aus ihren Klauen zu retten. Sie musste an den Priester von Kirchdothlingen denken. Er hatte sie mit demselben irren Blick angestarrt, wie Gerd es jetzt tat. War es nicht so, dass die Dämonen der Hölle sich gern in fromme Gewänder kleideten? Es war alles so verwirrend. Warum konnte man nicht einfach seinem Herzen folgen?

„Lass uns in die Küche gehen und etwas essen“, sagte Berchte, „danach müssen wir nach dem Grafen sehen und sein Bein frisch verbinden.“
Hertel schauderte.
„Ich habe keinen Hunger“, sagte er.
Er fühlte sich matt in diesem stickigen Gemäuer, sehnte sich nach der Hütte am Waldrand und nach dem Markt in Wilshusen, nach den Spielleuten, die dort auftraten, und den Kaufleuten und Händlern, die

im ‚Ochsen' abstiegen und Geschichten von fernen Ländern erzählten. Hier aber, auf der Welsburg, war es düster und unheimlich. Hier wohnte nichts als der Tod.

Berchte sah ihren Sohn an. Dann legte sie ihm die Hand auf die Stirn. Hertel seufzte. Es fühlte sich gut an. Sanft und tröstlich. Es war, wie wenn sie ihm neue Kraft und Zuversicht einflößte.
„Es ist besser, wenn du mitkommst, Hertel. Iss ein wenig, dann vergeht die Übelkeit. Danach brauche dich als Gehilfen, denn es ist eine schwierige Behandlung. Hab keine Angst."
Hertel nickte. Er kletterte aus dem Bett, in dem er gelegen hatte, und strich über die Decke. Er hatte noch nie in einem Bett gelegen. Berchte lächelte ihn an. Dann gingen sie hinunter in die Küche.

Die Magd Sanne stocherte im Herdfeuer. Ein junges Mädchen, nicht älter als Hertel, rührte in einem Grapen, der über dem Feuer hing. Es roch nach Gerstenbrei und Milch. Am Tisch saß der alte Diener Wolf, und ein Fremder, der höchst seltsam aussah. Er trug die bunte Kleidung der Spielleute. Ein großer, runder Kopf saß ihm auf den viel zu schmalen Schultern. Wenige zottige Haare standen in alle Richtungen ab. Er war alt, dem Gesicht nach zu schließen, die Arme und Hände aber waren eher die eines Kindes. Erst jetzt erkannte Berchte, dass dieser Fremde wie Hertel ein Zwerg war. Verblüfft starrte sie ihn an. Auch Hertel hatte den Fremden entdeckt. Er lächelte. Der Fremde hielt ihm seine Kinderhand hin.

„Seid gegrüßt, werter Herr! Welch eine Überraschung, hier in der Wildnis auf meinesgleichen zu treffen. Mein Name ist Alberich und ich bin der Spielmann des Grafen. Wer seid Ihr, wenn ich fragen darf?“
Hertel brachte kein Wort heraus.
„He! Du wirst dir wohl nicht zu fein sein, einem Zwerg die Hand zu reichen, oder?“
Hertel lächelte verlegen und gab ihm die Hand.
„Mein Name ist Hertel. Das hier ist meine Mutter. Sie heißt Berchte.“
Er zeigte auf sie. Der Fremde musterte Berchte von oben bis unten.
„He, Alberich, willst du sie gleich hier ausziehen?“, zischte die Köchin Sanne. Das Mädchen, das schweigend im Grapen rührte, damit der Brei nicht anbrannte, wurde bei dieser Bemerkung rot bis unter die Haarwurzeln.
„Verzeiht! Was soll ich machen. Ich liebe nun einmal schöne Frauen!“, lachte Alberich, „das ist unsere Art, nicht wahr, Hertel?“
Er klopfte Hertel, der sich ihm gegenüber an den Tisch gesetzt hatte, auf die Schulter. Dann wandte er sich wieder Berchte zu.
„Du bist also die Heilerin aus Norddothlingen? Du sollst wahre Wunder bewirken, hört man. Hast du etwas gegen das Alter?“
Berchte lachte.
„Nein, dagegen gibt es kein Mittel, Herr Alberich.“

„Der Graf hat mir viel von dir erzählt. Er hat deine Schönheit gepriesen, aber du übertriffst jede Erzählung. Willkommen auf der Welsburg, dem Hort des

Schrecklichen, dem Sitz aller dunklen Mächte.“ Er machte eine komische Verbeugung.
„Gott steh mir bei und alle Heiligen“, rief Sanne und bekreuzigte sich dreimal hintereinander.
„Du wirst dir noch einen Knoten in die Arme schlagen, wenn du so weitermachst!“, flachste Alberich.
„Und du wirst mit dem Grafen in der Hölle braten, wenn du dich weiter mit der Hexe da abgibst!“, rief Sanne und bekreuzigte sich ein weiteres Mal.
Alberich winkte ab.
„Hört nicht auf sie. Der Priester hat ihr die Sinne verwirrt. Jeden Sonntag rennt sie zu ihm und beichtet. Er ist verrückt. Er hat ihr weisgemacht, dass der Teufel sie heiraten will.“ Er lachte aus vollem Hals.
„Ich glaube, nicht einmal der würde diese alte Kratzbürste nehmen! Setz dich zu uns an den Tisch, Berchte. Wolf wird nichts dagegen haben.“
Er warf einen belustigten Blick auf den alten Diener, der seine Augen nicht von Berchte lassen konnte.

Sanne knallte eine Schüssel auf den Tisch. Brei schwappte heraus und bildete eine klebrige Pfütze auf dem Tisch. Das Mädchen kam mit einer Kanne Dünnbier und stellte sie daneben.
„Wisch das weg“, fuhr Sanne sie an und gab ihr eine schallende Ohrfeige, als ob das Mädchen schuld an dem verschütteten Brei sei.

„He! Sanne! Lass sie in Frieden, oder ich rede mit dem Grafen darüber, wie du mit den Mädchen umspringst. Die letzte hat es genau zwei Wochen in deiner Küche

ausgehalten. Wie lange, glaubst du, wird diese hier bleiben?"
„Rede nur mit dem Grafen! Er hört dich nicht. Er ist siech."
Ein Schatten legte sich auf Alberichs Gesicht. Er fischte seinen Löffel aus der Weste und begann schweigend zu essen. Die anderen taten es ihm nach. ‚Kochen kann sie zumindest', dachte Berchte.

„Wie steht es um den Grafen?", fragte Alberich, als er aufgegessen hatte. Er leckte seinen Löffel sauber. Dann steckte er ihn in die Weste zurück.
„Schlecht", sagte Berchte leise. Sie wollte nicht, dass Sanne sie hörte. Die schimpfte wieder laut mit dem Mädchen, das einen Becher hatte fallen lassen. „Sein Leben hängt an einem seidenen Faden. Ich versuche mein Bestes, aber ich weiß nicht, ob es reicht", flüsterte Berchte.
„Kann ich dir irgendwie helfen?", fragte Alberich, „ein wenig verstehe ich mich auch auf die Heilkunst."
Berchte schüttelte den Kopf.
„Danke für dein Angebot, aber wir kommen zurecht."
Sie stand auf und winkte Hertel zu sich. Alberich kletterte ebenfalls von der Bank. Er war kaum größer als Hertel.
„Ihr braucht einen Freund hier auf der Burg", raunte er Berchte zu, „vertraut mir, ich bin auf eurer Seite."
Dann wandte er sich Hertel zu. „Was dich angeht, junger Freund, so bin ich entzückt, dich kennen gelernt zu haben. Wenn du Lust hast, komm zu mir und ich bringe dir ein paar Kunststücke bei. Ich war auf allen Märkten der Welt zu Hause, denn ich bin mit

dem Grafen viel herumgekommen. Zwerge wie wir sind Künstler. Auch in dir steckt einer, ich sehe es dir an. Die Menschen werden dich lieben. Vor allem die Frauen, bei deinem schönen Gesicht."
Hertel wurde rot vor Verlegenheit. Noch nie hatte ihn jemand schön genannt.
Sie gaben sich die Hand, aber es war kein Gruß, sondern ein Pakt, den sie schlossen. Berchte gab es einen Stich ins Herz. Sie hatte dieses seltsame Kind beschützt, umsorgt und behütet, hatte ihm alles beigebracht, und es war so selbstverständlich, dass Hertel immer um sie war. Doch jetzt wurde ihr schmerzhaft bewusst, dass er sie eines Tages verlassen würde, um sein eigenes Leben zu führen. Sie sah von Hertel zu Alberich, ihre Blicke trafen sich. Das hier, schienen sie ihr stumm zu sagen, ist unsere Welt und nicht die deine.

Sanne schürte das Feuer.
„Gib mir eine Kumme mit heißem Wasser", bat Berchte.
„Wozu?"
„Ich muss dem Grafen die Wunde auswaschen", antwortete Berchte ungehalten.
„Dann nimm dir einen Eimer! Ich habe keine Lust, hinterher alle Kummen in die Grube zu werfen, weil du sie verdorben hast!"
Berchte griff sich einen Eimer und füllte selbst heißes Wasser ein. Sie stellte den Eimer auf den Boden und zog einen Beutel mit Kräutern aus einer Tasche.

„Bereite daraus einen heißen Aufguss und lass ihn zum Grafen bringen!“, befahl Berchte. Vielleicht verstand die Magd diesen Ton besser als eine freundliche Bitte. Sanne nahm das duftende Kräutersäckchen schweigend entgegen und reichte es mit spitzen Fingern dem Mädchen.
„Da! Du hast gehört, was du damit tun sollst! Beeil dich! Ich will das Teufelszeug aus der Küche haben!“
Berchte wurde es kalt. Wusste Sanne, was sie tat? Sie sah die Köchin an, aber die hatte schon wieder begonnen, missmutig im Feuer herumzustochern.
Berchte lächelte das Mädchen an. „Bring den Aufguss in die Kemenate des Grafen, wenn du ihn fertig hast.“
Das Mädchen nickte.

Als Berchte aus der Küche trat, fand sie Hertel und Alberich unter der Treppe, wie sie miteinander scherzten. Berchte konnte nicht genau verstehen, was Alberich sagte, aber Hertel lachte. Das tat er fast nie.
„Komm jetzt!“, sagte sie scharf, „wir haben viel zu tun.“
Hertel verstummte.
„Geh jetzt mit deiner Mutter, später treffen wir uns in der Halle“, sagte Alberich, verneigte sich ein wenig spöttisch vor Berchte und schlüpfte in die Küche.

Der Graf war wach. Er sah sie an, als sie kamen.
„Ich habe Durst“, flüsterte er kaum hörbar. Berchte setzte sich neben ihn, schob ihm ein Kissen in den Rücken und flößte ihm vorsichtig ein wenig Wasser ein. Nach drei Schlucken sank er erschöpft auf das Kissen zurück. Er glühte immer noch vom Fieber.

Hertel legte ihm einen kalten Lappen auf die Stirn. Es war stickig und heiß in der Kammer. Berchte öffnete die Fenster. Ein kühlender Luftzug wehte herein. Draußen tobte sich das Gewitter aus.
„Mein Bein kribbelt so schrecklich, als wenn tausend Ameisen darauf säßen", stöhnte der Graf.
Berchte drehte sich zu ihm um und lächelte.
„Das ist ein gutes Zeichen. Es beginnt zu heilen. Ich werde jetzt die Tücher vom Bein nehmen und es neu verbinden. Du wirst nicht viel spüren. Schlaf einfach."
Sie strich über seine heißen Wangen. Deutlich fühlte sie den Tod. Er hatte ihn immer noch fest im Griff, aber der Graf war nicht nur auf dem Schlachtfeld ein zäher Kämpfer.
„Hol das Kästchen, Hertel", sagte sie. Der Junge ging widerwillig und kam mit dem Kästchen zurück. Berchte hatte die Decke zurückgeschlagen und nahm die kamillengetränkten Tücher vom Bein. Es stank so widerlich, dass Hertel zum Fenster ging, um ein wenig frische Luft zu schöpfen. Das Gewitter hatte den Himmel völlig verdunkelt, dass man meinen könnte, die Nacht bräche gerade herein.
„Hol mir die frischen Tücher, die wir bereitgelegt haben", bat Berchte. Hertel unterdrückte seine Übelkeit und ging am Bett des Grafen vorbei in die kleine Kammer, die Berchte und er bewohnten. Die Tücher lagen auf der Kleidertruhe. Er brachte sie zu seiner Mutter, wobei er versuchte, nicht auf das brandige Bein zu sehen. Berchte griff seine Hand.
„Tränk sie mit dem Kamillensud, Hertel. Und sieh ruhig her. Einem Heiler darf nichts fremd sein, auch nicht die Säfte des Todes."

Hertel gehorchte widerwillig. Obwohl sich sein Magen umdrehen wollte, sah er auf das Bein des Grafen. Die Maden hatten ihre grausige Arbeit getan, sie hatten begonnen, das tote Fleisch wegzufressen. Träge und dick ringelten sie sich in der Wunde. Berchte suchte sie ab und setzte frische hinein. Das Bein war immer noch dick, zeigte aber nicht mehr die dunkelrote Verfärbung.
Hertel reichte seiner Mutter die Tücher. Sie wickelte sie vorsichtig um das Bein.

Hertel war froh, als er endlich von Berchte entlassen wurde. Sie hatte ihm die besudelten Tücher in den Arm gedrückt.
„Bevor du den Spielmann suchst, bring das dem Mädchen, sie soll es auskochen", wies sie Hertel an.
Berchte hatte beschlossen, das Mädchen zu fragen, wenn sie etwas brauchte. Sie schien geschickt zu sein und überdies verschwiegen. Das war wichtig.

Draußen goss es immer noch, aber die Abstände zwischen Blitz und Donner wurden länger. Das Gewitter verzog sich langsam. Berchte setzte sich neben den Grafen und nahm den heißen Lappen von seiner Stirn, tunkte ihn in kaltes Wasser und legte ihn wieder auf. Gerd war in einen unruhigen Schlaf gefallen. Er wälzte sich auf seinem Lager.
‚Ich werde es jetzt tun', dachte Berchte. Sie rief sich das Ritual ins Gedächtnis. Es war lange her, dass sie es vollzogen hatte, dennoch war es ihr eingebrannt in Fleisch und Blut, denn seit unzähligen Generationen war es weitergegeben worden von der Mutter auf die

Tochter oder den Sohn. Sie brauchte nicht viel, nur die uralten Worte und ein wenig Räucherwerk. Das lag in ihrer Kammer bereit.

Sie ging zum Fenster und sah auf den Burghof. Niemand ging bei diesem Wetter hinaus. Niemand würde sie jetzt suchen, geschweige denn den Grafen. Die Elemente waren in Aufruhr. Der Zeitpunkt war wie geschaffen, Dämonen zu verscheuchen.

Gewitter

„Verdammtes Sauwetter!“, donnerte Graf Moritz und wischte sich den Regen vom Gesicht. „Wenn es so weitergießt, stehen wir zu Michaeli noch immer vor der Welsburg und mein Bruder lacht sich ins Fäustchen!“
Moritz hatte zusammen mit seinen Landsknechten Schutz gesucht in einem Schafkoben, denn der Regen hatte die Wege in Schlammbahnen verwandelt. Tonis hatte ihnen den Unterstand auf der Heide gezeigt. Die Männer drängelten sich unter dem Dach zusammen, die Pferde blieben draußen, die Köpfe gesenkt, die breiten Hinterteile dem Regen zugewandt.
„Wenn wir wenigstens ein Feuer hätten, um unsere Kleider zu trocknen!“
Moritz trat gegen einen Stein. Tonis hatte versucht, mit Stroh und Ästen ein Feuer zu entzünden, aber bei der Nässe verursachte dies nichts als beißenden Rauch.
Einige der Männer hatten sich am Rand des Schafkobens im Stroh niedergelassen. Sie kramten Spielsteine aus ihren Taschen und begannen eine Partie Wurfzabel. Tonis saß abseits in einer Ecke und kaute auf einem Strohhalm. Nur Graf Moritz wanderte unruhig von einem Ende des Kobens zum anderen. Es goss wie aus Kübeln, als sei eine neue Sintflut hereingebrochen. Das Wasser lief in dünnen Rinnsalen zum Tor herein und zum anderen Ende wieder heraus.
Doch dann hörte der Regen so schnell auf, wie er gekommen war. Die Wolkendecke riss auf und die Sonne schien blass hindurch. Von Ferne grollte noch Donner.

Ein gewaltiger Regenbogen spannte sich über den Himmel und die Geest glitzerte, als habe Gott Glasperlen über die Erde gesät. Die Männer im Schafkoben richteten sich auf. Auch die Pferde hoben die Köpfe.
„Endlich!“ Graf Moritz ging hinaus zu seinem Pferd, das wie die anderen tropfend und dampfend in der Sonne stand. Er stieg auf den regendurchweichten Sattel. Die Männer folgten ihm schweigend. Es konnte nicht mehr weit sein zur Welsburg.

Tonis ritt neben dem Grafen. Schlamm blieb an den Hufen der Pferde kleben und bildete dicke Klumpen. Einige Male mussten die Männer absteigen und die Hufe freikratzen. Gerade hatten sie die Landwehr passiert, als es wieder zu regnen begann. Diesmal war es jedoch nur ein leichter Landregen und nass waren sie ohnehin.
„Wir sind bald da, Herr“, sagte Tonis.
„Das weiß ich selbst!“, fuhr Moritz ihn schlecht gelaunt an. Er zügelte sein Pferd und drehte sich im Sattel zu seinen Knechten um.
„Macht euch kampfbereit, Männer!“, rief er. „Lasst euch nicht täuschen! Gerds Knechte sehen aus wie Bauern, aber es sind wilde Gesellen, mit allen Wassern gewaschen. Lasst keine Gnade walten, wenn ihr mit heiler Haut davonkommen wollt!“
Er wandte sich nun Tonis zu.
„Was dich angeht, Schmied, so wirst du mich begleiten.“
Tonis nickte zustimmend.
„Gut.“

Moritz winkte zwei seiner Knechte herbei. Sie nahmen den Schmied zwischen sich und griffen nach seinem Schwert und dem Messer, die er beide im Gürtel trug.
„Was soll das!“, protestierte Tonis.
Die Männer packten ihn und fesselten seine Hände auf dem Rücken. Tonis kam gar nicht dazu, sich zu wehren. Er starrte den Grafen fassungslos an.
„Aber ich sollte Euch doch helfen, in die Burg zu kommen, Herr! Ich kenne alle Schwachstellen! Ich weiß, wo Ihr durchbrechen könnt!“
Moritz lächelte nachsichtig.
„Glaubst du, das wüsste ich nicht selbst? Du bist mein Pfand, wenn ich meinem Bruder gegenübertrete. Wenn er nicht nachgibt, lasse ich dich vor seinen Augen köpfen, als Warnung, was mit seinen geliebten Bauern geschieht, wenn er nicht vernünftig ist. Schade nur, dass wir diese Dirne nicht erwischt haben. Aber vielleicht treffen wir sie bei ihm, was meinst du?“
Er gab ein Zeichen und sie ritten weiter.

Dämonen

Berchte kniete neben dem Grafen, die Augen geschlossen, die Hände an seinen Kopf gelegt. Sie hatte die uralten Worte gesprochen.
Gerd stöhnte. Die Dämonen waren in Aufruhr. Berchte spürte sie, als wären es ihre eigenen. Alle waren sie da: Jähzorn, Mordlust, Blutgier, Machthunger und Eifersucht. Dahinter jedoch leuchtete etwas ganz anderes auf: Reue, Zweifel und Trauer. Und da war noch etwas, nämlich Liebe, Liebe für seine Familie, für Berchte und sogar für Hertel. Konnte das alles in einem Menschen stecken?
„Wer bist du?“, flüsterte Berchte.

Hertel hatte in der Burghalle auf Alberich gewartet. Als er kam, brachte er drei kleine bunte Bälle mit.
„Als Erstes“, sagte er, „werde ich dich das Jonglieren lehren. Das ist eine schlichte Kunst, aber wenn du sie beherrscht, lockst du damit immer und überall Leute an. Wenn sie dann in Scharen um dich stehen, bietest du deine Heilkünste an. Du wirst berühmt werden auf allen Märkten!“
Alberich hatte die ganze Zeit die Bälle hochgeworfen und wieder aufgefangen, mal im Zickzack, mal im Kreis. Es sah ganz leicht aus. Hertel hatte schon Gaukler gesehen, die auf den Märkten jonglierten, aber bei Alberich flogen die Bälle so schnell, dass man ihnen kaum folgen konnte mit den Augen. Man musste einfach hinsehen.
„Nun du“, sagte er schließlich und gab Hertel die Bälle.

„Das kann nicht so schwer sein", rief Hertel eifrig, warf die Bälle in die Höhe und versuchte, sie wieder aufzufangen. Sie fielen alle vor seine Füße und blieben dort liegen, denn sie waren mit Sand gefüllt. Hertel nahm die Bälle schnell hoch und versuchte es noch einmal. Auch dieses Mal landeten sie auf dem Boden. Alberich lachte und klopfte seinem Lehrling auf die Schulter.

„Das geht allen so, die es das erste Mal versuchen. Schau her!"

Er nahm Hertel die Bälle aus der Hand und zeigte ihm, wie er sie fangen sollte. „Versuch es zuerst mit zweien", riet er ihm. „Fang sie einen nach dem anderen. Schau, so!"

Alberich machte es vor und gab Hertel die Bälle zurück.

Hertel kämpfte mit den Bällen, während Alberich auf einem Dreibein saß und ihm Ratschläge erteilte. Nach einer Weile klappte es schon recht gut.

„Gib mir den dritten Ball auch", bat Hertel aufgeregt, „ich kann es!"

Alberich lachte.

„Nein, du kannst es noch nicht. Für heute ist es genug, wenn du mit zwei Bällen übst."

Enttäuscht ließ Hertel die beiden Bälle wieder in der Luft kreisen.

„Aber es wird langweilig! Schau doch, ich kann es wohl!"

„Wenn du meinst", seufzte Alberich und gab Hertel den dritten Ball. Wieder landeten alle auf dem Boden. Hertel nahm sie auf und übte verbissen weiter.

„Du hast einen starken Willen, das ist gut. Hast du den von deiner Mutter geerbt?“, fragte Alberich.
Hertel nickte nur, denn seine ganze Aufmerksamkeit galt den Bällen.
„Deine Mutter ist sehr schön. Sie vollbringt wahre Wunder als Heilerin, wie man hört. Ihr Ruf geht weit über die Geest hinaus. Leider ist das in diesen Zeiten nicht ganz ungefährlich für eine Frau.“
Hertel nickte wieder. Er hatte nicht richtig zugehört.
„Du bist auch schön, weißt du das? Wer ist dein Vater?“
Hertel ließ die Bälle fallen. Er zuckte mit den Achseln. „Ich weiß es nicht“, sagte er und sah zu Boden. Er wollte seinen neuen Freund nicht anlügen, aber er war sich nicht sicher, ob er es Alberich sagen durfte. Der plapperte allerdings schon munter weiter.
„Ich selbst stamme aus einer Zwergenfamilie. Alle bei uns sind klein. Ich heiße Alberich, weil ich der Kleinste in der Familie bin. Alberich war der Name eines Zwergenkönigs, der vor langer Zeit unter der Erde gelebt hat.“
Hertel lachte und nahm die Bälle wieder auf.
„Mutter hat mir Geschichten von ihm erzählt. Sie sagte, das Volk der Alben wird ungeheuer alt. Vielleicht lebt dein Namensvetter noch unter der Erde?“
Hertel warf die Bälle in die Luft. Eine Runde lang hielt er sie oben, dann lagen sie wieder zu seinen Füßen.
„Was machst du eigentlich hier auf der Burg?“, fragte Hertel, während er die Bälle zusammensammelte.

„Ich bin der Spielmann des Grafen. Ich unterhalte ihn mit meinen Kunststücken, singe für ihn und erzähle ihm Geschichten von seinen Heldentaten."
„Da hast du sicher viel zu erzählen!"
Alberich wurde ernst.
„Viel, ja, in der Tat."
Eine Weile sah er Hertel bei seinen Übungen zu.
„Der Graf wird dich sicher auch in seinen Dienst nehmen", fuhr er fort.
„Meinst du wirklich?", fragte Hertel aufgeregt.
„Warum nicht? Er ist ein Freund der Spielleute. Wenn er ein Fest feiert, lädt er alle Spielleute und Gaukler ein, die in der Nähe sind. Dann haben wir ein richtiges Familientreffen. Es ist herrlich, du wirst es sehen!"
Hertel suchte die Bälle auf, die ihm wieder hinuntergefallen waren.
„Wenn der Graf überlebt", murmelte er und warf die Bälle wieder in die Luft. Dieses Mal landeten sie sofort auf dem Boden.
„Du darfst nicht verkrampfen, Hertel. Bleib locker!", riet Alberich. „Und was den Grafen angeht, mach dir keine Sorgen. Er ist zäh wie Rindsleder und deine Mutter ist bei ihm. Er wird überleben, das fühle ich."
„Guck doch, ich kann es!", rief Hertel, der alle drei Bälle eine kleine Weile in der Luft hielt, dann fielen sie einer nach dem anderen herunter.
„Das war sehr gut, Hertel", lobte Alberich.
Hertel hob die Bälle auf und begann von Neuem.

„Woher kommst du?", fragte er nach einer Weile.
Alberich lachte.

„Von überall und nirgends. Ich komme aus einer uralten Gauklerfamilie. Es heißt, dass unsere Ursprünge im Ungarischen liegen, aber wer kann das schon sagen. Wir reisen seit Generationen durch die Welt und mischen uns mit anderen Völkern."
„Gibt es denn so viele Zwergenvölker?", fragte Hertel erstaunt.
„Nein!", lachte Alberich, „deshalb ist der eine oder andere Ausreißer dabei, der groß wird. Der muss dann Bärenführer werden. Oder Zähnereißer. Leider."
Alberich seufzte und hob bedauernd die Schultern.
„Nicht alle sind dazu berufen, etwas Besonderes zu sein!"
„Wie bist du zu Graf Gerd gekommen?"
„Du bist neugierig, Hertel! Ich lernte ihn in Köln kennen. Er war auf Pilgerfahrt zu den Heiligen Drei Königen. Er sah mich auf dem Markt mit Feuerbällen jonglieren und fragte, ob ich mit ihm kommen wolle. Wir soffen eine Nacht lang in irgendeiner Kaschemme und seitdem bin ich sein Spielmann."
Hertel schwieg. Schon eine ganze Weile ließ er die Bälle kreisen. Keiner fiel. Überrascht über seinen eigenen Erfolg, jonglierte er weiter.
„Ich kann es", flüsterte er glücklich. Alberich nickte.
„Ja, Junge, du kannst es. Und wie du es kannst! Du bist ein Meister unserer Zunft, ich wusste es!"

In diesem Moment krachte die Tür und jemand stolperte in die Halle.
„Hauptmann Endres!", rief Alberich überrascht, „was ist geschehen?"

„Ich muss sofort zum Grafen! Sein Bruder, Graf Moritz, steht mit einem bewaffneten Haufen vor den Toren. Er behauptet, er sei der neue Herr über Delmenhorst und Oldenburg und somit auch über die Welsburg!"
„Was sagst du da?" Alberich war blass geworden. „Du musst dich täuschen! Moritz ist in Bremen. Er ist ein Pfaffe! Wenn er es nicht mehr wäre, hätte er doch einen Brief geschrieben, bevor er mit seinen Truppen anrückt!"
Der Hauptmann schüttelte den Kopf. „Er sagt, er sei der neue Herr. Wo ist der Graf? Er will ihn sofort sprechen!"
„Graf Gerd ist krank. Warte hier! Ich werde zu ihm gehen und sehen, ob er bei Bewusstsein ist. Geh du zu deinen Leute zurück und halte Moritz auf!"
„Himmel, Arsch und Zwirn, was für eine vermaledeite Sache das ist!"
„Fluche nicht im Saal des Grafen!", sagte Alberich streng.
Endres winkte ab. „Als ob der Graf das nicht auch täte!"
Alberich schüttelte nach kurzem Überlegen ratlos den Kopf. „Letztendlich können wir Moritz den Eintritt nicht verwehren, er ist Gerds Bruder. Und jetzt geh. Sag Graf Moritz, wir bereiten alles vor für seinen Empfang. Lass dir irgendetwas einfallen!"
Hertel wunderte sich, dass der Hauptmann tatsächlich tat, was Alberich ihm sagte. Der Zwerg schien mehr Macht zu haben, als es für einen Spielmann üblich war.

„Bleib du hier“, sagte er zu Hertel und eilte die Treppe hoch zur Kammer des Grafen. Hertel gehorchte.
Berchte hatte das Ritual beendet. Sie war erschöpft und unzufrieden mit sich. Es war nur zum Teil gelungen. Zu dicht waren die Schatten in Gerds Seele. Der Graf selbst lag auf seinem Bett wie tot.
Berchte ging zum Fenster und atmete tief die vom Gewitter reingewaschene Luft ein. Da sah sie, wie das Burgtor geschlossen wurde. Gerds Männer rannten aufgeregt über den Hof, gürteten sich im Laufen die Waffen um die Hüften. Vom Vorwerk drang Geschrei in den Burghof. Pferde wieherten aufgeregt. Männer schrien.
Schnell sammelte Berchte die Spuren des verbotenen Rituals zusammen und versteckte alles zusammen mit dem Kästchen unter ihrem Bett. Da wurde die Tür zur Kammer des Grafen geöffnet und Alberich schlüpfte herein. Er lief zum Grafen. Berchte sah er nicht.
„Gerd! Kannst du mich hören? Graf! Wach auf, es ist wichtig!“ Er rüttelte ihn heftig an der Schulter.
„Du könntest ihm einen Krug Wasser über den Kopf schütten, er würde nicht erwachen. Ich habe ihm einen Schlaftrunk gegeben“, sagte Berchte, die immer noch am Fenster stand.
Alberich fuhr erschrocken herum.
„Berchte! Du musst ihn wecken! Vor den Toren steht Graf Moritz und führt irgendeine Schurkerei im Schilde!“
Berchte hielt die Luft an. Es war, als habe sich ihr Blut in Eiswasser verwandelt.

„Es geht nicht. Ich habe das Ritual vollzogen. Er ist nicht bei sich. Er wird erst in einigen Stunden wieder erwachen, wenn alles gut geht. Oder gar nicht mehr!“
Alberich stöhnte gequält auf.
„Dann ist alles verloren. Wir müssen ihn einlassen.“

In diesem Moment krachte es im Hof. Männer schrien. Berchte lief zum Fenster. Das Burgtor stand wieder offen. Die Wachen lagen mit Pfeilen gespickt davor. Moritz und seine Soldaten drängten in den Hof, die Armbrüste schussbereit in den Händen. Hinter Moritz ritt Tonis. Berchte wollte ihren Augen nicht trauen. Was machte der Schmied hier mit dem Bruder des Grafen?
„Wo ist Gerd! Wo ist mein Bruder! Er soll herauskommen! Ich will ihn sprechen!“, brüllte Moritz über den Hof.
Erschrocken rannte das Gesinde in der Halle zusammen. Alberich ging langsam die Treppe hinunter, gefolgt von Berchte. Sie suchte Hertel und entdeckte ihn am Fuß der Treppe. Er stand neben dem verschreckten Küchenmädchen. Hertel sah seine Mutter im gleichen Moment. Er lief ihr die Treppe hinauf entgegen. Die Tür flog auf, Moritz betrat mit seinen Männern die Halle und sah sich um. Dann grinste er.
„Was ist denn das hier! Lauter Gesindel! Das sieht meinem Bruder ähnlich. Da reise ich aus Bremen an, um Gerhard persönlich davon in Kenntnis zu setzen, das er nun endlich ins Kloster gehen darf, und werde empfangen von Knechten, Mägden und ...“, sein Blick blieb an Hertel und Alberich haften, „... und Zwergen!“
Alberich verneigte sich übertrieben unterwürfig.

„In der Tat, Euer Bruder bevorzugt eine außergewöhnlichere Gesellschaft als Ihr, Graf Moritz."
Der Graf lachte höhnisch.
„Schau an, Alberich! Bist du immer noch der Possenreißer meines Bruders? Gerds Geschmack ließ schon immer zu wünschen übrig. Außer vielleicht, was Frauen angeht."
Er betrachtete Berchte gierig. „Bist du nicht seine Dirne aus Norddothlingen?"
Berchte verzog keine Miene. Moritz lächelte spöttisch und sah sich weiter um.
„Wo ist er? Wo ist mein Bruder? Ich sehe ihn nicht! Hat er Angst, mir gegenüberzutreten? Oder säuft er in irgendeinem Dorf mit den Bauern?"
Alberich räusperte sich.
„Verzeiht, Graf Moritz, Euer Besuch kommt überraschend. Hättet Ihr Euch angekündigt, wäre Euer Empfang prachtvoller gewesen. Was Euren Bruder angeht, so liegt er krank zu Bett. Er kann Euch nicht sprechen."
„Dann stimmen also die Gerüchte?" Moritz setzte eine gespielt mitfühlende Miene auf.
„Ich will ihn sehen, schließlich bin ich sein Bruder."
„Dann folgt mir, Herr", sagte Alberich.
Moritz schnaubte verächtlich.
„Du glaubst doch nicht, dass ich mich von einem Zwerg zu meinem Bruder führen lasse! Gibt es hier keine standesgemäße Dienerschaft?"
Berchte trat vor.
„Ich werde Euch begleiten, wenn Ihr es erlaubt, Herr."
Moritz sah sie an.

„Das ist schon besser. Komm herunter, ich will dich genau betrachten. Wie war doch gleich dein Name?“
„Berchte, Herr.“ Sie schob Hertel zu Alberich. „Bleib hier“, flüsterte sie. Dann ging sie zu Moritz und verneigte sich schweigend. Moritz packte grob in ihr Haar und zog sie zu sich heran. Er starrte ihr ins Gesicht. Berchte unterdrückte einen Schmerzensschrei.
„Lasst sie los!“, schrie Tonis und stürzte aus dem Haufen Bewaffneter nach vorn. Er stolperte und fiel, die Hände immer noch gebunden. Sein Auge blutete. Moritz riss Berchtes Kopf nach hinten. Ihre Nasen berührten sich fast. Es sah aus, als ob er sie küssen wollte. Tonis brüllte auf. Moritz pfiff leicht durch die Zähne.
„Du liebst sie auch, Schmied?“, lachte er spöttisch. „Deshalb wolltest du unbedingt mitkommen auf die Burg und uns helfen, Gerd zu verjagen? Ich verstehe. Leider gehört sie meinem Bruder. Allerdings könnte ich ihr befehlen, bei mir zu bleiben. Schließlich bin ich der neue Herr der Welsburg und schönen Frauen nicht abgeneigt.“
Tonis würgte, als steckten ihm die Worte im Halse fest.
„Verräter!“, zischte Berchte. Moritz riss sie an den Haaren in die Höhe, sie schrie auf.
„Geh voran, Schöne, und zeig mir das Krankenlager meines Bruders.“
Er zerrte sie die Treppe hinauf, an Alberich und Hertel vorbei. Zwei Bewaffnete folgten ihnen.
Erst an Gerds Bett ließ er sie los. Berchte taumelte, fing sich aber rasch. Der Graf lag immer noch da wie

tot. Moritz rümpfte die Nase und blieb in gebührendem Abstand vom Bett stehen.
„Er ist tot, oder? Er stinkt ja schon. Ihr wolltet mir seinen Tod verheimlichen, ist es so? Was für ein nutzloses Unterfangen!“ Moritz lachte laut auf. In diesem Moment seufzte Gerd und drehte seinen Kopf. Er öffnete kurz die Augen, schloss sie aber gleich wieder. Moritz wich entsetzt zurück. Die Bewaffneten richteten die Armbrüste auf das Bett.
Berchte lächelte spöttisch. „Ihr fürchtet Euch vor dem Tod? Wie seltsam das doch ist. Seid Ihr nicht auch ein Geistlicher? Die Geistlichen, die ich kenne, fürchten sich alle vor dem Tod. Vielleicht ist es so, weil sie wissen, was sie erwartet.“
„Ich bin kein Geistlicher mehr!“, schrie Moritz sie an, „was erlaubst du dir, so mit mir zu sprechen! Ich bin der neue Graf von Oldenburg und Delmenhorst, denn ich habe alle meine geistlichen Ämter niedergelegt. Es ist zum Wohle des Landes geschehen, denn mein Bruder ist ein Räuber und Pirat!“
Berchte schlug sich die Hände vor die Ohren, denn Moritz kreischte wie ein Marktweib, dem eine Maus unter den Rock gelaufen war. „Er soll fort von hier! Bringt ihn weg! Ich will nicht den Tod in den Mauern haben, in denen ich mich aufhalte!“
„Wohin sollen wir ihn bringen, Herr Graf?“, fragte einer seiner Knechte.
Moritz wedelte mit den Händen vor seiner Nase herum, als könne er so die Ausdünstungen des Krankenlagers von sich fernhalten.
„Ich muss darüber nachdenken“, sagte er fahrig. Er war leichenblass und wankte aus der Kemenate hin-

aus. Seine Männer folgten ihm. Berchte ließ er zurück. Sie atmete auf. Zumindest wusste sie jetzt, womit sie sich Moritz vom Leib halten konnte.
Berchte drehte sich zu Gerd um. Der sah sie an und lächelte matt.
„Er war schon immer ein Feigling“, flüsterte er.
Berchte setzte sich zu ihm auf das Bett.
„Bist du wach? Hast du gehört, was er dir zu sagen hat?“
Gerd schloss die Augen.
„Ja. Ich habe es schon lange befürchtet. Er hasst mich dafür, dass ich als Jüngster von uns dreien Landesfürst bin. Er wollte nie ein Geistlicher sein. Aber unser Vater hat es vor seinem Tode so bestimmt und unser Onkel, der uns erzogen hat, hielt sich daran, obwohl auch er sah, dass Moritz dafür nicht taugt. Er ist dem Glücksspiel und den Frauen verfallen und hat einen wankelmütigen Charakter. Außerdem hat er sich verlobt.“
„Er will heiraten?“, fragte Berchte überrascht.
„So ist es.“ Gerd versuchte, sich aufzusetzen. „Ich muss so schnell wie möglich Christian in Dänemark benachrichtigen. Moritz kann mir nicht alles wegnehmen! Er kann keinen Bettler aus mir machen. Ruf Alberich herein.“
Gerd atmete schwer und ließ sich wieder in die Kissen fallen. In diesem Moment kamen Alberich und Hertel herein.
„Ihr kommt wie gerufen“, sagte Berchte, „wir haben einiges zu besprechen.“

Am Abend saß Moritz mit seinen Rittern im Saal. Die Tafel bog sich unter dem Gewicht der Kummen und Krüge. Moritz feierte den Sieg über die Welsburg. Er und seine Kumpanen langten kräftig zu.
Man hatte ein Schwein geschlachtet trotz der Hitze. Sanne scheuchte in der Küche das Mädchen herum. Alberich saß auf einem hohen Schemel, sang Lieder und spielte dazu auf der Drehleier.
„Gibt es keine Frauen hier auf der Welsburg?“, rief Moritz. „Wo ist die Hexe, sie soll herkommen und mich unterhalten! Sie kann doch bestimmt gut tanzen. Geh, Schmied, und hol sie mir!“
Tonis saß in einer Ecke. Sein Auge war blau und angeschwollen, aber jemand hatte seine Fesseln gelöst und einen Teller mit Fleisch vor ihn hingestellt, aber er hatte nichts angerührt. Dafür trank er umso mehr. Er stand auf und stieß dabei fast die Bank um, auf der er saß.
„Ich reite ins Dorf zurück“, sagte er mit schwerer Zunge und rülpste. Moritz' Männer lachten.
„Gefällt es dir etwa nicht mehr bei uns?“, fragte Moritz. Tonis schüttelte den Kopf.
„Mir gefällt es auch nicht“, sagte Moritz. „Ich will, dass du mir die Hexe herschaffst, hörst du? Geh sie suchen! Bestimmt ist sie bei meinem Bruder und hält ihm die Hand beim Sterben.“

Tonis setzte sich langsam in Bewegung. Auf halbem Weg zur Treppe stolperte er und riss einen von Moritz' Rittern von der Bank. Der rappelte sich unter dem Gelächter der Männer wieder auf, zog den Schmied auf die Beine und schlug ihm ins Gesicht.

„Lass ihn!", fuhr Moritz ihn an. „Ich habe gesagt, er soll die Hexe suchen! Oder wollt Ihr es tun?" Der Ritter ließ Tonis los, der gegen das Treppengeländer taumelte.
Er fand Berchte tatsächlich in Gerds Kemenate. Sie verband sein Bein. Der Graf lag wach in den Kissen. Er sah auf, als Tonis ins Zimmer hineinwankte.
„Du sollst kommen, Berchte. Graf Moritz will dich sehen."
Berchte sah nicht auf.
„Gleich", antwortete sie gelassen und setzte ihr Werk fort. Gerd griff nach ihrer Hand.
„Geh nicht", flüsterte er, „er wird dir Gewalt antun, er ist unberechenbar."
Sie sah ihn an.
„Das scheint bei euch in der Familie zu liegen".
Gerd ließ ihre Hand los.
„Fertig", sagte Berchte und sammelte die von Eiter und Blut besudelten Tücher zusammen. Sie drücke sie Tonis in den Arm.
„Bring das dem Küchenmädchen. Sie weiß, was sie zu tun hat, und leg dir kalte Tücher auf dein Gesicht."
Sie zupfte ihr Kleid zurecht und schritt hoch erhobenen Hauptes die Treppe hinunter zu den grölenden Männern im Saal. Hinter Moritz blieb sie stehen.
„Ihr habt nach mir gerufen?", fragte sie. Moritz drehte sich zu ihr herum.
„Komm näher, Liebchen", sagte er, als spräche er zu einem Kind. Berchte rührte sich nicht.
„Ich sagte, komm näher!"

Berchte trat einen Schritt auf ihn zu. Moritz bekam sie am Handgelenk zu fassen und zog sie auf seinen Schoß.
„Endlich ein Weib!“, lachte er anzüglich und schob seine Hände unter ihre Röcke.
„Ihr seid mutig, Herr“, sprach Berchte so laut, dass alle Ritter am Tisch es hörten, „Ihr fasst den Tod an.“
Augenblicklich ließ Moritz von ihr ab.
„Was redest du da, Metze!“
Berchte nahm sein Gesicht in die Hände und küsste ihn auf den Mund. Fassungslos starrte er in ihr Gesicht.
„Ich habe gerade Euren Bruder behandelt. Ich griff in sein faulendes Fleisch, ich wusch den Eiter aus der brandigen Wunde, ich atmete seinen stinkenden Atem. Ich trage den Tod mit mir, spürt Ihr es nicht, Herr Graf?“
Sie fuhr ihm mit den Fingern durch die Haare. Moritz' Augen weiteten sich vor Entsetzen. Er stieß sie von sich.
„Hexe! Metze! Weiche von mir, du Teufelsweib!“
Die Ritter starrten ihren Herrn an. Plötzlich war es still in der Halle.
„Bereitet mir ein Bad, schnell! Ich muss mich waschen! Ich muss das alles abwaschen!“
Er war aufgesprungen, wischte wie wild über sein Gesicht und klopfte seine Kleider ab, als sei er von einem Schwarm fliegender Ameisen befallen.
„Es geht nicht mehr ab! Riecht Ihr es nicht? Sie hat mir den Tod an den Hals gehext! Gerds Tod! Sie will, dass ich statt seiner sterbe!“

Berchte sah, wie die Ritter sich bestürzt anschauten. Es schien ihnen nicht fremd zu sein, wie sich der Graf benahm. Zwei seiner Ritter standen auf, hakten Graf Moritz unter und führten ihn wortlos die Treppe hoch in seine Kemenate.
Alberich stimmte ein schwermütiges Lied an über einen Ritter, der vergeblich um eine Dame buhlt. Die Männer am Tisch aßen schweigend weiter.

Flucht

Berchte hatte den Saal verlassen. Sie suchte Hertel. Noch heute Nacht, so hatten sie beschlossen, würden sie nach Norddothlingen zurückkehren. Gerd würde mit ihnen kommen. Wenn er kein Herr mehr war, konnte er gehen, wohin er wollte, und solange Moritz auf der Welsburg war, drohte ihnen allen Gefahr.
Alberich und eine Handvoll Kriegsknechte von der Welsburg, angeführt von Hauptmann Endres, würden sie begleiten. Es war alles ausgemacht. Gerds Diener Wolf hatten sie erzählt, dass sie den Grafen auf die Oldenburg bringen würden, was er mit Erleichterung hinnahm. Es verschaffte ihnen zwei Tage Zeit, vielleicht auch drei, bis Moritz den Betrug durchschaute. Was dann passieren würde, wollte Berchte gar nicht wissen.

Im Morgengrauen erreichten sie das Dorf. Sie waren erschöpft und froren. Nach den Gewittern am Tag zuvor hatte es sich merklich abgekühlt und immer wieder regnete es. Die Wege waren durchweicht und das Moor fast unpassierbar. Wie gut, dass Berchte die geheimen Pfade kannte. Dennoch war der Wagen, auf dem Gerd lag, mehrmals stecken geblieben.
Das Dorf erwachte langsam aus dem Schlaf. Mehrere Hähne krähten aus Leibeskräften den Tag herbei. Die alte Gele war schon auf den Beinen. Sie lief gerade zum Brunnen, um Wasser zu holen. Als sie die Ankömmlinge entdeckte, blieb sie stehen und stemmte

die Arme in die Hüften. Schweigend sah sie zu, wie der Zug vor Berchtes Hütte haltmachte.

Die Tür baumelte nur an einer Angel, wie Tonis sie hinterlassen hatte. Berchte ging hinein. In der Hütte herrschte ein wirres Durcheinander. Tiegel und Gerätschaften waren zerbrochen und lagen verstreut herum. Berchte seufzte tief und hob die kleine Handwaage auf, mit der Hertel die Kräuter abgewogen hatte, bevor sie geflohen waren. Es schien Ewigkeiten her zu sein. Sie sah sich um. Das Glas in den Fenstern war noch heil, stellte sie erleichtert fest.
Berchte suchte nach dem Reisigbesen. Er stand unversehrt in der Ecke. Sie begann, den Boden zu kehren.
Es dauerte nicht lange, da brannte ein neues Feuer in Berchtes Hütte. Die Männer hatten derweil die Tür repariert.
Hertel war mit dem Handkarren zu Jörg gelaufen und hatte frisches Stroh geholt. Darauf hatten sie den Grafen gebettet.
Die Dorfbewohner liefen indes vor Berchtes Hütte zusammen, um die Neuigkeiten zu hören, die sie mitgebracht hatte. Misstrauisch musterten sie die Fremden. Besonders Alberich wurde angestarrt. Die Kinder zeigten auf ihn und kicherten. Einer von Mertins Söhnen zupfte ihm sogar an den Haaren. Alberich ließ es geschehen. Er nahm einige Bälle aus seiner Westentasche und begann zu jonglieren. Hertel grinste, stellte sich dazu und jonglierte mit. Staunend sahen ihnen die Norddothlinger dabei zu.

„Genug jetzt“, fuhr Mertin dazwischen, „wir sind hier nicht auf dem Jahrmarkt! Ich will hören, was auf der Welsburg los ist. Und ich will wissen, wer diese Fremden sind, die du mit ins Dorf gebracht hast, Berchte!“
Alberich und Hertel steckten ihre Bälle ein, was ein bedauerndes Gemurmel auslöste. Alberich trat wie selbstverständlich vor.
„Ich bin Alberich, Spielmann und Vertrauter des Grafen Gerd. Wer seid Ihr, Herr?“
„Ich bin kein Herr. Ich bin Mertin, der Dorfälteste von Norddothlingen. Du bist also der Vertraute des Grafen?“
Mertin lachte spöttisch. „Du willst mir einen Bären aufbinden. Wie kann jemand wie du der Vertraute eines Grafen sein!“
„Indem er mehr Grips im Kopf hat als manch ein anderer Mann“, sagte Gerd von seinem Strohlager her. Er hatte sich aufgesetzt, und rieb sich die Augen. Während der Flucht hatte er geschlafen. Erst jetzt schien er zu begreifen, wo er war.
„Warum habt ihr mich hierher geschafft? Wollt ihr, dass mein Bruder das Dorf dem Erdboden gleichmacht?“
„Die gleiche Frage lag auch mir auf der Zunge“, sagte Mertin. Die Dorfleute nickten.
„Macht euch keine Sorgen, Leute!“, rief Berchte. Sie stellte sich vor Gerd und hob die Hände, als müsse sie ihn beschützen.
„Graf Moritz denkt, wir sind auf dem Weg zur Oldenburg. Er wird vorerst nicht auf die Idee kommen, hier zu suchen.“ Sie wandte sich Gerd zu. „Bis dahin seid Ihr gesund und könnt ihm dann entgegentreten!“

„Wie kannst du dir so sicher sein?“, fragte Mertin aufgebracht.
„Er muss leben“, rief Berchte, „sonst wird uns niemand vor Moritz schützen! Denn der ist ganz sicher kein Freund der Bauern!“
„Das haben wir schon erfahren müssen“, sagte Andirke, der gerade hinzugekommen war. „Wo ist Tonis? Hast du ihn gesehen, Berchte?“
„Ja. Er ist noch auf der Welsburg. Er ist ein verdammter Verräter!“
„Was tun wir, wenn Moritz doch mit seinen Mannen ins Dorf kommt?“, fragte Bero aufgeregt.
Die Bauern murmelten und tuschelten, als hätten sie auf diese Frage nur gewartet. Berchte funkelte sie böse an. „Ihr wollt ihn nicht verraten, oder? Ihr wollt nicht ernsthaft den Grafen an Moritz ausliefern!“
Gerds Männer stellten sich schützend vor Berchtes Hütte auf. Es waren nur fünf, aber gegen ihre Waffen konnten Mistforken nicht viel ausrichten.
„Also schön“, sagte Mertin, „lasst ihn hier. Vielleicht hat Berchte recht. Die Lage ist so oder so unklar. Ob Moritz nun der neue Herr ist oder nicht, das muss sich erst herausstellen. Aber ihr schwört mir alle hier und jetzt, beim Herrn der Welt und allen Heiligen, dass jeder über diese Sache schweigt. Kein Schwatz auf dem Markt oder im ‚Ochsen‘, nicht einmal am Brunnen will ich davon reden hören! Hebt die Hand und schwört!“
Zögernd hoben die Leute Ihre Hände und sprachen: „Ich schwöre!“

„Ich danke euch“, sagte Gerd schwach, der das alles von seinem Strohlager aus mit angehört hatte. „Es wird nicht zu eurem Schaden sein.“
„Das wird sich herausstellen“, brummte Mertin in seinen Bart.

Berchte war froh, wieder in Norddothlingen zu sein, auch wenn die Leute ihr mehr denn je aus dem Weg gingen. Außer Lyseke. Sie schlich ihr ständig nach, um sie über den Grafen auszufragen.
„Warum willst du das alles wissen?“, fragte Berchte sie am zweiten Tag, nach ihrer Rückkehr, „du darfst es doch nicht weitertratschen, oder hast du den Schwur nicht geleistet?“ Lyseke war beleidigt abgezogen und warf ihr seitdem nur noch böse Blicke zu. Das störte Berchte wenig, sie hatte Schlimmeres hier im Dorf erlebt.
Insgeheim hoffte sie, dass Tonis nie wieder kommen würde. Das Dorf allerdings vermisste ihn. Sie brauchten ihren Schmied. Auch wenn er soff wie ein Pferd und sich gern prügelte, machte er doch die besten Eisenwaren der Gegend. Insgeheim gaben sie Berchte die Schuld, dass er fort war. Warum hatte sie ihn nicht geheiratet? Ein Mann war so gut wie jeder andere und die Ehe war so oder so kein Zuckerschlecken, für die Frauen am allerwenigsten. Dass eine Frau sich weigerte zu heiraten, war so unmöglich wie Schnee im Sommer. Stattdessen versteckte sie einen verfolgten, halbtoten Grafen in ihrer Hütte. Einen Unruhestifter und Räuber, der von Hamburg und Lübeck bis nach Münster und darüber hinaus gefürchtet und gehasst

wurde. Wenn das herauskam, würde das Dorf nicht mehr zu retten sein.

„Ich bin dafür, dass wir ihn wegschaffen", sagte Mertin und trank seinen Becher leer. Er saß mit Andirke und einigen anderen Bauern im ‚Ochsen', um die Lage zu besprechen. Seit Berchte mit dem Grafen und seinem Gefolge ins Dorf gekommen war, ging die Angst um. Wie lange würde es dauern, bis Moritz herausbekäme, dass sein Bruder sich hier versteckte? Seit einer Woche schon lag Gerd in Berchtes Hütte, bewacht von seinen Spießgesellen, die aussahen, als seien sie direkt aus der Hölle gestiegen. Einem fehlte ein Ohr, der andere besaß nur noch sieben Finger und dem dritten hatte man die Zunge herausgeschnitten, sodass er nicht sprechen konnte. Die anderen beiden schienen noch komplett zu sein, aber das konnte noch anders kommen, wenn sie weiter Dienst taten für den Grafen. Sie würden alles tun, um ihren Herrn zu beschützen, wie herrenlose Köter, die der barmherzigen Seele, die ihnen ab und an einen Brocken hinwarf, treu ergeben waren.
„Du willst ihn wegschaffen? Wohin?", fragte Andirke missmutig. Mertin zuckte mit den Achseln.
„Wir binden ihm einen Stein an die Füße und werfen ihn ins Moor, und seinen sauberen Bruder gleich dazu!", knurrte Jörg.
Andirke sah sie ungläubig an.
„Wer war es denn, der Gerd Treue geschworen hat, als er das erste Mal hier ins Dorf kam! Und jetzt wollt ihr ihn im Moor ersäufen?"

„Konnten wir ahnen, wie sich die Dinge entwickeln?“, schimpfte Mertin. „Vielleicht ist es ja ganz gut, dass Moritz regiert. Er überfällt wenigstens keine Kaufleute und nimmt sie aus wie Weihnachtsgänse. Ist euch schon aufgefallen, dass lange kein Händler mehr im Dorf war? Die trauen sich alle nicht mehr auf die Flämische Straße! Die nehmen jetzt andere Wege!“
„Du redest schon wie die Wilshuser!“, brauste Bero auf. „Was kümmern uns die Händler! Gerd hat uns wenigstens gegen die Wilshuser beschützt!“
„Recht hast du, Bero!“, rief Jörg und trank ihm zu. Heimold holte eine neue Kanne, knallte sie auf den Tisch und stemmte die Arme in die Hüften.
„Und was ist mit mir, wenn die Händler wegbleiben? Ich kann den ‚Ochsen‘ zumachen und betteln gehen, denn von den paar Kreuzern, die ihr hier lasst, kann ich nicht leben!“
„Wenn du dein Bier nicht so teuer verkaufen würdest, Wirt, säßen wir öfter hier!“, rief Jörg, „überdies waren wir in der letzten Zeit so oft im ‚Ochsen‘ beisammen wie in meinem ganzen Leben noch nicht!“
„Jaha! Aber wer hat die ganze Zeche bezahlt?“
Heimold packte Jörg am Kragen und hob ihn von der Bank.
„Wer hat gezahlt, als Graf Moritz hier war? He? Hat einer von euch gefragt, woher das ganze Bier und alles kam, was er sich auftischen ließ?“
„Ruhig, Männer!“, rief Andirke dazwischen, „Jörg kann nichts dafür, wenn der neue Graf die Zeche prellt, Heimold!“
Der Wirt ließ den Bauern los.
„Dann soll er nicht so blöd daherreden!“

„Ist ja gut, Heimold!“ Der Bauer richtete seinen Kittel.
„Ich habe Neuigkeiten aus Wilshusen“, sagte Andirke. „Ich habe mich ein wenig umgehört. Es ist tatsächlich so, dass Graf Moritz der neue Herr über die Grafschaften Oldenburg und Delmenhorst ist und somit auch unser Herr. Ob er der Herr über die Oldenburg bleibt, ist noch nicht gewiss, denn König Christian wird es nicht dulden, dass Gerd leer ausgeht. Er liebt seinen kleinen Bruder und hasst Moritz, so reden die Leute. Wenn das so ist, kann Gerd unsere Treue nicht mehr fordern.“
Mertin nickte. „Was hast du noch herausbekommen?“
„Ich habe auch gehört, dass Moritz den Städten sehr wohlwollend gegenübersteht. Er hat den Hansekaufleuten schon jetzt freies Geleit durch sein Gebiet zugesagt.“
Jörg lachte. „Das hat Gerd auch immer getan, aber er hat sich nie daran gehalten, im Gegenteil! Erst hat er für die Geleitbriefe abkassiert und dann hat er die Pfeffersäcke überfallen! Er ist ein Schlitzohr, und wartet ab, Moritz ist es auch!“
„Genau deshalb kommen die Händler nicht mehr über die Flämische Straße. Aber wo kein Handel ist, da wird bald nur noch Wüstung sein. Im Handel liegt die Zukunft, geht das nicht eure sturen Bauernschädel hinein? Selbst ihr geht auf die Märkte und verkauft eure überschüssigen Waren!“
Heimold sah sie Beifall heischend an. Eberlin nickte zustimmend.
„Der Wirt hat recht, Leute. Wo kein Handel ist, wandern die Leute weg. Man muss von etwas leben und

nicht jeder Bauernsohn kann ein Bauer werden, dazu sind unsere Höfe viel zu klein."
„Was willst du damit sagen, Eberlin?", fragte Jörg wütend. „War es nicht in allen Zeiten so, dass die meisten Menschen Bauern sind? Aber wenn ich auf den Markt nach Wilshusen gehe, rümpfen die Stadtleute die Nase, weil ich nach Mist stinke, dabei essen sie Brot von dem Getreide, das ich gesät habe!"
„Die Zeiten ändern sich", warf Mertin ein. „Wir können nichts dagegen tun, dass die Städte immer bedeutender werden. Alles drängt in die Stadt. Wir müssen dafür sorgen, dass wir überleben ... und dazu muss der Graf hier weg. Das ist mein letztes Wort."
„Wie könnt ihr nur so reden!", schrie Jörg sie an. „Habt ihr vergessen, dass der Graf genau das verhindern wollte? Er wollte uns helfen! Warum drängt denn alles in die Stadt und ganze Dörfer liegen wüst? Warum laufen uns die Bauernsöhne weg? Weil die Abgaben uns erdrücken! Weil keiner mehr versteht, wann wer welche Abgaben an welchen Herrn zu geben hat! Der Graf wollte das ändern!"
„Halt den Mund, Jörg! Was können wir schon ausrichten – ein einziges Dorf gegen ein Heer von Bewaffneten! Lieber zahle ich Abgaben, als tot auf meinem Land zu liegen, das ist meine Meinung. Ich stimme Mertin zu. Der Graf muss hier weg und wir müssen dem neuen Herrn huldigen, wenn er kommt."
Die meisten Bauern stimmten Andirke zu. Jörg gab sich geschlagen und stürzte einen Becher Bier hinunter, den Bero ihm hinhielt. Der Wirt klopfte ihm beschwichtigend auf die Schulter. Eine Weile schwiegen sie.

„Tonis hatte recht“, brach Mertin schließlich das Schweigen, „es ist alles die Schuld dieser Hexe. Wir lassen uns von einem Weib an der Nase herumführen. Wir hätten sie schon längst fortjagen sollen!“
„Und wer hätte dann geholfen, deine Söhne auf die Welt zu bringen?“, fragte Jörg matt. „Meine Frau sagt, deine Enne sei fast gestorben bei ihren Geburten. Sie selbst schwört Stein und Bein auf Berchtes Heilkünste.“
Mertin schnaubte. „Was geht mich dieser Weiberkram an!“
Die Männer saßen noch lange und redeten hin und her, bis Heimold sie heimschickte. Zwischen den Bäumen sahen sie ein mattes Licht in Berchtes Hütte brennen. „Nicht mehr lange“, flüsterten sie grimmig.

Hertel war glücklich, endlich einen Freund zu haben. Wenn er Berchte nicht bei der Pflege des Grafen helfen musste, ließ er sich von Alberich immer neue Kunststücke zeigen. Er lernte schnell. Es war, als hätte er diese Künste immer schon beherrscht, sie nur lange Zeit nicht mehr ausgeübt. Er jonglierte mittlerweile mit allem, was ihm zwischen die Finger kam. Berchte beobachtete es mit Sorge. Sie sah es nicht gern, dass Alberich aus ihrem Sohn einen Spielmann machte, und noch weniger gefiel ihr, mit welcher Begeisterung Hertel dabei war. Spielleute waren Geächtete und nicht jeder fand einen Grafen, der ihn in seine Dienste nahm.
„Du bist doch auch so etwas wie eine Geächtete“, hielt Hertel ihr entgegen und er ballte dabei zornig seine

Fäuste. Einen Moment lang sah er seinem Vater sehr ähnlich.
„Ich bin keine Spielfrau", hatte sie empört geantwortet.
„Aber alle nennen dich Hexe", schrie Hertel sie an. Berchte musste sich eingestehen, dass er recht hatte und sie ließ ihn daraufhin gewähren. Vielleicht war es so, wie Alberich behauptete, dass Zwerge nur als Possenreißer durch diese Welt kamen.

„Was soll ich dich jetzt lehren?", fragte Alberich, als Hertel wieder einmal bei ihm saß. „Die Kunst, das Feuer zu beherrschen oder die Kunst des Zauberns? Auch im Gesang solltest du ausgebildet sein. Es gibt noch viel zu tun, bis du ein echter Spielmann bist!"
Er klopfte Hertel auf die Schulter. Es bereitete ihm Freude, einen so gelehrigen Schüler zu haben.
Am Abend, wenn die Bauern erschöpft von der schweren Feldarbeit in ihre Häuser gingen und auch die Kinder nicht mehr helfen mussten, liefen diese zu Alberich und Hertel und schauten ihnen staunend bei ihren Kunststücken zu. Nicht selten kamen auch die Bauern, um sich ein wenig Abwechslung zu verschaffen. Die Kinder suchten sich Tannenzapfen und versuchten ebenfalls zu jonglieren, aber die Erwachsenen schlugen sie ihnen aus den Händen, wenn sie sie dabei erwischten. Das Gauklerhandwerk war kein ehrenhaftes Handwerk. Es war sündhaft. Ihre Kinder sollten gar nicht erst damit anfangen.

Gerd erholte sich indes schneller, als Berchte zu hoffen gewagt hatte. Schon nach einem Mond war er fie-

berfrei und das Bein schwoll ab. Moritz hatte sich nicht blicken lassen. Er schien seinen Bruder nicht zu vermissen.
Je besser es dem Grafen ging, desto schlechter wurde allerdings seine Laune. Die Unruhe hatte wieder von ihm Besitz ergriffen.
„Morgen werde ich nach Oldenburg reiten“, erklärte er eines Morgens nach der Morgengrütze, „ich muss endlich Ordnung schaffen in meiner Grafschaft. Ich kann nicht länger zusehen, wie Moritz mein Land kaputtregiert!“
„Du bist hier sicherer als anderswo, glaub mir“, sagte Berchte, „dein Bein ist noch lange nicht wieder hergestellt. Wenn du jetzt reitest, liegst du in drei Tagen wieder darnieder. Dann kann selbst ich dich nicht mehr retten.“
„Weibergewäsch! Ich kann wieder aufstehen und gehen, schau!“ Er richtete sich mühsam auf und humpelte durch die Hütte, dann hielt er sich erschöpft an einem Pfosten fest. „Es liegt daran, dass ich den ganzen Tag nichts anderes tue, als hier herumzuliegen und mir Alberichs dumme Lieder anzuhören!“
„Noch einen Tag, Gerd, bitte!“, flehte Berchte. Sie bat ihn seit drei Tagen um einen weiteren Tag und hoffte, dass es noch ein wenig so weitergehen würde. Wenn er jetzt aufs Pferd stiege, wäre er verloren.
„Versuch nicht, mich hier festzuhalten!“
„Wenn du unterwegs stirbst, kannst du auch niemandem mehr helfen. Und jetzt leg dich hin, ich muss das Bein frisch verbinden.“
Das Bein war gerettet, aber es würde nicht mehr das alte sein. An der Wade hielt sich hartnäckig eine dun-

kelrote offene Stelle. Sie würde bleiben, wenn nicht ein weiteres Wunder geschah. Das allerdings wäre wohl zu viel verlangt. Berchte griff nach dem Kreuz auf ihrer Brust und schickte ein Stoßgebet zum Himmel. Gott möge dem Grafen ein ruhigeres Gemüt schenken. Sie seufzte, denn sie wusste, dass das ein frommer Wunsch bleiben würde.
„Ich werde Moritz aus Oldenburg verjagen wie einen räudigen Hund“, polterte Gerd, „und dann ziehe ich gegen Delmenhorst. Ich kenne die Burg besser als er. Er wird um Gnade winseln, wenn ich mit ihm fertig bin! Christian wird mir beistehen.“
Er zählte auf, wen er noch durchbläuen wollte, wenn er erst vollständig genesen war. Die Friesen, die Bremer, die Münsteraner, allen voran die Wilshuser, die er jetzt abfällig seine Griechen nannte.
„Warum nennst du sie so?“, fragte Berchte.
„Weil sie sich für die Krone der Schöpfung halten“, antwortete Gerd.
Berchte ließ ihn schimpfen. Es war seine Lieblingsbeschäftigung, seit es ihm besser ging. In Berchtes kleiner Hütte bezichtigte Gerd die ganze Welt, für seine missliche Lage verantwortlich zu sein, und schwor Rache. Lange würde sie ihn nicht mehr halten können. Sie hatte gehofft, seine Dämonen ein wenig besänftigt zu haben, aber es war misslungen. Manchmal glaubte sie schon selbst, Gespenster zu sehen. Eben erst war ihr ein Schauer über den Rücken gelaufen, als sie durch eine der Fensterscheiben Tonis gesehen hatte, wie er in die Hütte spähte. Aber das konnte nicht sein. Vor der Tür saßen Gerds Wachen.

Auch im Dorf herrschte gereizte Stimmung. Die Anwesenheit des Grafen und seiner Leute dauerte nun schon viel zu lange. Jeden Tag rechnete man mit einem Überfall seines Bruders. Es konnte nicht ewig geheim bleiben, wo Gerd steckte. Sie suchten ihn sicher schon.
Wieder war es Bero, der die Nachricht brachte. Er kam ins Dorf gerannt und ruderte wie ein Ertrinkender mit den Armen. „Er kommt! Der neue Graf ist im Anmarsch! Er kommt mit einem Haufen Bewaffneter! Er ist gleich da! Haut alle ab! Flieht! Versteckt euch!“
Hertel, der gerade am Brunnen stand, um Wasser zu schöpfen, ließ den Eimer fallen und rannte zur Hütte zurück. Alle anderen liefen laut schreiend durcheinander. Die Frauen sammelten ihre Kinder ein, die Männer griffen sich Forken, Spaten oder sonst etwas, das sich als Waffe eignete. Im Dorf herrschte ein heilloses Durcheinander, als Moritz mit seinen Kriegsknechten nur wenige Augenblicke nach Bero ins Dorf preschte.

„Er ist da!“, schrie Hertel. Zitternd und keuchend stand er in der Tür zu Berchtes Hütte. Die Wachen hatten Beros Geschrei gehört, die Worte aber nicht verstanden. Etwas war hier im Gange. Nervös suchten sie ihre Waffen und Schilde zusammen.
„Wer ist da?“, fragte Endres, während er hastig sein Schwert gürtete.
„Graf Moritz! Bero hat ihn gesehen! Schnell, wir müssen sofort fliehen!“ Hertel war so außer Atem, dass er sich am Türpfosten festhalten musste. Die Seite tat ihm weh.

Der Graf stand plötzlich hinter ihm, nackt bis auf die Hosen, sein Schwert in der Hand. Berchte lief mit seinem Wams hinter ihm her.
„Stehen die Pferde bereit, Endres?“, fragte er.
„Wie Ihr es befohlen habt, Herr.“
„Dann lasst uns reiten.“
„Du kannst doch so nicht reiten!“, rief Berchte.
Der Graf schob sie weg. „Versteckt euch im Wagen, schnell!“, befahl er ihr. „Wo ist Alberich?“
„Der ist schon bei den Pferden“, sagte Endres.
„Gut. Lasst uns keine Zeit verlieren.“ Gerd humpelte hinter die Hütte, wo die Pferde und ein Wagen bereitstanden. Berchte lief hinterher, Hertel an der Hand.
„Wann hast du diese Vorbereitungen getroffen?“, fragte sie verdutzt.
„Keine Zeit für lange Worte!“, rief Alberich, der schon auf dem Wagen saß, die Zügel der Pferde in der Hand. Berchte half Hertel auf den Wagen.
„Komm!“, rief ihr Sohn.
„Ich bleibe“, sagte sie leise.
„Mutter!“, schrie Hertel verzweifelt und wollte wieder absteigen. Alberich hielt ihn fest. Gerd ritt neben Berchte hin, immer noch halb nackt.
„Steig auf, verdammt!“, schrie er sie an. Berchte reichte ihm sein Wams.
„Ich kann nicht. Ich werde sie aufhalten. Pass auf unseren Sohn auf!“
Im Dorf war nun lauter Hufschlag zu hören. Männer schrien Befehle.
„Flieht!“, rief Berchte. Die Männer ritten an, der Wagen setzte sich in Bewegung. Hertel streckte seiner Mutter die Arme entgegen. Sein Gesicht war tränen-

nass. Berchte griff in ihr Kleid und riss sich das Kreuz vom Hals. Sie lief neben dem Wagen her und reichte es Hertel.
„Die große Göttin schütze dich!“, rief sie und sah zu, wie die Fliehenden hinter den Bäumen verschwanden.

„Gebt ihn heraus!“, brüllte Moritz, „ich will meinen Bruder sprechen! Wenn er nicht kommt, lasse ich euch alle niederknüppeln!“
Ohne eine Antwort abzuwarten, sprang er vom Pferd und rannte durch die offene Tür in Berchtes Hütte hinein. Ein Windstoß ließ die Tür in den Angeln schwingen. Kreischend schwang sie zu und Moritz stand im Dunkeln.
„Schmied, komm her!“, schrie er. „Öffne die Tür! Lass mich hinaus!“
Tonis ritt langsam zur Hütte, gefolgt von Moritz' Männern. Die Bauern des Dorfes standen schweigend am Ortsrand und beobachteten die Männer. Vor der Hütte stieg Tonis vom Pferd und zog die Tür von Berchtes Hütte auf. Moritz kam heraus, blass und keuchend.
„Geh hinein und such sie!“, schrie er den Schmied an und schwang sich auf sein Pferd. Tonis ging zögernd in die Hütte. Es dauerte nicht lange, dann kam er wieder heraus.
„Es ist niemand da, Herr“, sagte er, als könne er seine eigenen Worte nicht glauben.
„Aber das ist unmöglich!“, schrie Moritz außer sich vor Zorn. „Hast du mir nicht selbst gesagt, dass er hier ist?“

Tonis hob die Arme und wich zurück. „Herr, ich habe ihn mit meinen eigenen Augen hier gesehen! Glaubt mir!“

Moritz schnaubte. „Vielleicht stimmt etwas mit deinen Augen nicht. Wer weiß, wen du gesehen hast, Schmied!“

Er wandte sich seinen Männern zu. „Sucht hinter der Hütte, nehmt alles auseinander. Sucht auch in den Häusern. Dreht jeden Eimer um und seht in jede verdammte Truhe hinein! Wenn er hier ist, werden wir ihn finden, wenn nicht, dann gnade dir Gott, Schmied!“

Moritz' Knechte stiegen von den Pferden und schwärmten aus. Tonis lief mit ihnen, aber niemand schenkte ihm Beachtung.

Mittlerweile hatten sich die Dorfbewohner in gebührender Entfernung von Berchtes Hütte versammelt. Moritz sah zu ihnen hinüber, das Gesicht von Wut verzerrt. Er riss sein Pferd herum und ritt mitten in die Leute hinein. Voller Panik stoben alle auseinander, bis auf die alte Gele, die am Boden liegen blieb mit blutendem Kopf.

„Wo ist er?“, schrie Moritz die Bauern an und schlug mit seiner Reitpeitsche nach ihnen. „Sagt es oder das Dorf brennt!“

Andirke trat zögernd vor. Er nahm seine Kappe vom Kopf. Blass war er, aber er sah dem Grafen geradewegs ins Gesicht.

„Wir wissen es nicht, Herr. Es ist die Wahrheit.“

„Was hier Wahrheit oder Lüge ist, werden wir bald herausfinden, Bauer! Wo ist der Schmied? Ich will ihn sprechen!“

Tonis kam gelaufen. Er verneigte sich tief. Moritz sprang vom Pferd. Er packte ihn am Kragen. „Hast du mich angelogen, Schmied von Norddothlingen?"
Tonis rang verzweifelt die Hände. „Nein Herr! Ich schwöre es. Ich kam hierher, gestern. Ich schlich mich zur Hütte dieser Hexe. So hattet Ihr es doch befohlen!"
Moritz schüttelte den Schmied. „Und weiter?"
Tonis würgte und rang nach Luft.
„Er lag dort drin auf einem Strohlager. Graf Gerd. Ich erkannte ihn an dem roten Haar! Die Hexe war bei ihm. Und die beiden Zwerge, Ihr wisst schon, der Spielmann und der Bastard. Vor der Hütte saßen drei seiner Kriegsknechte. Sie waren betrunken. Sie schliefen und haben mich nicht bemerkt. Das ist die Wahrheit, so wahr mir Gott helfe!"
„Du irrst dich, Tonis", sagte Berchte. Der Schmied fuhr herum.
Sie stand mitten unter den Dorfleuten, die sie ebenfalls überrascht anstarrten. Warum war sie hier? Sie drängelte sich nach vorn und verneigte sich vor dem Grafen. „Ihr sucht euren Bruder vergebens. Tonis lügt oder er redet wirr. Ihr könnt Euch selbst vergewissern, keiner der Gesuchten ist bei uns."
Sie sagte es sehr laut, sodass es jeder hörte.
„Sie ist es, die lügt!", schrie Tonis. „Ich habe ihn doch gesehen!"
„Du hast zu viel getrunken, Tonis", sagte Berchte ungerührt, „oder siehst du Graf Gerd hier irgendwo?"
Die Soldaten kamen einer nach dem anderen zurück.
„Kein Spur, Herr", sagte der Hauptmann.

„Bindet ihn!“, befahl Moritz und zeigte auf Tonis. Zwei Soldaten überwältigten den Schmied und fesselten ihn.
Tonis schrie: „Er war da, so glaubt mir doch! Warum sollte ich Euch anlügen, Herr, er war da! Die Hexe lügt! Warum tust du das, Berchte? Kennst du deine Leute nicht mehr?“
„Knebelt ihn, ich habe sein Geschrei satt“, sagte Moritz müde und trat auf Berchte zu. Er musterte sie von oben bis unten und strich ihr sanft über den Hals. „Fesselt sie ebenfalls und sperrt sie in ihre Hütte. Ich werde schon herausfinden, wer mich hier zum Narren hält.“
Während ein weiterer Soldat Berchte fortschleppte, wandte Moritz sich den Dorfbewohnern zu, die eng aneinandergedrängt dastanden, das blanke Entsetzen in ihren Augen.
„Ihr geht alle in eure Häuser. Ich will niemanden im Dorf sehen. Wer herauskommt, den schlagen meine Männer nieder, egal ob Mann, Frau oder Kind!“
Er machte eine Pause und musterte die Bauern, die immer noch stumm vor ihm standen. „Ich habe ein paar Worte mit tom Stapel und eurem Dorfältesten zu reden. Ich erwarte euch im ‚Ochsen‘. Das Norddothlinger Bier ist mir noch in Erinnerung, wenn auch nicht in guter.“
Andirke und Mertin lösten sich aus dem Haufen und folgten dem Grafen in den ‚Ochsen‘, während die anderen rasch in ihre Häuser liefen.

Moritz setzte sich an den Tisch und streckte die Beine aus. Andirke und Mertin stellten sich in gebührender

Entfernung vor ihm auf und warteten. Heimold brachte mit zitternden Händen eine Kanne Bier und einen Becher.
„Wünscht der Herr Graf etwas zu speisen?“, fragte er unterwürfig.
Moritz schüttelte angewidert den Kopf. „In eurem stinkenden Dorf vergeht mir jedes Mal der Appetit. Seltsam, nicht wahr?“ Er wedelte mit der Hand den Wirt fort wie eine lästige Fliege.
„Und nun zu euch. Wo ist mein Bruder? Sagt nicht, ihr wisst es nicht.“
Mertin holte Luft, aber Andirke stieß ihn in die Seite. Sie schwiegen.
„Wolltest du etwas sagen, Bauer?“, fragte Moritz.
Mertin schüttelte den Kopf.
„Was ist mit dir, tom Stapel, hast du mir etwas zu sagen?“
„Nur dass Euer Bruder nicht hier ist“, murmelte Andirke und sah zu Boden.
Moritz trank einen Schluck und verzog das Gesicht.
„Das Gesöff ist nicht besser als beim letzten Mal.“ Er wischte sich über den Mund. „Dann lügt euer Schmied also doch?“
Die Bauern schwiegen.
„Vielleicht war mein Bruder hier und ist gegangen, bevor ich kam?“
Moritz hob die Brauen und sah von einem zum anderen. „Dann hätte nämlich der Schmied recht und ihr auch.“
Wieder schwiegen die Männer.

„Also schön, ich frage anders: War Gerd irgendwann hier, und wenn ja, wann habt ihr ihn das letzte Mal gesehen?“
Mertin und Andirke schwiegen immer noch.
„Ich verlange eine Antwort!“
Moritz schlug mit der flachen Hand auf den Tisch, sodass sein Becher in die Höhe sprang und Bier herausspritzte.
Andirke räusperte sich. „Es ist lange her, dass wir Euren Bruder das letzte Mal gesehen haben“, sagte er.
Mertin nickte nur.
Moritz sah die Männer lange an, dann lächelte er. Er trank aus und stand auf.
„Dann ist es an der Zeit, dass ich die Hexe befrage. Ich bin, glaube ich, gerade in Stimmung. Wenn ich mit ihr fertig bin, seid ihr dran, und zwar einer nach dem anderen. Jeder im Dorf kommt an die Reihe. Irgendjemand wird schon singen. Und wenn nicht, helfe ich gern ein wenig nach. Ich habe von der kirchlichen Inquisition gelernt, wie man halsstarrige Bauern zum Reden bringt.“ Er ging zur Tür, drehte sich aber noch einmal um. „Ihr bleibt schön hier und überlegt noch einmal scharf, ob ihr meinen Bruder nicht doch kürzlich gesehen habt.“
Selbstzufrieden wandte er sich um und ging davon. Vor dem ‚Ochsen‘ stellten sich zwei seiner Männer auf.

Moritz ging durch das verlassene Dorf. Vor Berchtes Hütte blieb er stehen und richtete sein Wams, als ginge er zu einer Geliebten. Die Männer, die vor dem Eingang herumlungerten, grinsten sich vielsagend an.

Berchte saß gefesselt auf dem Strohlager, auf dem sie Gerd gepflegt hatte. Moritz rückte einen Schemel zu ihr heran und setzte sich neben sie. Er sagte kein Wort, sondern betrachtete sie wie eine besonders leckere Mahlzeit.
„Schön, dich wiederzusehen", flüsterte er nach einer langen Weile. „Beim letzten Mal sind wir nicht sehr weit miteinander gekommen, nicht wahr? Aber dieses Mal sieht die Sache etwas anders aus."
Er beugte sich zu Berchte hinüber und roch an ihr. Berchte wich, so gut sie konnte, zurück.
„Du duftest wie ein Feld Sonnenblumen. Keine Spur von Tod", stellte Moritz befriedigt fest. Dann drückte er sie auf das Strohlager und riss ihr das Kleid bis auf die Hüfte herunter. Er warf sich auf sie. Berchte schrie, aber niemand kam, um ihr zu helfen. Sie spie Moritz ins Gesicht, aber der lachte heiser.
„Fauch nur, mein Kätzchen, das ist gut", stöhnte er und tastete nach ihren Schenkeln. Berchte trat mit den Füßen, aber Moritz schob die Röcke hoch und stemmte ihre Schenkel auseinander. Er war kräftig.
Berchte floh aus ihrem Körper. Sie ließ ihn in der Hütte zurück und floh in ein tröstliches Nichts. Lange dauerte es, bis sie merkte, dass Moritz von ihr abgelassen hatte und sie kehrte widerwillig in ihren geschundenen Leib zurück.
Er lag neben ihr und starrte sie mit weit aufgerissenen Augen an.
„Heilige Mutter, Herr Gott im Himmel und alle Heiligen, ich wollte sie nicht anfassen, glaubt mir! Der Teufel hat es mir eingeflüstert", stammelte er. „Sie ist so schön, es ist ihre Schuld! Ich wollte es nicht wieder

tun! Ich wollte es nicht! Sie hat mich verführt, die Hexe!“
Er schlug sich mit der Faust gegen die Stirn.
„Binde mich los“, flüsterte Berchte. Moritz beugte sich über sie und löste mit zitternden Händen die Fesseln von ihren Gelenken. Berchte kam hoch und schlug ihm mitten ins Gesicht.
„Ich verfluche dich“, flüsterte sie, „dich und deine Brut! Der schwarze Tod soll dich heimsuchen! Dies sei die Strafe für die Sünde, die du an mir begangen hast!“

Hochzeit

Moritz ritt noch am selben Tag mit seinen Männern fort. Den Schmied ließen sie im Dorf. Er kehrte wie ein geprügelter Hund in seine Schmiede zurück und ließ sich mehrere Tage nicht sehen.
Die Leute im Dorf erholten sich langsam von dem Schrecken. Die alte Gele allerdings war tot.
Die Frauen wuschen sie und bahrten sie drei Tage lang, wie es Brauch war, in ihrer verfallenen Hütte auf. Dann legten sie sie auf einen Karren und brachten sie zu St. Firminus nach Kirchdothlingen, wo der Priester sie begrub.

Berchte war in weitem Abstand dem Trauerzug gefolgt. Von Ferne sah sie der Beerdigung zu. Sie hatte sie gemocht, aber sie wollte dem Priester nicht begegnen. Sie wollte auch nicht, dass die Norddothlinger sie zu Gesicht bekamen, denn die gaben ihr die Schuld an allem, auch am Tod der alten Gele und sie hatten recht.
Gele war immer freundlich zu ihr und auch zu Hertel gewesen. Berchte faltete die Hände und sprach ihr eigenes Gebet. Irgendeinem Gott würde es schon gefallen und dieser würde es Gele bequem machen, dort, wo sie jetzt war.
Berchte betete auch für Hertel, der mit dem Grafen und seinen Männern geflohen war. Sie vermisste ihn sehr, aber sie war erleichtert, dass er nicht hatte mit ansehen müssen, was Moritz ihr angetan hatte. Am Ende hätte er auch Hertel Gewalt angetan, denn trotz

seiner Zwergengestalt war es mittlerweile nicht mehr zu übersehen, wessen Sohn er war.

Als die Leute von Geles Beerdigung ins Dorf zurückkamen, stand Tonis in seiner Schmiede und feuerte die Esse. Die meisten gingen grußlos an ihm vorbei. Andirke jedoch blieb stehen. „Geht schon nach Hause“, sagte er zu Lenne. Die nahm kopfschüttelnd die Kinder mit sich.

„Gott zum Gruße, Tonis.“ Andirke trat näher. Tonis tat, als habe er ihn nicht gehört. Er war mit dem Blasebalg beschäftigt. Die Flammen fauchten unter dem Luftzug.
„Es ist gut, dass du wieder da bist. Das Dorf braucht dich.“
Der Schmied hielt inne. Er ließ den Blasebalg los und drehte sich um. Andirke schrak zurück. Der Schmied schien um Jahre gealtert, die Haare waren innerhalb weniger Tage grau geworden und hingen verfilzt um das faltige Gesicht. Die Augen lagen tief in ihren Höhlen und blickten stumpf. Die Spuren seiner Misshandlung waren noch deutlich zu sehen.
„Mein Gott, Tonis, was ist mit dir geschehen?“, fragte Andirke.
Tonis wandte sich wieder ab.
„Ich war vom Teufel besessen, tom Stapel. Gib dich nicht mit mir ab. Du besudelst dich.“
Tonis setzte den Blasebalg wieder in Gang. Andirke legte dem Schmied die Hand auf den Arm.

„Graf Moritz mag ein brutaler Mensch sein, Tonis, genau wie sein Bruder, aber weder er noch Gerd sind Teufel. Das zu behaupten, wäre lästerlich."
Tonis drehte Andirke immer noch den Rücken zu. Er hatte sich auf dem Amboss abgestützt.
„Ich habe das Dorf an Moritz verraten, Andirke. Niemand wird mir das jemals verzeihen. Ich wusste nicht, was ich tat."
„Lass gut sein, Tonis. Wir haben alle unseren Teil dazu beigetragen, dass es so weit gekommen ist."
Tonis ließ den Kopf hängen und schwieg.
„Wir brauchen dich", fuhr Andirke fort. „Sei gewiss, manch einer kann gut verstehen, was du getan hast. Vielleicht wünschen sich sogar einige, sie hätten den Mut dazu gehabt. Wir alle haben genug davon, zwischen den Wilshusern und den Grafen zerrieben zu werden. Gerd war eine Hoffnung und Moritz war eine Hoffnung! Ein neuer Herr ist immer eine Hoffnung. Was haben wir Bauern sonst, als die Hoffnung, dass mit einem neuen Herrn alles besser wird?"
Tonis drehte sich zu Andirke um.
„Ich wollte dem Dorf nicht schaden, das musst du mir glauben, tom Stapel! Ich habe das alles nur wegen Berchte getan. Ich konnte nicht ertragen, dass sie mich zurückgewiesen hat. Das ist meine Schande!"
„Ich weiß. Aber die Dinge haben sich geändert, Tonis. Du sollst sie haben. Berchte ist eine Geächtete im Dorf, seit sie Gerd hier angeschleppt hat. Wenn sie bleiben will, muss sie dich heiraten, ich werde noch heute zu ihr gehen und mit ihr reden. Wenn ihr erst einmal ein Paar seid, wird alles gut, glaub mir."
Tonis starrte Andirke ungläubig an.

„Das meinst du nicht im Ernst!“ Er griff zum Blasebalg und blies in die Flammen, dass die Funken nur so stoben.
„Ich will sie nicht mehr“, sagte er knapp, „und jetzt lass mich in Frieden.“
Andirke stöhnte auf.
„Sei kein Starrkopf, Tonis! Denk nur einmal an das Dorf! Du musst sie nehmen, damit wieder Frieden einkehrt!“
Tonis lachte freudlos.
„Vor einigen Wochen hätte ich mich über deine Worte gefreut. Jetzt kannst du das nicht mehr von mir verlangen, tom Stapel.“
Tonis ließ den Blasebalg los und sah den Bauern an.
„Dass sie einen Bastard hat, nun gut, darüber könnte ich noch hinwegsehen. Aber das ist nicht alles. Sie ist eine Geschändete. Graf Moritz hat sie sich mit Gewalt genommen. Ich habe es mit eigenen Augen gesehen.“
„Auch das weiß ich“, sagte Andirke leise, „dennoch. Du würdest dem Dorf einen großen Dienst erweisen, wenn du sie trotzdem nähmst, Schmied. Überleg es dir. Morgen komme ich wieder und frage dich. Nimmst du sie nicht, muss sie das Dorf verlassen und du bleibst auf ewig allein. Denk darüber nach.“

Im Herbst wurde im Dorf die Hochzeit gefeiert. Es war ein milder Tag im Oktober. Das Laub hatte sich in den schönsten Farben gefärbt und bot eine herrliche Kulisse für das Fest, das auf dem Platz vor dem ‚Ochsen‘ stattfinden sollte. Aus jedem Haus wurden Tische und Schemel angeschleppt, damit alle sitzen konnten.

Es hatte einiges an Überredungskunst und mehrere Schinken gekostet, dass sogar der Priester aus Kirchdothlingen kam, um Tonis und Berchte den kirchlichen Segen zu geben. In die Kirche hatte er Berchte nicht einlassen wollen. So standen sie denn unter der ausladenden Linde vor dem ‚Ochsen' und der Priester redete von Sünde und vom Fegefeuer, von Buße, Reue und den Pflichten der Ehe, die eine Frau an ihrem Manne zu erfüllen habe. Berchte hörte dem Ganzen schweigend und mit gesenktem Kopf zu, während der Wind herbstgelbe Blätter von den Zweigen zupfte und auf das Brautpaar rieseln ließ. Sie hatte, als Tonis kam und ihr einen Heiratsantrag machte, ohne zu zögern ja gesagt. Außer Hertel hatte sie nichts mehr zu verlieren und auf ihren Sohn gaben jetzt andere acht.

Tonis ließ sich nicht lumpen. Er gab ein rauschendes Fest. Aus dem Nachbardorf Hathen hatte er Musiker kommen lassen. Heimold rieb sich die Hände, denn ein Fass nach dem anderen rollte auf den Dorfplatz und wurde angestochen. Am Spieß briet ein ganzer Ochse und die Frauen hatten süßes Brot gebacken. Wenn es schon etwas zu feiern gab, dann anständig.
Die Sache mit den Grafen schien vergessen. Sogar mit Berchte sprachen die Frauen wieder, denn die schien endlich zur Vernunft gekommen zu sein.

Noch am Tag der Hochzeit zog Berchte zu Tonis. Viel besaß sie ohnehin nicht, was sie in ihr neues Heim mitnehmen wollte.
In der ersten Nacht lagen sie schweigend nebeneinander auf ihren Strohsäcken und berührten sich

nicht. Tonis war nach dem Fest so betrunken, dass er schnell einschlief. Berchte atmete erleichtert auf.

Der Schwarze Tod

Den ganzen Winter über hörte Berchte weder von Hertel noch von Gerd oder Alberich. Zwar kamen hin und wieder Fremde durch das Dorf, aber niemand wusste, wo Graf Gerd sich gerade aufhielt. Dass Moritz ihm die Oldenburg tatsächlich gelassen hatte, nachdem König Christian von Dänemark ein Machtwort gesprochen hatte, wussten einige Reisende aus dem Ammerland zu berichten.

Im Frühjahr brachte Berchte ein Kind zur Welt. Berchte wusste, dass es nicht Tonis' Kind war und Tonis ahnte es ebenfalls. Es war ein Mädchen, das nur wenige Stunden lebte. Die Frauen, die ihr beigestanden hatten, klopften ihr tröstend auf die Schulter. „Das Nächste wird leben", sagten sie, aber Berchte fühlte keinen Schmerz und keine Trauer. Seit Moritz sie genommen hatte, fühlte sie nichts dergleichen mehr.

Tonis begrub das winzige Wesen neben Katrin und ihrer Kleinen beim Misthaufen. Berchte sah ihm schweigend dabei zu und kehrte dann zur ihrer Arbeit zurück.

Sie sprach kaum noch und schaffte klaglos von Sonnenaufgang bis zum Einbruch der Dunkelheit. Sie versorgte den Hof, das Vieh und den Gemüsegarten hinter dem Haus, sie half Tonis bei der Getreide- und Rübenernte und ging auf den Markt, um Schmiedewaren, Gemüse und Federvieh zu verkaufen. Hin und wieder heilte sie kleinere Gebrechen oder half einer Frau im Dorf beim Gebären, alles andere hatte Tonis ihr verboten.

Am Abend saß er meistens im ‚Ochsen' und kam spät zurück. Diese Angewohnheit hatte er nicht abgelegt, allerdings war er friedlicher geworden. Sein aufbrausendes Temperament schien er verloren zu haben, seit er mit Moritz gegangen war.
Berchte stellte sich jedes Mal schlafend, wenn er zu ihr gekrochen kam in der Nacht. Hin und wieder forderte er ihre ehelichen Pflichten ein. Berchte ließ es schweigend über sich ergehen. Es kam nicht oft vor. Meistens war er zu betrunken und schlief sofort ein.
Dennoch wurde Berchte nach einem Jahr wieder schwanger, obwohl sie nicht mehr die Jüngste war. Dieses Mal trank sie heimlich alle Säfte, die sie kannte, um zu verhindern, dass die Frucht aufging. Sie lag mehrere Wochen krank zu Bett und konnte nichts bei sich behalten, sie magerte ab bis auf die Knochen, aber das Kind des Schmieds wuchs dennoch. Als sie es spürte, stand sie auf und ging schweigend ihrer Arbeit nach wie vordem.

Der Roggen war gerade eingefahren, als ein Reisender in das Dorf kam. Sein Pferd hatte ein Hufeisen verloren, und er bat Tonis, es zu ersetzen. Der Schmied machte sich an die Arbeit und der Fremde setzte sich auf einen Stein. Es würde eine Weile dauern, bis er weiterreisen konnte.
Berchte kam gerade vom Brunnen und schleppte einen Eimer Wasser über den Hof. Sie sah den Fremden und grüßte. Der stand auf und nahm ihr den schweren Eimer ab. Berchte hielt sich den schmerzenden Rücken.

„Ich danke Euch“, seufzte sie, „kommt ins Haus, Ihr seid sicher durstig. Ich habe gerade gebuttert. Mögt Ihr einen Becher frischer Buttermilch?“
Sie betrachtete ihn neugierig. Er war ganz in Schwarz gekleidet, fast wie der Priester.
Der Fremde lächelte und nickte.
„Gern. Es wird sowieso noch dauern, bis Euer Mann mein Pferd beschlagen hat.“
Er folgte ihr mit dem Eimer in die Diele. Neben dem Flett stellte er den Eimer ab.
„Du solltest nicht so schwer tragen. Es kann zu einer vorzeitigen Geburt führen.“
Berchte zuckte nur mit den Achseln. Manche Frauen wären nicht traurig über eine Frühgeburt. Wo schon viele Mäuler zu stopfen waren, war jedes weitere eine Last. Daran hatte Gott nicht gedacht, als er den Frauen gebot, den Männern immer und zu jeder Zeit zu Willen zu sein. So hatte es jedenfalls der Priester gefordert, als er sie und Tonis traute.
„Setzt Euch, Herr“, sagte Berchte. Sie stellte einen Becher Buttermilch auf den Tisch. Der Mann setzte sich auf die Bank und nahm den Becher in die Hand.
„Was ist mit dir, Frau? Willst du dich nicht zu mir setzen? Du siehst aus, als könntest du ein wenig Ruhe gebrauchen.“
Berchte lachte. „Ihr scheint Euch wirklich Sorgen um mich zu machen, Herr. Wenn es Euch nichts ausmacht, bleibe ich hier am Feuer und bereite die Abendsuppe. Mein Mann wird hungrig sein, wenn er mit Eurem Pferd fertig ist.“
Der Mann nickte und trank.

„Es ist köstlich“, sagte er und hielt Berchte den leeren Becher hin, „ob ich noch ein Schlückchen haben könnte? Ich habe eine weite Reise hinter mir und vor mir liegt noch ein gutes Stück Weg.“
Berchte erhob sich schwerfällig und füllte den Becher nach.
„Wollt Ihr heute noch weiterreisen? Es wird bald dunkel.“
„Ich muss noch heute bis Wilshusen. Ich werde dort erwartet. Ich bin Medicus und man braucht dort meinen Rat.“
„Ist der Wilshuser Medicus krank? Oder warum holen sie Euch in die Stadt?“, fragte Berchte neugierig.
„Es gibt etwas, das mein Wilshuser Kollege mit mir bereden will. Ich bin Pestarzt, musst du wissen. In Bremen und Delmenhorst hat es wieder einige Fälle gegeben und wie es scheint, gibt es in Wilshusen auch Leute, die an der Pest erkrankt sind. Kann sein, dass der Schwarze Tod wieder umgeht.“
Berchte legte erschrocken die Hand auf ihren Bauch.
„Die Pest? So nah?“
„So ist es. Du hast offenbar noch nicht davon gehört, dass euer Herr, der Graf Moritz und seine Frau vor wenigen Tagen ebenfalls an der Pest gestorben sind auf ihrem Gut Holzkamp?“
Berchte ließ den Kochlöffel in den Grapen fallen.
„Graf Moritz ist tot?“
„Ja. Gott hab ihn selig, obwohl ich ihn persönlich nicht vermissen werde. Er hinterlässt einen Sohn. Jakob. Er ist dem Gesetz nach der neue Herr über die Grafschaft, aber er ist erst zwei Jahre alt. Es fragt sich, wer sein Vormund wird. Möglicherweise sein On-

kel, Graf Gerhard." Er seufzte. „Wenn es so ist, wird man sich wieder gut überlegen müssen, auf welchen Wegen man hierher reist, wenn man nicht von seinen Wegelagerern überfallen werden will."

Berchte saß erstarrt auf ihrem Schemel am Feuer. Die Gedanken überschlugen sich in ihrem Kopf. Ihr Fluch hatte sich tatsächlich erfüllt. Moritz war an der Pest gestorben. Hatte sie solche Macht? Sie schüttelte den Kopf. Nein, das musste Zufall sein. Aber vielleicht würde Gerd wieder auf die Welsburg kommen. Sie würde Hertel wiedersehen, wenn sie nicht vorher alle an der Pest zugrunde gingen.

„Der Priester sagt, die Pest ist die Geißel, die Gott uns schickt, weil wir sündigen", flüsterte Berchte.

Der Fremde lachte. „Ja, ja. Das sagen sie, und es kommt ihnen ganz gelegen, wenn die Leute Angst haben. Angst füllt die Klingelbeutel und der Handel mit Ablassbriefen floriert. Ihr hier auf dem Land habt nicht viel zu befürchten. Die Pest überträgt sich durch die schlechte Stadtluft. Wenn ich in die Stadt reite, trage ich ein essiggetränktes Mundtuch. Das filtert die Atemluft. Ich rate dir: Bleib, wo du bist und es wird dir nichts geschehen."

„Ich habe von Dörfern gehört, die nach der Pest wüst lagen", entgegnete Berchte. „Und ist Graf Moritz nicht auch auf seinem Gut gestorben?"

„Er kam aus Bremen. Ich werde mit eurem Dorfältesten reden. Er soll dafür sorgen, dass niemand in die Stadt geht und die Pest hier einschleppt."

„Wer redet hier von der Pest?", fragte Tonis. Er stand in der Tür und wischte sich die schwarzen Finger an der Lederschürze ab.

„Der Herr ist ein Medicus“, sagte Berchte, „er sagt, dass der Schwarze Tod in Wilshusen ist.“

Neuenburg

„Dat de Fresen de bammel schlahe", rief Gerd und schleuderte seinen Handschuh auf den Grundstein. Hier, auf diesen Fundamenten, sollte bald der neue Turm der Neuenburg stehen, weithin sichtbar in der Friesischen Wehde als Zeichen für die unumstößliche Herrschaft des Grafen Gerhard von Oldenburg.
Zufrieden blickte er um sich. Er war seinem Ziel, Herr über das Land bis zur Nordsee zu sein, näher denn je. Seit Moritz' Tod liefen die Dinge gut für Gerd. Schon bald würde sein Bruder Christian ihm die Herrschaft über Schleswig und Holstein überlassen. Aber es kam noch besser: Christian hatte sein Wort in die Wagschale geworfen und ihn zum Vormund seines Neffen, des jungen Grafen Jakob von Delmenhorst, bestellt. Es war also alles beim Alten. Gerd herrschte bis zur Volljährigkeit des Knaben wieder über seine geliebte Grafschaft Delmenhorst und über die Welsburg. Bis dahin war genug Zeit, Jakob auf seine Linie einzuschwenken.
Er dachte an Berchte. Lange hatte er sie nicht gesehen. Vielleicht lebte sie schon nicht mehr. Der Schwarze Tod hatte auch in der Geest eine fette Ernte eingefahren. Es versetzte ihm einen Stich, aber er hatte weiß Gott Wichtigeres zu tun, als nach einer alten Geliebten Ausschau zu halten.

„Herr, wollt Ihr dem Volk nicht zutrinken?", fragte Hertel und riss Gerd aus seinen Gedanken. Der Graf stand immer noch vor dem Grundstein und starrte auf

den Handschuh. Er hob den Blick. Alle sahen ihn erwartungsvoll an.
„Auf die Neuenburg!“, rief Gerd und hob seinen Krug.
„Auf die Neuenburg!“, antworteten alle.
Gerd trank und schüttete den Rest Rotwein in die Baugrube. Jubel brach los.

Eine Menge Volk war gekommen zu der Grundsteinlegung des neuen Turms. Vor allem Bauern und Handwerker aus der Umgebung, denn Gerd war bekannt für seine ausschweifenden Gelage. Das Volk freute sich schon seit Tagen auf das Fest. Alberich gab den Musikern ein Zeichen, sie spielten auf. Gerd ging zu seinem Platz und setzte sich neben seine Frau. Er humpelte immer noch. Adelheid lächelte und legte ihre Hand in seine.
Hertel beobachtete seinen Vater. Dieser war in der letzten Zeit oft in Gedanken. Ob er an Berchte dachte? Die alte Wunde am Bein machte ihm zusehends mehr schaffen. Hertel wusste, dass sie nie ganz heilen würde. Er tat, was er konnte, aber seine Mutter hätte es sicher besser gemacht.
Er dachte oft an sie. Seit Jahren hatte er sie nicht gesehen, denn seine Dienste beim Grafen nahmen ihn voll in Anspruch. Durch die halbe Welt war er mit dem Grafen gereist. Gerd war immer unterwegs. Nur wenige Tage hielt er es an einem Ort aus, dann packte ihn die Unruhe und er musste weiterziehen. Es war, als ob er ständig davonlaufe.
Am wohlsten fühlte sich Gerd, wenn er auf einem Schiff die Nord- und Ostsee durchstreifte auf der Suche nach Hanseschiffen und holländischen Ewers. Die

Hamburger und Lübecker schickten ganze Flotten aus, ihn zu fangen, aber bisher war er immer wieder entwischt.
Wenn er nicht gerade auf See war, kreuzte er die Klingen mit den Friesen, den Bremern oder sonst wem. Es war ein Wunder, dass er noch lebte, wenn man bedachte, dass er immer mittendrin war im Kampfgetümmel. Er schlug um sich wie der Teufel selbst. Wer ihn je gesehen hatte, vergaß den Anblick nicht so schnell. Gerd brauchte den Kampf und die Fehde wie andere den Wein. Er berauschte sich daran, und mit niemandem konnte er lange Frieden halten. Berchte hatte recht gehabt: Gerd war ein Getriebener.
Hertel selbst war in den letzten Jahren zum Mann geworden. Alberich hatte ihn unter seine Fittiche genommen und ihn alles gelehrt, was er konnte, alle Tricks und Kniffe und auch die Kunst, im Kriegsgetümmel zu überleben. Mit List und Mut hatte er seinen Kopf mehr als einmal aus der Schlinge gezogen.
Klein war er in der Tat geblieben, aber immerhin einen Kopf größer als Alberich, der ihm eines Tages bedauernd auf die Schulter geklopft hatte.
„Schade", hatte er gesagt, „Zwergenkönig kannst du nun nicht mehr werden, aber mach dir nichts draus, dass du ein Riese bist unter den Zwergen. Dafür bist du so ungeheuer schön, dass die Frauen, wenn sie dich singen hören, in Ohnmacht fallen. Sie lieben dich!"
Und so war es. Überall, wo er hinkam, war Hertel ein gern gesehener Gast, und man bat ihn, zu singen oder einige seiner Kunststücke zu zeigen. Nur seinen Vater

konnte er nicht beeindrucken, obwohl der sonst jedes alberne Lied und jede Zote beklatschte.
Einmal hatte Hertel ihn beiläufig Vater genannt. Da hatte Gerd ihn das erste und einzige Mal geschlagen. „Dass du mein Sohn bist, ist eine Sache zwischen uns! In Gedanken kannst du mich Vater nennen, aber nie laut und in der Öffentlichkeit! Du bist nun einmal ein Bastard und du wirst einer bleiben. Vergiss das niemals! Mehr, als dass ich dich in meine Dienste genommen habe, kann und werde ich nicht für dich tun – und das ist schon mehr als genug!"

„Hertel, was stehst du da herum, komm und sing ein Lied!", rief Alberich, „die Gräfin wünscht es!"
Der Zwergenkönig war alt geworden. Er ging gebückt, was ihn noch kleiner machte, als er ohnehin schon war. Seine Gelenke, so sagte er, schmerzten ihn bei jeder Bewegung. Hertel tat alles, um die Leiden seines Ziehvaters zu lindern, aber gegen das Alter war er machtlos. Alberich blieb immer öfter bei der Gräfin auf der Oldenburg, denn es kam selten vor, dass Gerd seine Frau irgendwohin mitnahm. Meistens war sie ohnehin schwanger. Auf die Neuenburg war sie ihm jedoch mit den drei ältesten Söhnen gefolgt.
Sie war eine gütige und stille Frau, ganz anders als Berchte und das genaue Gegenteil ihres aufbrausenden Mannes. Selbst ihm, dem Bastard, begegnete sie freundlich, fast mütterlich, und sie liebte es, wenn er für sie sang. Hertel tat es gern.
Er nahm seine Laute, ging zur ihr und verneigte sich. „Herrin, Ihr habt nach mir gerufen?"

Sie lächelte. „Hertel, wie schön, dass du kommst. Sing ein Lied für mich, ich bitte dich."
Hertel kletterte auf den Tisch. Das tat er immer, wenn er sang. Er sah schweigend in die Runde. Die Musiker, die zu einem derben Bauerntanz aufspielten, verstummten, als sie ihn auf dem Tisch stehen sahen. Er strich über die Saiten seiner Laute und begann zu singen.
Alle wandten sich dem Zwerg zu, der mit der Stimme eines sanften Riesen sang. Selbst Gerd, der gerade mit einem der Neuenburger Bauernvögte sprach, hielt inne und lauschte.

Da preschte ein Reiter heran und unterbrach jäh die festliche Stimmung. Es war einer von Gerds Rittern. Er sprang vom Pferd und lief zum Grafen.
„Die Wilshuser", keuchte er, „sie haben sieben Eurer Getreuen von der Welsburg gefangen gesetzt. Sie sollen morgen hingerichtet werden."
Gerd war für einen Moment sprachlos.
„Was sagst du da, Mann? Was ist geschehen?", fragte er schließlich.
„Die Wilshuser kamen, nachdem unsere Männer im Wendbüdel an der Flämischen Straße einigen Kaufleuten aus Hamburg die Ware ...", der Ritter zögerte.
„Sprich!", donnerte Gerd ihn an.
„Unsere Männer hatten den Kaufleuten den ... Zoll abgenommen und waren auf dem Rückweg, als die Wilshuser sie überfielen. Einige sind auf die Welsburg entkommen, mit der gesamten Beute. Sieben unserer Leute konnten die Wilshuser gefangen nehmen."
„Wer ist unter ihnen?"

„Carl von Hathen, Meinhard von Munderloh, Gyseler von Nuttel und vier Knechte, Herr. Sie sicherten den Rückzug."
„Wo ist Hertel?", brüllte Gerd in die stillschweigende Menge.
„Hier bin ich, Herr Graf." Hertel legte die Laute beiseite und kletterte vom Tisch.
„Hol Pergament und Tinte! Schnell! Ich muss einen Brief schreiben."
Gerd wandte sich dem immer noch atemlosen Ritter zu. „Du besorgst dir ein frisches Pferd und Proviant. Dann bringst du den Brief so schnell du kannst dem Bürgermeister von Wilshusen. Wenn er meinen Leuten etwas antut, dann soll er mich kennen lernen!"

Die Pest bricht aus

Der Medicus hatte recht behalten. Die Pest war zu ihnen ins Dorf gekommen. Eines Morgens hatten die Wilshuser in Norddothlingen gestanden, wie immer schwer bewaffnet, und hatten nach Gerds Leuten gesucht.

„Sie haben wieder einmal Kaufleute überfallen und ausgeraubt! Wenn ihr sie versteckt, die Diebe, macht ihr euch mitschuldig!"

„Sucht auf der Welsburg", hatte Mertin ihnen geraten, „hier sind sie nicht."

Weil es ein heißer Spätsommertag war, setzten sich die Wilshuser nach der erfolglosen Suche in den ‚Ochsen' und verlangten Bier. Einer unter ihnen, ein junger Kerl, der so blass war, als ob er sein Leben in einem Keller fristete, war nach nur einem Becher Dünnbier umgekippt und hatte sich die Seele aus dem Leib gespieen. Heske war mit einem Eimer herbeigeeilt und hatte die Schweinerei saubergewischt. Den Jungen legten die Wilshuser in eine Ecke, damit er seinen Rausch ausschlafe. Als die Wilshuser heimkehren wollten, konnten sie den Jungen nicht wach bekommen. Wie aus heiterem Himmel fieberte er und war nicht mehr bei Sinnen. Besorgt ließ Heimold Berchte kommen. Sie sah den Jungen an und wusste, dass es die Pest war. An seinem Hals blühte schon die erste Beule.

„Geht jetzt und nehmt den Jungen da mit!", schrie Mertin die Wilshuser an, aber die waren von dem Jungen zurückgewichen und dann zu ihren Pferden

gerannt. Wie vom Teufel getrieben, waren sie davongeprescht und hatten den sterbenden Jungen zurückgelassen.
Die Norddothlinger trugen ihn in ein leer stehendes Haus am Dorfrand, wo er kurze Zeit darauf starb. Die Männer packten ihn auf einen Wagen und brachten ihn nach Wilshusen, wo sie den Leichnam vor dem Stadttor ablegten. Auf der Stadtmauer wehte bereits die schwarze Pestfahne.

Eine Woche später lag Heske mit Fieber auf ihrem Strohsack und konnte nicht aufstehen. Das schlichte Holzkreuz, das Alma als Schutz gegen den Schwarzen Tod über die Tür genagelt hatte, war nutzlos gewesen. Berchte kam und untersuchte die Magd. Unter den Achseln wuchsen bereits die verräterischen Beulen. Man trug Heske ebenfalls in das Haus, das jetzt bei allen das Pesthaus hieß. Heske starb nach nur zwei Tagen.
Es dauerte nicht lange, da war das Haus voll von Kranken. Sie lagen stöhnend auf dem Boden, den die Bauern vorsorglich mit Stroh ausgelegt hatten. Niemand wechselte das Stroh aus, sodass die Kranken auf ihren eigenen Dreck lagen.

Ab jetzt brannte der Scheiterhaufen für die Pesttoten fast jeden Tag und verbreitete den Gestank von Tod und Verwesung im Dorf. Er setzte sich in den Häusern fest, in der Kleidung, selbst das Brot schmeckte nach Tod.
Mit der Pest kamen die Ratten. Es war, als ob sie nur darauf gewartet hätten, das Dorf in Besitz zu neh-

men. Sie liefen wie selbstverständlich auf den Wegen, durch die Scheunen, die Häuser, selbst in den Strohsäcken der Schlaflager machten sie es sich bequem. Das Schlimmste aber war, dass sie die Brunnen verseuchten. Sie fielen hinein und ertranken im Wasser. Immer wieder zogen die Frauen tote, halb verweste Ratten mit den Wassereimern heraus.

Das große Sterben hatte begonnen. Lenne tom Stapel und die Jüngsten ihrer Kinder, der Knecht Cuno, der Stellmacher Eberlin und seine Frau und viele andere. Vor allem die Kinder. Die Kinder starben weg wie die Fliegen. Berchte tat, was sie konnte, aber sie stand kurz vor der Geburt und konnte sich kaum noch rühren. Ihr Bauch war gewaltig.

„Nach dem Zwerg bekommst du einen Riesen“, unkten die Frauen, „oder es werden Zwillinge. Dann gnade dir Gott. Das überleben nicht viele Frauen.“

„Was schert mich das“, antwortete Berchte, „wo wir ohnehin an der Pest sterben müssen.“

Tonis jagte die Leute fort, wenn sie zur Schmiede kamen und Berchte um Hilfe baten. Er wollte nicht, dass sie den Pestkranken half. Er wollte auch nicht, dass sie ihr Angst machten. Er wollte einen Sohn.

Eines Abends, Tonis war gerade in den ‚Ochsen' verschwunden und Berchte schrubbte vor der Tür den Grapen sauber, in dem sie die Grütze kochte, stand plötzlich Mertin hinter ihr. Er trug eine Laterne in der Hand, denn die Abende im Oktober waren schon dunkel. Berchte fuhr erschrocken hoch, als er ihr die Hand auf die Schulter legte. Der schwere eiserne Topf

knallte auf das Steinpflaster. Eine Ratte huschte quiekend davon.
„Still! Ich bin es doch, Berchte. Du musst kommen, bitte!“
Berchte merkte, dass der Bauer dem Weinen nahe war. „Was ist los?“, fragte sie und wusste schon die Antwort.
„Meine Enne und die beiden Kleinen liegen mit Fieber auf dem Strohsack. Sie können doch nicht alle den Schwarzen Tod sterben! Das kann Gott nicht wollen!“
Berchte wischte sich die nassen Hände an ihrer Schürze ab. „Doch, Mertin, das kann er wollen. Es sind schon so viele gestorben. Vielleicht werden wir alle bald tot sein. Gott straft uns für unsere Sünden.“
„Was redest du denn da, Berchte! Du sprichst schon wie der Priester! Wofür straft er uns denn? Was haben wir ihm getan? Und warum lässt er zuerst die Kinder sterben?“
Berchte hob den Grapen auf. „Ich weiß es nicht. Ich komme ja zu dir. Aber Tonis darf es nicht wissen, hörst du?“
Mertin knetete verzweifelt seine Hände. „Danke, Berchte. Du bist ein guter Mensch.“
Berchte lachte auf. „Bin ich das, Mertin? Ich dachte, ich bin eine Hexe. Geh schon vor und mach Wasser heiß. Ich komme nach.“
Sie wandte dem Bauern den Rücken zu, ging ins Haus und schloss die Tür.

Auf dem Weg zu Mertins Haus sah Berchte in vielen Häusern schwaches Licht durch die Fensterluken scheinen. Die Leute hatten Kerzen entzündet. In dieser dunklen Zeit war es das einzige Mittel, um sich in der Nacht, wenn der Tod heranschlich, ein wenig Trost zu verschaffen.

Es hatte angefangen zu regnen, niemand war mehr draußen und keiner sah sie durch das Dorf wandern. Wie der Arzt hatte sie sich ein mit Essig getränktes Tuch vor den Mund gebunden. Berchte bezweifelte zwar, dass es nützte, aber schaden konnte es auch nicht.

Sie klopfte an Mertins Tür. Er öffnete.

„Dort liegen sie“, sagte er mit tränenerstickter Stimme. Berchte trat an das Strohlager der Kranken. Alle drei hatten hohes Fieber und stierten mit glühenden Augen an die Decke. Es war dunkel in der Diele, nur das Herdfeuer verbreitete ein wenig Licht. Hier brannte keine Kerze für die Kranken. ‚Männer haben für so etwas einfach keinen Sinn‘, dachte Berchte ärgerlich.

„Hol für jeden eine Kerze und stell sie hier am Kopfende auf. Es vertreibt die bösen Geister und hält den Tod ab“, flüsterte Berchte.

Mertin eilte und brachte eine Kiste, in der einige Unschlittkerzen lagen. Er zündete mit zitternden Händen drei an und stellte sie auf. Die Kerzen rußten und stanken nach verbranntem Fleisch, aber sie verbreiteten ein tröstliches Licht.

Berchte verteilte indessen Tonschüsseln mit Räucherwerk um die Kranken und zündete es mit einem Kienspan an. Ein würziger Duft zog durch die kleine Kate und überlagerte den Gestank der Kerzen und des Todes.

Dann machte sie sich an die Arbeit. Sie wusch die Kranken und rieb sie mit einer dunklen Flüssigkeit ein. Sie flößte jedem einen Trank ein und betete dabei zur großen Göttin, wie sie es von ihrer Mutter gelernt hatte. Gott musste es doch eins sein, ob er als Mann oder Frau angesprochen wurde, hoffte Berchte inbrünstig, wozu war er sonst allmächtig?

„Du musst dafür sorgen, dass sie trinken", riet sie Mertin, als sie fertig war und sich die Hände in der Viehtränke wusch. „Schau, dass du sauberes Wasser bekommst. Gib ihnen jede Stunde von diesem Saft einen Schluck und leg ihnen kalte Tücher auf die Stirn. Wasch dir die Hände und trag ein Essigtuch vor dem Mund, damit du nicht auch krank wirst. Kannst du dir das alles merken?"

Mertin nickte stumm.

„Wenn sie die nächsten drei Nächte überleben, werden sie gesund." Berchte legte dem Dorfältesten tröstend die Hand auf die Schulter. „Bete, Mertin, vielleicht hat Gott ein Einsehen. Mehr können wir nicht tun."

Sie betrachtete die Kranken, die zu ihren Füßen lagen. Sie schliefen jetzt. Das kleinste der Kinder war gerade zwei Jahre alt. Es hatte zu wenig Kraft, um den Schwarzen Tod zu besiegen, aber vielleicht hatte es einen starken Schutzgeist. Manchmal kam das vor. Berchte spürte, wie ihr eigenes Kind gegen die Bauchdecke trat. Sie strich darüber. ‚Wenn du leben willst, warte', redete sie in Gedanken zu dem Kind, ‚vielleicht ist die Pest vorbei, wenn du auf diese hässliche Welt kommst.'

„Ich werde jetzt gehen, es ist höchste Zeit“, sagte Berchte, „wenn Tonis aus dem ‚Ochsen‘ kommt, muss ich im Haus sein, oder er wird wütend.“
Mertin sank vor Berchte auf die Knie. „Danke“, flüsterte er, „danke, Berchte. Gott wird dir vergeben, dass du gegen den Willen deines Mannes handelst.“
Berchte lachte leise. ‚Wenn es nur das wäre‘, dachte sie und trat ins Freie. Es hatte aufgehört zu regnen. Der Mond schien so friedlich und alles war still, sodass man hätte meinen können, das Dorf läge in tiefstem Frieden. So schnell sie konnte, ging sie zur Schmiede zurück. Im ‚Ochsen‘ brannte noch Licht. Stimmen drangen von der Schänke in die Nacht. Dann wurde die Tür aufgestoßen und Tonis wankte heraus. Er hielt sich an einem Pfosten fest und übergab sich. Berchte versteckte sich schnell hinter der Linde. Ein Schauer lief ihr über den Rücken. Sie musste an ihm vorbei, wenn sie vor ihm im Haus sein wollte, aber dann würde er sie sehen.
Tonis stieß sich von dem Pfosten ab und torkelte in Richtung Schmiede. Es gab nur eine Möglichkeit für Berchte. Sie lief zu ihm und hakte ihn unter.
„Da bist du ja, Mann! Was habe ich mir für Sorgen gemacht! Ich habe dich gesucht, eine ganze Weile schon“, log sie. Tonis sah sie völlig verdattert an.
„Aber ... was ... Berchte!“
Er rülpste und wischte sich über den Mund. Dann machte er sich los und stemmte die Arme in die Hüften.
„Habe ich dir nicht verboten, in der Dunkelheit aus dem Haus zu gehen?“, raunzte er sie an und taumelte. Berchte fing ihn auf.

„Verzeih mir, Tonis. Ich schlief schon und dann hatte ich einen schrecklichen Traum. Ich träumte, dass du vor der Tür lägest, wie damals dein Vater. Da bekam ich Angst und ging dich suchen."
Tonis starrte sie an.
„Du glaubst doch nicht, dass ich so ein Saufkopp bin wie mein Vater! Oder glaubst du das?"
Er stützte sich hart auf ihre Schulter.
„Nein, Tonis, wie sollte ich. Du bist anders", log sie ein zweites Mal. „Jetzt komm, mein lieber Mann! Es ist höchste Zeit, schlafen zu gehen."
Tonis sah sie misstrauisch von der Seite an, ließ sich dann aber von ihr heimführen. Gemeinsam schafften sie den Weg bis zur Schmiede. Berchte fragte sich, wie Tonis jede Nacht allein zurückfand. Sie war erschöpft, als sie an dem Misthaufen vor dem Haus vorbeigingen, denn sie schleppte ihren Mann mehr, als dass er selber ging. Nur noch wenige Schritte, dann hatten sie es geschafft. Da blieb Tonis plötzlich stehen und gab einen seltsamen Ton von sich. Berchte sah ihn an.
„Da stehen sie!", schluchzte er und zeigte auf den Misthaufen, dessen Umrisse sich schwarz im blauen Mondlicht abzeichneten. Berchte konnte niemanden sehen.
„Wer steht da?", fragte sie und kniff die Augen zusammen, um besser sehen zu können.
„Katrin", flüsterte der Schmied voller Panik, „sie hat das Kind im Arm. Sie winkt mir zu. Siehst du es denn nicht?"
Berchte spürte, wie sich ihre Nackenhaare aufstellten.

„Es ist der Nebel“, sagte sie mit fester Stimme. Sie zog an seinem Arm. „Lass uns hineingehen, Tonis.“
Doch der Schmied riss sich los und stolperte auf den Misthaufen zu.
„Siehst du sie denn nicht? Da stehen sie doch! Sie will mir etwas sagen!“
Er wankte weiter und fiel bäuchlings auf den Mist, wo er liegen blieb, die Arme weit von sich gestreckt.
„Katrin!“, wimmerte er, „bist du gekommen, um mir etwas zu sagen? Willst du mich bestrafen? Es tut mir alles so leid!“
Berchte machte ein paar Schritte auf Tonis zu. Sie sah immer noch nichts, nur den Mond, der hinter den Wolken hervorgekommen war und alles in eisiges Licht tauchte.
„Komm jetzt ins Haus“, sagte sie und hielt Tonis die Hand hin. Er drehte sich zu ihr um. Sein Gesicht war weiß wie Milch und unter seinen Augen lagen tiefe Schatten. Er sah aus wie der Tod.
„Sie sagt, dass dieses Dorf verflucht ist“, flüsterte er, „wir haben alle gesündigt, das ganze Dorf! Es wird untergehen, sagt sie, Gott lässt es nicht zu.“
Berchte schauderte. Hatte Mertin nicht auch von göttlicher Strafe geredet? Was war die Pest? Eine von Gott geschickte Geißel, die die Leute im Angesicht des Todes sehend machte?
„Du siehst Gespenster!“, sagte sie scharf und zog Tonis vom Misthaufen. Sie schleppte ihn mit letzter Kraft ins Haus und ließ ihn auf den Strohsack fallen. Er starrte mit dem gleichen Blick an die Decke, den sie eben bei Enne und den Kindern gesehen hatte. Ihr

wurde flau. Sie fühlte Tonis' Stirn. Er glühte. Katrin hatte ihrem Mann den Schwarzen Tod gebracht.

Hinrichtung

Herman Duvel stand neben Doemesman im Rathaussaal. Die Sitzung war beendet, die anderen Ratmannen saßen noch am Tisch und redeten über die Entscheidung, die sie gerade getroffen hatten. Hoch hergegangen war es bei der Sitzung.
Der ehemalige Bürgermeister hatte seinem Nachfolger Duvel die Hand auf die Schulter gelegt. „Es ist eine gute Entscheidung, Duvel. Mach dir keine Sorgen."
Duvel sah Doemesman zweifelnd an.
„Du bist ein erfahrener Ratmann und ich schätze deine Meinung sehr. Aber was ist mit dem Grafen? Es wird Ärger geben, das ist so gewiss wie das Amen in der Kirche."
„Und wenn schon! Wir sollten vor ihm nicht zittern, Duvel! Niemals! Wir müssen uns gegen ihn zur Wehr setzen, sonst vertreibt er alle Händler und Kaufleute aus der Geest. Willst du das? Von den Pilgern, die zur Alexanderkirche kommen, können wir nicht leben!"
„Du hast ja recht. Alle habt ihr recht. Es ist keine gute Zeit, um gegen den Grafen zu ziehen. Viele Männer sind an der Pest gestorben. Wir sind geschwächt, Doemesman."
„Wenn ich dich erinnern darf: Derjenige, dem Schaden zugefügt wird, soll über den Täter richten und sonst niemand. So steht es im Codex der Stadt. Und sind es nicht die Kaufleute, denen Schaden zugefügt wurde? Wir tun es ja nicht selbst!"
„So ist es, Doemesman. Aber sollen wir nicht warten, bis der Büttel kommt? Der soll die Räuber richten.

Sieh dir die Kaufleute an! Sie wissen mit Feder und Tinte umzugehen, aber nicht mit dem Richtschwert!"
„Zweifelst du immer noch an unserer Entscheidung, Bürgermeister?", fragte Wedekint Goldsmit, der mit den anderen Ratmannen zu ihnen getreten war.
Duvel schüttelte den Kopf und seufzte. „Da ihr alle dafür seid, muss ich mich beugen. Ich habe meine Meinung gesagt, mehr kann ich nicht tun. Sagt dem Diener, er soll die Hamburger hereinführen."

Als die Kaufleute kamen, setzten sich die Ratmannen wieder auf ihre Plätze, nur Bürgermeister Duvel blieb stehen und musterte sie. Man sah ihnen an, dass sie überfallen worden waren. Ihre Kleidung war zerrissen und einige hatten Schrammen und blaue Flecken im Gesicht. Bis zuletzt hatten sie ihre Fuhrwerke verteidigt, doch es hatte nichts genützt. Sie hatten alles verloren bis auf die Kleider, die sie auf dem Leib trugen.
Sie setzten sich unaufgefordert zu den Ratmannen an den Tisch. Nur einer von ihnen, Simon Fredelant, blieb stehen, die Arme vor der Brust verschränkt, und sah in die Runde. Die Kaufleute hatten ihn offensichtlich zu ihrem Sprecher gewählt.
„Wie habt ihr euch entschieden, Wilshuser?", fragte er.
Duvel sah Fredelant an. Der Hochmut des Hamburgers ärgerte ihn. Wie er dastand, aufrecht und stolz, trotz seiner zerrissenen Kleider und der hässlichen Schramme, die sich quer über sein Gesicht zog, hätte man meinen können, er halte über die Wilshuser Gericht.

„Da der Büttel erst in einigen Wochen hierher kommt“, begann Duvel, „haben wir beschlossen, dass ihr als Geschädigte nach altem Wilshuser Stadtrecht die Räuber selbst richtet. Ihr seid sieben Kaufleute und die gefangenen Räuber sind ihrer ebenfalls sieben. Heute Nachmittag soll das Urteil auf dem Marktplatz öffentlich vollstreckt werden. Lehnt ihr dies ab, sind die Räuber frei, um euch zu richten. So steht es im Codex der Stadt Wilshusen geschrieben.“
Fredelant ließ die Arme sinken. Die anderen Kaufleute starrten den Bürgermeister wie vom Blitz getroffen an. Fredelant setzte sich und lachte ungläubig. Er fand als Erster die Sprache wieder.
„Ihr habt einen seltsamen Humor hier in der Geest, Duvel. Das haben wir schon festgestellt, als wir mit den Räubern zusammentrafen und ihnen den Geleitbrief des Grafen zeigten. Was sagten sie zu uns?“ Fredelant tat, als überlegte er. „Ach ja, sie sagten, wenn der Graf uns nicht das Geleit gegeben hätte, wären sie nicht gekommen. Das sei eben Graf Gerds Geleit.“
Fredelant schlug wütend auf den Tisch.
„Fünzig rheinische Goldgulden hat uns das Geleit gekostet! Ein wertloses Stück Pergament! Unsere Waren sind gestohlen und nun sollen wir auch noch eure Arbeit erledigen und die Räuber richten?“
„So steht es geschrieben. Der Geschädigte rächt sich an dem Täter“, sagte Duvel bestimmt. „Und tut nicht so, als seien wir schuld an eurem Unglück. Schließlich haben wir euer Leben gerettet. Ihr solltet uns dankbar sein. Nicht wenige Kaufleute hat der Graf in seinen Burgverliesen verhungern lassen.“

„Wie sollen wir sie richten? Doch nicht etwa hängen, wie man es mit Dieben tut?“, meldete sich einer der Kaufleute zu Wort.
„Das könnt ihr selbst entscheiden.“
„Es ist euch ernst damit, nicht wahr? Wenn wir es nicht tun, lasst ihr die Räuber frei?“
„So ist es. Gemäß dem Stadtrecht ist dies unsere Entscheidung.“
Duvel stand auf. „Die Sitzung ist geschlossen. Am Nachmittag werden die Gefangenen auf den Marktplatz geführt. Es steht euch frei zu kommen, um Genugtuung zu erlangen oder die Stadt zu verlassen.“
Ohne sich umzudrehen, verließ er den Saal, gefolgt von den anderen Ratmannen. Die Kaufleute sahen ihnen schweigend nach.

Alle Wilshuser hatten sich auf dem Marktplatz eingefunden. Es herrschte eine Stimmung wie zum Ulrichsmarkt. Unter ihren Fenstern hatten einige geschäftstüchtige Wilshuser Stände mit Dünnbier und Gebäck aufgeschlagen. Sogar Gaukler waren gekommen. Sie hatten auf ihrem Weg nach Bremen vor dem Stadttor gerastet und zeigten nun ihre Kunststücke. Es herrschte Feststimmung.
Das Richtschwert lehnte bereits an dem Groden Steen. Alle Ratmannen und die Kaufleute waren versammelt und warteten darauf, dass die Gefangenen gebracht wurden. Schließlich kamen sie. Sieben abgerissene Gestalten, gebunden an Händen und Füßen, sodass sie gerade einmal gehen, aber nicht davonlaufen konnten.

Drei von ihnen waren sehr jung, Bauernburschen offenbar, die auf der Welsburg gestrandet waren. Sie blickten voller Panik auf das Richtschwert. Einer begann haltlos zu weinen.
„Halt dein Maul, Junge!“, fuhr ihn der Älteste unter ihnen an, ein Einäugiger, der von vielen Kämpfen gezeichnet war.

Duvel trat vor sie.
„Als Bürgermeister der Stadt Wilshusen verkünde ich das Urteil, das wir gemäß dem Codex von 1383 gefällt haben. Die Geschädigten, in diesem Fall die hier anwesenden Kaufleute aus Hamburg, sollen sich Genugtuung verschaffen, indem sie die ebenfalls hier anwesenden Übeltäter selbst mit dem Schwert richten. Die Hinrichtung wird sogleich vollzogen.“
Er trat zurück.
Fredelant ging zum Groden Steen und nahm das Schwert. Er wog es in den Händen und betrachtete die Gefangenen.
„Ich nehme den da. Er hat mir sein Messer durch das Gesicht gezogen.“
Er zeigte auf den Einäugigen. Einer der Stadtknechte stieß ihn hart in den Rücken. Er taumelte nach vorn, stolperte und fiel auf die Knie. Zwei Knechte packten ihn unter den Achseln und schleiften ihn zum Groden Steen. Einer riss ihm das Hemd herunter. Fredelant trat vor, hob das Schwert über seinen Kopf und schlug mit aller Kraft zu. Blut spritzte nach allen Seiten. Die Menge stöhnte auf. Der Junge, der geweint hatte, begann laut zu schreien. Der Räuber sackte mit gespaltenem Schädel über dem Richtstein zusammen.

Die Knechte zogen den Leichnam fort und warfen ihn auf den Wagen, mit dem sie die Gefangenen gebracht hatten. Fredelant atmete schwer. Er reichte das Schwert an den nächsten Kaufmann weiter. Der war weiß im Gesicht und zitterte.
„Ich kann das nicht", flüsterte er, „ich bin Kaufmann und kein Henker."
„Mach schon! Bring es hinter dich", herrschte Fredelant ihn an und schob ihn zum Stein, auf dem schon der nächste Räuber auf seinen Tod wartete.
Es dauerte lange, bis der letzte Räuber sein Leben gelassen hatte. Nicht alle Kaufleute hatten das Schwert so geschickt geführt wie Fredelant. Jetzt schwamm der Marktplatz im Blut der Gerichteten. Es dämmerte bereits, als der Wagen mit den sieben Leichen zum Schindanger fuhr. Die Wilshuser bauten ihre Stände ab und die Gaukler packten ihre sieben Sachen ein.

Nur die Ratmannen und die Kaufleute standen noch beisammen, als ein Reiter auf den Marktplatz preschte. Er zügelte sein Pferd so hart, dass es bäumte.
„Bürgermeister Duvel? Ich habe einen Brief für Euch vom Grafen Gerd!", rief er und blickte auf das Blutbad am Boden. „Aber wie ich sehe, ist es bereits zu spät. Dennoch, hier ist er." Er zog eine Schriftrolle aus seiner Ledertasche und reichte sie dem Bürgermeister. Ohne ein weiteres Wort ritt er wieder davon.
Duvel öffnete das Siegel und las. Dann rollte er das Pergament wieder zusammen. Ungläubig schüttelte er den Kopf.
„Er ist auf dem Weg zur Welsburg und bietet uns ein Lösegeld für seine gefangenen Knechte."

Fredelant lachte. „Tja, Duvel, die lästigen Verhandlungen mit dem Grafen über ein gutes Lösegeld haben wir euch ja nun erspart."

Wahn

Gerd war zurück auf der Welsburg. Ein Bote war am Mittag über das zugefrorene Moor gekommen und hatte die Dorfleute zusammengerufen. Zerlumpt und mager umringten die wenigen, die die Pest überlebt hatten, den Reiter und hörten, was er zu sagen hatte.

„Der Graf kommt morgen ins Dorf. Versammelt euch am Nachmittag im ‚Ochsen', denn er wünscht, mit euch zu reden, Bauern von Norddothlingen!"

„Warum kommt er eigentlich immer nur zu uns?", knurrte Heimold. „Was soll ich ihm auftischen? Die Vorräte sind knapp nach der schlechten Ernte im Herbst!"

Heimold hatte recht. Zu allem Unglück war nach der Pest das Getreide auf den Feldern verdorben und wen der Schwarze Tod nicht geholt hatte, der starb nun am Antoniusfieber.

„Was beklagst du dich, Wirt!", rief Andirke, „du bist derjenige, der seine Vorräte hortet, während die anderen hungern. Hat der Graf dich beim letzten Mal nicht fürstlich bezahlt?"

„Schon. Aber das ist lange her. Und was die Vorräte angeht, so habe ich tatsächlich ein wenig beiseite gelegt, um die Gäste bewirten zu können. Ich muss schließlich auch von etwas leben!"

Er strich über seinen Bauch.

„Überdies: Hätte ich es nicht getan, könnten wir den Grafen nicht empfangen, tom Stapel!"

„Was klagst du dann, Wirt?", brummte Andirke.

Berchte hatte mit angehört, was der Bote gesagt hatte. Die Angst kroch in ihr hoch. Warum war Hertel nicht gekommen? Lebte er noch? Sie beschloss, den Boten zu fragen.
„Kommt der Zwerg mit dem Grafen?"
„Wenn du Alberich meinst, der ist tot. Die Pest hat ihn erwischt. Aber der Graf hat noch einen, Hertel heißt er. Warum willst du das wissen, Weib? Liebst du ihn?"
Der Bote lachte anzüglich. „Es ist etwas Seltsames mit diesem Zwerg. Alle Frauen lieben ihn. Weiß der Teufel, warum!" Er wendete sein Pferd und ritt zur Welsburg zurück.

Berchte lächelte erleichtert. Morgen würde sie ihren Sohn wiedersehen. Wie alt war er jetzt? Er musste um die achtzehn Jahre zählen, oder waren es schon mehr? Er war ein Mann. Der Bote hatte gesagt, dass die Frauen ihn liebten, was auch immer das heißen mochte.
Ob er sie wiedererkennen würde? Es war so viel geschehen, seit er fort war. Die Pest hatte mehr als die Hälfte des Dorfes ausgelöscht. In jeder Familie hatte der Schwarze Tod reiche Ernte gehalten, außer bei ihr. Tonis hatte die Pest überlebt und Berchte war gesund geblieben, obwohl sie schließlich doch von Haus zu Haus gegangen war, um zu helfen. Auch Enne und ihr Sohn lebten, die Kleine allerdings war gestorben.
Berchte selbst hatte Zwillinge geboren. An dem Tag, als sie auf die Welt kamen, hatte die Pest das Dorf verlassen. Bero behauptete, er habe die Ratten am frühen Morgen aus dem Dorf laufen sehen. Doch

Berchte war dem Tode nahe gewesen, denn die beiden Jungen verließen ihren schützenden Leib nur widerwillig und verkehrt herum. Sie kamen mit den Füßen zuerst auf die Welt. Das hatte auch das Gerede, Berchte sei eine Hexe, wieder aufleben lassen.
Es waren kräftige Jungen. Vom Stillen waren Berchte fast alle Haare ausgefallen. Als Tonis es bemerkte, holte er eine fette Ziege von Bero, und die Jungen bekamen fortan Ziegenmilch, so viel sie wollten. Berchtes Haare wuchsen wieder und sie erholte sich langsam.
Dieses Mal waren sie zur Kirche gegangen, Tonis und Berchte mit den beiden Jungen. Der Priester hatte sie nicht fortgeschickt, er hatte die Kinder getauft. Der Ältere hieß Tonis, wie sein Vater, der Jüngere Johannis.
„Wir werden sie Ton und Jan rufen“, sagte Tonis stolz, als sie ins Dorf zurückfuhren, um die Taufe zu feiern.
Tonis hatte sich verändert. Er ging nur noch selten in den ‚Ochsen‘ und er war still geworden. Nie mehr hatte er die Hand gegen Berchte erhoben. Sein Jähzorn schien erloschen. Es war, als habe die Pest einen ganz anderen Tonis hervorgekehrt.
Nachdem er halbwegs genesen war, hatte er sich in der Schmiede eingeschlossen und war nach einem Tag und einer Nacht mit einem eisernen Kreuz wieder hervorgekommen, das er neben dem Misthaufen in die Erde rammte.
„Jetzt haben sie Ruhe“, hatte er gesagt und Berchte den Arm um die Schultern gelegt.
Berchte sah zu Tonis. Er stand neben ihr. Seit die Pest über sie hinweggezogen war, empfand sie eine

seltsame Zuneigung zu ihm. Wie war das gekommen? Sonderbarerweise fühlte sie nichts bei dem Gedanken, dass sie Gerd bald wieder sehen würde. Die Stelle, die so lange in ihrem Herzen gebrannt hatte, war erloschen.

Ihr Leben hatte sie riskiert und das Leben der Dorfbewohner dazu, als sie ihn damals hierher geschafft hatte, um ihn zu retten. Der Graf war verschwunden, hatte Hertel mitgenommen und nichts mehr von sich hören lassen in all den Jahren.

Jan, den sie im Arm hielt, begann zu weinen. Tonis nahm ihr das Bündel ab. Er wiegte seinen Sohn wie eine Mutter. Die anderen Bauern sahen das mit Verwunderung und schüttelten den Kopf. Seit der Pest war der Schmied nicht mehr der Alte, aber wer war das schon. Berchte hakte sich bei ihm ein.

Am nächsten Tag versammelten sich die Bauern im ‚Ochsen', wie der Bote es ihnen aufgetragen hatte. Es war ein kalter und stürmischer Wintertag. Die Arbeit auf den Feldern ruhte, auch im Dorf war nicht viel zu tun. Der Besuch des Grafen war somit eine willkommene Abwechslung für die Männer. Sie litten Hunger und hofften, dass der Graf sich auch dieses Mal nicht lumpen ließ. Alle hatten sie einen Topf von ihren Frauen mitbekommen und den Befehl, diesen gefüllt nach Hause zu bringen.

Die Frauen sahen dem Besuch des Grafen eher mit Sorge entgegen. „Was will er von unseren Männern?“, fragten sie sich, als sie am Morgen vor der Versammlung beim Brunnen standen. „Will er wieder Krieg führen? Braucht er neue Kriegsknechte? Oder sollen

sie auf seinen Schiffen als Piraten Dienst tun? Es heißt, er habe sich mit allen Fürsten und Rittern im Lande verzankt. Nur wenige Getreue folgen ihm noch. Darum hält er sich an die Bauern."
„Sogar den mächtigen Erzbischof von Münster hat er gegen sich", raunte Enne den Frauen am Brunnen zu. „Ich habe es von einer Verwandten in Wilshusen gehört."
„Du meinst doch nicht etwa den von Schwarzenberg?", fragte Lyseke. „Er ist der mächtigste Mann im Norden!"
Enne nickte vielsagend. „Was die Pest nicht geschafft hat, das schafft jetzt der Graf, verlasst euch drauf."
Sie nahm den vollen Eimer und schleppte ihn über den vereisten Weg davon. Die Frauen blickten ihr nach. Es war so viel von Untergang die Rede gewesen in den letzten Monaten, dass sie nicht mehr viel darauf gaben. Allerdings lag die Sache bei Enne anders.
„Sie soll nach der Pest das zweite Gesicht haben, genauso wie Tonis, unser Schmied. Sie haben es von ihr", flüsterte Lyseke und nickte vielsagend zu Berchte hinüber. Die streckte sich müde, denn die Zwillinge gönnten ihr nicht viel Schlaf in der Nacht, aber sie hatte Lysekes Blick bemerkt.
„Was willst du von mir?", fragte Berchte ärgerlich. „Ich hatte nie das zweite Gesicht und ich weiß auch nicht, ob Lenne oder Tonis es haben. Frag sie doch selber, wenn du es wissen willst!"

Gerd kam wie angekündigt am frühen Nachmittag in das Dorf geritten. Die Männer erwarteten ihn vor dem ‚Ochsen', die Frauen standen vor den Häusern, um

den Grafen einreiten zu sehen. Hoch aufgerichtet saß er auf seinem Pferd. Nur einige seiner Ritter folgten ihm, wie Heimold erleichtert feststellte. Ein Fuhrwerk hatten sie dabei, wie die Kaufleute es benutzten, um ihre Waren zu transportieren. Der Wagen war verhangen, sodass man nicht sehen konnte, was der Graf ins Dorf brachte.
Berchte stand vor der Schmiede, als er kam. Ton hielt sie im Arm, Jan hatte sie sich auf den Rücken gebunden.
Gerd sah kurz zu ihr hin. Er war alt geworden. Sein Gesicht war zerfurcht und grau, als schliefe er nicht. Die Augen, diese unergründlichen Mooraugen, blickten durch sie hindurch. Hatte er sie nicht erkannt? Sie verneigte sich, hob aber gleich wieder den Kopf, denn Hertel ritt gleich hinter ihm. Wie gut er aussah! Wie ein Ritter war er gekleidet. Am Gürtel trug er ein kurzes Schwert. Als er seine Mutter erblickte, ging in seinem Gesicht die Sonne auf. Er ritt zu ihr hin. Der Graf wandte sich kurz zu ihm um.
„Ich wünsche, dass du gleich in den ‚Ochsen' kommst, Hertel", rief er ihm nach. Seine Stimme klang kalt wie Eis. „Später ist noch Zeit genug für andere Dinge!"
Hertel hob nur kurz die Hand zum Zeichen, dass er verstanden hatte. Er zügelte sein Pferd, stieg aber nicht ab. Lächelnd sah er zu Berchte hinunter.
„Mutter. Wie schön, dich zu sehen. Du lebst! Ich hatte große Sorge, dass dich der Schwarze Tod geholt hat wie so viele andere."
Berchte legte ihre Hand auf seine.

„Die gleiche Sorge hatte ich um dich. Gut siehst du aus, Junge. Sieh her, dies sind deine Brüder. Jan und Ton."
Hertel betrachtete sie, dann sah er zur Schmiede hinüber. „Du hast also doch den Schmied geheiratet?"
Berchte nickte.
„Geht es dir gut?"
„Ja. Es geht mir gut. Vieles hat sich verändert hier im Dorf." Hertel beugte sich herunter und streichelte die flaumigen Köpfe seiner Brüder.
„Ich muss jetzt zum Grafen, er wird sonst ungehalten. Später werde ich zu dir kommen, Mutter. Das heißt, wenn Tonis es erlaubt."
„Er wird sich freuen, dich zu sehen, Sohn", sagte sie, „auch er hat sich verändert."

Alle Bauern waren gekommen und saßen nun an dem langen Tisch in der Gaststube. Am Kopfende hatte der Graf mit seinem Gefolge Platz genommen.
„Greift nur kräftig zu!", forderte er die Bauern auf. „Ihr hattet eine schwere Zeit. Die Pest hat euch heimgesucht. Die Ernte war schlecht und die Abgaben an eure vielen Herren, oder die, die sich dafür halten, drücken euch. Ist es so?"
Die Bauern nickten.
„Deswegen bin ich hier. Jetzt wollen wir feiern, denn ich habe euch etwas Wichtiges mitzuteilen."
Die Bauern ließen sich das nicht zweimal sagen. Das Bier floss in Strömen und Heimold schwitzte, da er ständig in den Keller rennen musste, um Nachschub zu holen, während Alma in der Küche einen kräftigen Fleischeintopf rührte. Die letzten Vorräte aus dem

Keller kochten in dem riesigen Grapen. Gerade schimpfte Alma mit Femeke, der jungen Magd. Sie war die älteste Tochter von Eberlin gewesen und hatte als Einzige in der Familie die Pest überlebt. Die Stellmacherei in Norddothlingen war seither ebenso verwaist wie Femeke. Alma hatte das Mädchen zu sich genommen, nachdem Heseke gestorben war.
„Rühren musst du und nicht in der Gegend herumstarren! Wenn uns der Eintopf anbrennt, werfe ich dich selbst in den Kochtopf, du dumme Trine", schimpfte sie, „und jetzt geh und trag auf!"
Femeke wurde rot. Sie hatte in der Schankstube Hertel angestarrt. Es hieß, er sei ein Zauberer wie seine Mutter.
Hertel saß neben Gerd und er hatte ein so schönes Gesicht, dass Femeke nicht anders konnte, als ihn anzusehen. Jetzt sang er auch noch zur Laute. Er sang gut, sodass Femeke dabei das Rühren vergessen hatte. Wer wollte es ihr verdenken. Er sang von den Taten des Grafen. Er wusste, dass Gerd es gern hörte, wenn man seinen Mut und seine Unerschrockenheit pries. Heute jedoch war er ungeduldig und Hertel wusste warum. Der Graf hob Ruhe gebietend die Hände. „Bauern von Norddothlingen, hört mich an!", rief er und blickte um sich.
Die Bauern waren augenblicklich still.
„Es ist lange her, dass ich euch hier an diesem Ort ein Versprechen abgenommen habe. Einige unter euch waren noch nicht einmal geboren! Andere gute Männer sind nicht mehr."
Der Graf hielt inne. Femeke stand wie angewurzelt in der Tür, in jeder Hand hielt sie eine dampfende

Schüssel. Sie starrte den Grafen an. Ihre Blicke trafen sich. Er lächelte, aber seine Augen blieben seltsam kalt.
„Komm nur herein und bring uns das Essen, Mädchen. Hier sind alle hungrig, nicht wahr?“
Er blickte in die Runde. Die Männer nickten.
„Das Letzte, das wir in den Scheunen hatten, ist weggegangen für Abgaben!“, schimpfte Mertin. „Es werden immer mehr.“
Die Männer schlugen mit der Faust auf den Tisch und stimmten Mertin zu. Das Bier auf leerem Magen hatte sie mutig gemacht.
„Jeder dahergelaufene Fürst und Ritter meint, er könne uns auspressen. Und wir müssen hungern! Niemand hat so unter der Pest gelitten wie die Bauern, und nun nehmen sie uns noch den letzten Bissen Brot!“
Femeke hatte ihre Schüsseln abgestellt und eilte mit hochrotem Gesicht zu Alma zurück, um die nächsten Schüsseln zu holen. In der Schankstube ging es jetzt hoch her. Die letzte Schüssel hatte Femeke sich für das Kopfende aufgehoben. Ihre Hände zitterten so sehr, dass sie ein wenig verschüttete, als sie die Schüssel vor Hertel auf den Tisch stellte.
„Verzeiht mir, Herr“, stotterte sie und rannte in die Küche zurück.
Der Graf hatte nichts bemerkt von all dem, denn er hörte den Bauern zu, wie sie sich beklagten über die Landritter, über die Vögte und die Wilshuser, die ihr Vieh weiterhin auf die fetten Hunteweiden trieben. Immer wieder gab es deswegen Streitereien und meistens behielten die Wilshuser die Oberhand.

Der Graf hörte sich alles schweigend an. Schließlich hob er erneut die Hände und die Bauern verstummten.

„Lasst uns nun essen, Bauern, ich lade euch ein. Mit vollem Magen lässt es sich besser beraten, was hier zu tun ist."

Er winkte Heimold herbei, der selbst gerade in der Küche mit dem Holzlöffel in dem Grapen nach Fleischbröckchen fischte.

„Bring uns mehr Bier, Wirt!"

Heimold ließ ärgerlich den Löffel fallen und schlurfte in den Keller.

Als alle satt waren und auch noch ihre Töpfe gefüllt hatten, erhob sich Gerd wieder von seinem Platz.

„Bauern, hört mich an. Ich bin euer Graf und einziger Herr. Ich habe mir eure Klagen angehört. Es ist an mir, euch von diesen unerträglichen Lasten zu befreien, denn ein guter Graf sorgt für seine Untertanen und lässt nicht zu, dass sie hungern. Erst recht nicht meine Norddothlinger!"

Er nahm einen großen Schluck Bier. Die Bauern sahen sich verstohlen an. Solche Worte hatten sie schon zu anderen Gelegenheiten von ihm gehört. Aber ging es ihnen nun besser? Hatte er seine Versprechungen je wahr gemacht?

„Wer sorgt denn dafür, dass sich die Tintenfässer im Land vollfressen können?", fuhr der Graf fort. „Es sind die Bauern! Oder habt ihr je einen Bischof das Feld bestellen sehen? Wer buckelt und kriecht vor den Kaufleuten, diesen Pfeffersäcken, die jeden übers Ohr hauen? Die Stadtleute, allen voran die Wilshuser! Sie

sind es, die die fetten Zölle einstreichen und euch nicht einmal eure Weiden lassen!"
Die Bauern murmelten zustimmend.
„Zu guter Letzt: Wer erfindet immer neue Abgaben für euch und presst euch aus wie einen Weinschlauch? Selbst ernannte Landadelige, von denen niemand je berechtigt war, euch zu beschatzen! Denn dieses Recht, meine Bauern, ist nur mir gegeben, dem Grafen von Oldenburg und Delmenhorst, und nur mir seid ihr verpflichtet! Ihr wärt Narren, wenn ihr an andere außer an mich Abgaben zahltet!"
„Aber was sollen wir denn tun? Sie nehmen uns das Land weg, sie werfen uns in den Schuldturm, wenn wir uns weigern!", riefen die Bauern durcheinander.
„Genau deswegen bin ich jetzt hier, um dem endlich ein Ende zu bereiten."
„Das habt Ihr uns schon einmal versprochen!", rief jemand. Es wurde still im ‚Ochsen'. Gerd stützte sich mit den Händen auf dem Tisch auf und blickte langsam in die Runde. Man sah ihm an, dass er Mühe hatte, seinen Zorn zu zügeln.
„Ich wäre schon eher gekommen, wenn mich nicht andere Geschäfte aufgehalten hätten", sagte er schließlich. „An allen Ecken meines Reiches stehen sie, die Aasgeier, und warten nur darauf, dass ich strauchle, genau wie damals mein Bruder Moritz, der versuchte, mich zu stürzen. Ich habe nicht vergessen, dass ihr mich hier versteckt habt! Ohne euch, Bauern von Norddothlingen, wäre ich längst ein toter Mann. Ihr seid die Einzigen, die treu zu mir stehen! Darauf lasst uns trinken!"

Er hob seinen Becher. Zögernd und eher widerwillig taten es die Bauern ihm nach.
„Auf Norddothlingen!“, rief der Graf.
„Auf den Grafen, auf unseren einzigen Herrn!“, riefen die Bauern pflichtschuldig. Sie prosteten sich zu.
Gerd wischte sich den Schaum vom Bart.
„So ist es recht, Bauern, trinkt mit mir und denkt daran: Nur mir seid ihr verpflichtet! Nie mehr soll ein Bauer in einer meiner Grafschaften hungern müssen! Nicht, solange ich hier regiere!“
Gerd hob abermals den Becher. Die Bauern starrten ihn an. Worauf wollte er hinaus?
„Bring mehr Bier, Wirt!“, brüllte Gerd in die Küche, wo Heimold die Reste aus den Grapen kratzte.
Als die Becher wieder gefüllt waren, gab Gerd seinen Rittern ein Zeichen. Sie gingen allesamt vor die Tür.
„Dürfen wohl mal pinkeln gehen“, lallte Bero und kicherte, „ich muss auch mal.“
Er erhob sich schwankend.
„Setz dich wieder hin!“, befahl Gerd.
Die Männer des Grafen kamen wieder herein, die Arme voll mit Pökelfleisch, Salzfässern, geräucherten Fischen, Stoffen, Wolle und echten Wachskerzen. Sie legten alles auf den Tisch und setzten sich wieder. Die Bauern staunten die Sachen an, die vor ihnen ausgebreitet lagen. Der Graf lächelte und machte eine ausladende Geste.
„Draußen steht ein Wagen, der voll ist mit diesen Dingen. Es wird wohl für den Winter reichen. Das alles gehört euch, Bauern.“
Niemand sagte etwas. Sie starrten nur auf den Tisch, der aussah wie ein Marktstand zum Ulrichstag in

Wilshusen. Andirke erhob sich. Auch er schwankte ein wenig und hielt sich am Tisch fest.
„Seid bedankt, Herr, für eure Großzügigkeit."
Er wollte noch etwas sagen, verhedderte sich aber in seinen eigenen Worten, die nicht über die schwere Zunge wollten. Er ließ sich schwerfällig auf die Bank zurückfallen.
„Dankt mir nicht, Bauern. Ich habe euch zu danken! Allerdings ist da noch etwas, das ich mit euch bereden muss."
Er blickte in die Runde.
„Jetzt lässt er die Katze aus dem Sack", flüsterte Tonis Mertin zu. Der machte eine unwillige Geste.
„Was tun wir mit denen, die unsere gemeinsamen Feinde sind? Was machen wir mit den selbst ernannten Fürsten, mit den Bischöfen, mit den abtrünnigen Adeligen, damit sie euch nicht mehr das letzte Hemd stehlen und mir mein Reich?"
Einen Moment lang schwiegen alle. Dann stand Mertin auf. „Wir fegen sie weg wie einen Schwarm lästiger Schmeißfliegen!", rief er. „Wir zerstampfen sie! Sie sollen statt unser hungern! Die Pest soll sie alle holen!"
Zögernd standen weitere Bauern auf. „Mertin hat recht!", riefen sie. Tonis saß da und schüttelte den Kopf.
Gerd nickte seinen Rittern zu, die setzten sich an das andere Kopfende und breiteten mehrere Bögen Pergament vor sich aus.
„Wenn wir uns also einig sind, dann werde ich euch anführen gegen unsere gemeinsamen Feinde. Gemeinsam fegen wir sie hinweg mit dem eisernen Besen. Wollt ihr das?"

„Ja, wir wollen es! Wir gehen mit Euch!“, schrien die Bauern.
Gerd lächelte voller Ingrimm.
„So sei es denn“, rief er. „Viele Bauern in anderen Kirchspielen haben sich mir schon angeschlossen. Jetzt seid ihr dran. Geht zu meinen Rittern und lasst euch eintragen in die Söldnerliste.“
Alle standen auf und wankten zu den Rittern, um ihr Zeichen auf die Liste zu setzen. Hertel nahm die Laute und begann, ein Lied zu singen, das von Kampf, Ruhm und Ehre erzählte. Nur einer war nicht aufgestanden, um sich einzutragen. Tonis saß da wie versteinert und starrte in seinen vollen Becher.
„Was ist mit dir?“, fragte Gerd, „willst du nicht mit mir kämpfen?“
Tonis sah ihn verständnislos an. „Nein, Herr, ich will nicht. Ich gehe mit keinem Grafen mehr.“
Gerd sah ihn schweigend an. „Und warum nicht?“, fragte er endlich scharf. „Bist du ein Feigling oder stehst du am Ende auf der Seite unserer gemeinsamen Feinde?“
„Weder noch, Herr. Ich zog mit Eurem Bruder Moritz gegen die Welsburg und gegen Euch, träumte vom Sieg und von besseren Zeiten. Ich ließ mich verblenden. Als ich wiederkam, war ich meiner Ehre beraubt und die Frau, die ich liebte, verachtete mich.“
Gerd schlug mit der Faust auf den Tisch. Die Ritter und Bauern sahen zu ihm und Tonis hinüber, und die Eintragung der Bauern stockte.
„Wenn du ein Freund meines Bruders warst“, schrie Gerd den Schmied an, „dann bist du mein Feind,

Mann! Wie heißt du? Und von welcher Frau sprichst du?“

„Ich bin Tonis, der Schmied, Herr. Die Frau, von der ich spreche, ist Berchte, die Mutter Eures Sohnes, der neben Euch sitzt, die Mutter von Moritz' toter Tochter, die er zeugte, als er Berchte nach Eurer Flucht schändete, und die Mutter meiner Söhne.“

Es wurde totenstill in der Gaststube. Alle blickten auf den Grafen, auf Hertel, der aufgehört hatte zu singen, und auf Tonis, der immer noch am Tisch saß, den leeren Becher in der Hand. Gerd starrte ihn an. Die Schatten unter seinen Augen vertieften sich.

„Du hast sie also zum Eheweib genommen?“

Tonis nickte nur.

„Nun. Es ehrt dich. Dennoch verstehe ich nicht, warum du dich weigerst, mit mir zu gehen, Schmied!“

Tonis richtete sich auf und sah dem Grafen ins Gesicht. „Ich werde sie nicht schutzlos im Dorf zurücklassen mit meinen beiden Söhnen. Sie hat mir das Leben gerettet und sie hat mir meinen Seelenfrieden zurückgegeben. Ich liebe sie.“

Gerd starrte ihn immer noch fassungslos an. Dann brach er in Gelächter aus. „Du bleibst also am Rockzipfel deiner Frau, weil es dort friedlicher ist? Was bist du für eine Memme, Schmied! In der Tat, einen solchen Mann kann ich nicht in meinem Heer gebrauchen. Geh nach Hause und heul dich aus am Busen deiner Frau!“

Tonis erhob sich langsam. Er sah auf und in seinen Augen glühte der alte Jähzorn.

„Hat sie nicht Euch ebenfalls das Leben gerettet, Herr?“, fragte er leise. „Wie habt Ihr es ihr gedankt?

Ihr ließet sie allein und Euer Bruder kam und schändete sie. Ist das Eure Dankbarkeit? Was tut Ihr mit uns, wenn Ihr uns nicht mehr braucht? Werdet Ihr uns ebenfalls unserem Schicksal überlassen, wie Ihr es mit allen Euren Freunden tut, wenn sie Euch nicht mehr dienlich sind?“

„Wie kannst du es wagen, so mit mir zu reden!“

Gerd zog sein Schwert. Hertel sprang auf und lief über den Tisch zum Grafen hin.

„Haltet ein, Herr, denkt an die Sache! Er ist es nicht wert!“

Doch Gerd hörte ihn nicht. Niemand wagte es, sich ihm in den Weg zu stellen, als er auf Tonis losstürmte. Der Schmied wich zurück, doch er hatte die Wand im Rücken und kam nicht weit. Gerd hob sein Schwert und rammte es dem Schmied tief in den Leib. Femeke, die alles von der Küche aus beobachtet hatte, schrie auf. Tonis stöhnte, fiel aber nicht, denn das Schwert war durch ihn hindurchgefahren und hatte ihn an einem Holzbalken in seinem Rücken aufgespießt.

„Geht nicht mit ihm, Bauern“, keuchte er, „er ist ein Betrüger wie sein Bruder!“ Dann sank er vornüber. Blut quoll ihm aus Mund und Nase und tropfte auf den Boden.

Der Graf war weiß vor Zorn. Er zog mit Gewalt das Schwert aus dem Balken und aus Tonis' Leib heraus. Wie erstarrt sahen ihm die Bauern dabei zu. Zwei von Gerds Rittern standen schweigend auf und zogen den Leichnam an den Armen aus der Schankstube. Auf dem Boden blieb eine breite Blutspur zurück. Aus der

geöffneten Tür zog ein Schwall eisiger Luft in den Gastraum und ließ die Bauern erschaudern. Die Ritter warfen den Schmied auf den Misthaufen. Beros Hund kam gelaufen und schnupperte an ihm.
Die Ritter kamen wieder herein und schlossen die Tür. Mit verschränkten Armen blieben sie davor stehen.

„Hast du Branntwein, Wirt?“, rief Gerd und kehrte an seinen Platz am Tisch zurück, als sei nichts gewesen. Die Bauern rührten sich immer noch nicht. Heimold nickte nur und eilte wieder in den Keller.
„Sing ein Lied, Zwerg!“, raunzte er Hertel an. „Was ist hier plötzlich für eine trübe Stimmung! Was glotzt ihr denn so, Bauern! Unterschreibt! Oder soll ich mit euch machen, was ich mit dem Schmied getan habe? Seid ihr ebensolche Verräter wie er, Bauern von Norddothlingen?“
Heimold stellte eine Tonflasche vor den Grafen und einen neuen Becher. Gerd nahm einen gierigen Schluck. Die Bauern standen am Tisch wie erstarrt.
„Was glotzt ihr mich so an!“, schrie Gerd und schlug sein blutiges Schwert, das er immer noch in der Hand hielt, auf den Tisch. Mehrere Becher gingen zu Bruch. Holzsplitter spritzten zur Seite. Der Tisch hatte eine tiefe Kerbe.
„Unterschreibt!“
Die Bauern rührten sich nicht. Die Ritter packten sie schließlich einer nach dem anderen und zwangen sie, ihr Zeichen auf das Pergament zu setzen. Niemand wagte noch, Widerstand zu leisten. Die Begeisterung war dem Entsetzen gewichen.

Wiedersehen

Jan und Ton schliefen wieder, nachdem sie ihre nächtliche Milch bekommen hatten. Tonis' Lager war leer. Ein flaues Gefühl überkam Berchte, aber sie schob es beiseite. ‚Sie werden mit dem Grafen zechen bis zum frühen Morgen', dachte sie und kroch unter ihre Decke. Sie fror. Ein Rest Glut leuchtete unter der Feuerstülpe wie ein glühendes Auge. Sie konnte nicht schlafen. Als sie endlich in einen leichten Dämmerschlaf sank, träumte sie wirr. Gerd stand auf dem Hof neben dem Kreuz, das Tonis für Katrin und ihre Tochter aufgestellt hatte. Er kehrte ihr den Rücken zu. Sie stand in der Tür und rief ihn. Er drehte sich um. Sein Gesicht glich einem Totenschädel. In seinen Augenhöhlen lagen glühende Kohlen. Er lachte hässlich und schlug mit einem blutigen Schwert auf das Eisenkreuz. Von dem Hämmern wurde Berchte wach. Jemand klopfte an die Tür.

„Tonis?"

Es klopfte wieder, diesmal heftiger. Vielleicht war es Hertel, der da vor der Tür stand, vielleicht hatte Tonis wieder zu viel getrunken? Sie stand schnell auf, zündete die Laterne an, warf sich ein Tuch über die Schultern und ging zur Tür. Da war etwas, das sie zittern ließ, und es kam nicht von dem Traum oder der Kälte. Etwas stimmte nicht. Sie öffnete langsam.

Der Mond schien hell in dieser Nacht. Sie erkannte sofort, dass er tot war. Andirke und Poppe trugen Tonis ins Haus.

„Schließ die Tür, schnell!", flüsterte Andirke. „Niemand darf uns sehen!"

Berchte gab keinen Laut von sich. Es war, als ob alles Blut in ihren Adern auf einen Schlag gefroren wäre.
„Legt ihn auf den Tisch. Ich will meinen Mann waschen“, sagte sie nur.
„Mutter!“
Berchte drehte sich um. Hertel stand da. Er war mit hineingekommen, ohne dass Berchte ihn bemerkt hatte.
„Wer hat das getan?“, fragte sie tonlos.
„Gerd war es. Tonis hat ihn gereizt.“
Sie wandte sich wieder Tonis zu, dessen weißes Gesicht im Schein der Laterne aussah, als sei es aus Schnee gemacht.
„Der Graf wünscht dich zu sehen“, sagte Hertel, „du sollst zu ihm auf die Welsburg kommen.“
Berchte fuhr herum und starrte ihren Sohn an.
„Wie kann er es jetzt noch wagen, nach mir zu rufen? Sag ihm, ich werde nicht kommen. Er hat meinen Mann getötet!“
„Ja“, flüsterte Hertel.
„Hol mir Wasser, Hertel, und schür das Feuer.“
„Mutter!“
Hertel nahm ihre Hand.
„Er ist nicht bei Sinnen. Es wird immer schlimmer mit ihm. Er wird hier alles kurz und klein schlagen, wenn du nicht kommst! Niemand außer dir kann ihm jetzt noch helfen.“
Berchte lächelte traurig.
„Was gehen mich seine Dämonen jetzt noch an? Sag ihm, er soll in ein Kloster gehen. Dort traut sich der Teufel nur selten hin, habe ich gehört.“

„Berchte, hör auf deinen Sohn, bitte!“, flüsterte Andirke. „Denk an das Dorf! Denk an uns! Du kannst uns nicht mit einem tollwütigen Hund in den Krieg ziehen lassen. Wir werden alle sterben!“
Berchte hatte nicht zugehört. Sie strich Tonis das verklebte Haar aus dem Gesicht.
„Andirke hat recht, Mutter! Er ist ... besessen. Und es wird immer schlimmer! Er setzt das ganze Land in Brand!“
Berchte sah die Männer an.
„Warum kommt ihr dann zu mir? Warum weigert ihr euch nicht, mit ihm zu gehen, sondern rennt ihm alle nach? Weil er so freizügig mit dem Bier ist? Weil er gerne mit den Bauern säuft? Ist es das?“
„Was sollen wir denn tun, Berchte? Er wird uns alle hier auf der Stelle erschlagen. Wie Tonis, der sich ihm entgegengestellt hat. Das hat er nun davon!“
Berchte lachte traurig. „Feige seid ihr, alle miteinander! Tonis war der Einzige, der den Grafen durchschaut hat, von Anfang an. Wie schäme ich mich, dass ich ihn dafür verachtet habe, denn ich war wie ihr alle verblendet von seiner Erscheinung, von seinen Versprechungen, seiner angeblichen Freundschaft zu den Bauern. Dabei ging es ihm immer nur um eines: Macht. Dafür ist ihm jedes Mittel recht. Sein Dämon ist die Machtgier! Seht ihr das denn nicht?“
„Er hat immer wieder gesagt, dass er uns von den vielen Abgaben befreien will. Er will uns selbst beschatzen, wenn er erst das Land allein regiert. Kein Fürst hat sich je darum gekümmert, wie es uns Bauern geht! Er ist eine Hoffnung, Berchte, unterschätz das nicht.“

„Gerade du müsstest doch wissen, dass das nichts als leere Versprechungen sind, Andirke. Wann hat der Graf je sein Wort gehalten?“
Andirke zuckte unglücklich mit den Achseln. Berchte wandte sich wieder ihrem toten Mann zu und begann, ihm das blutige Hemd auszuziehen.
„Ich hätte dir mehr Weisheit zugetraut, tom Stapel. Der Graf hat dich am Ende genauso verblendet wie mich.“
„Hat er nicht! Aber ich sehe, was die Bauern an ihm lieben!“
Hertel nahm Berchtes Hand. „Mutter, bitte, sprich wenigstens mit ihm. Ihr standet euch doch nahe. Er ist mein Vater!“
„Mein Platz ist hier, Sohn. Du musst dich entscheiden, wo deiner ist. Ich gehe nicht zum Grafen. Nie wieder. Und jetzt lasst mich allein. Alle. Ich habe zu tun.“

Krieg

Gerd brach am nächsten Morgen in aller Frühe mit den Bauern von Norddothlingen auf. Hertel ritt neben ihm. Sie schlugen den Weg zur Welsburg ein, wo die Bauern bewaffnet werden sollten. Wer ein Pferd hatte, führte es mit sich. Die Frauen standen bei ihren Männern. Manche weinten, andere schüttelten nur stumm die Köpfe. Die Kinder starrten ihre Väter mit großen Augen an.
Einer der Ritter rief die Bauern mit ihren Namen auf. Einige waren nicht gekommen. Gerd schickte seine Leute los, um sie in ihren Häusern zu suchen. Sie zerrten ohne Erbarmen die schreienden Frauen und Kinder heraus. Die vermissten Männer fanden sie nicht.
„Bindet die Frauen der Geflohenen und nehmt sie mit auf die Burg! Wir können dort noch Mägde gebrauchen", befahl der Graf, „ihre Männer werden dann schon folgen."
Aus dem Wald kamen sie dann gelaufen, drei Bauern. Sie warfen sich vor dem Grafen auf den Boden.
„Vergebt uns, lasst unsere Frauen gehen, wir sind ja hier!"
Gerd sah spöttisch auf sie nieder.
„Bindet die auch! Im Kerker ist noch Platz genug für ein paar eidbrüchige Bauern. Los jetzt!"
Ohne sich noch einmal umzudrehen, ritt der Graf voran, gefolgt von Hertel. Ein trauriger Zug Bauern stolperte ihm nach. Den Schluss bildeten Gerds schweigende Ritter. Niemand wagte, aus der Reihe zu treten.

Die Frauen und Kinder blieben zurück bei dem Wagen mit der gestohlenen Handelsware, die Gerd ihnen geschenkt hatte als Bezahlung für ihre Männer. Alle hatte er mitgenommen, selbst Heimold hatten die Ritter am Morgen von seinem Lager gezerrt.
Als der letzte Mann hinter den Bäumen verschwunden war, ging Alma in den ‚Ochsen' und kam mit einer brennenden Fackel wieder heraus. Vor den Augen der Frauen warf sie sie auf den Wagen, der sogleich in Flammen aufging. Niemand schritt ein.

Die Welsburg war fast zu klein für die vielen Menschen. Bauern aus allen umliegenden Dörfern drängelten sich im Vorwerk oder lagerten im Wald. Die Ställe waren besetzt mit Pferden und anderem Vieh. Es herrschte ein Treiben wie vor der Alexanderkirche in Wilshusen am Kirchweihtag, nur dass mehr geflucht als gebetet wurde.
„Da kommt noch mehr Kanonenfutter!", rief jemand, als die Norddothlinger Bauern in die Burg einzogen. Der Graf hob die Hand zum Zeichen, dass der Zug hier haltmachen sollte. Er wendete sein Pferd.
„Sucht euch jetzt einen Lagerplatz!", rief er den Bauern zu. Seinen Rittern befahl er: „Bringt die Gefangenen in den Kerker. Die Frauen bringt zu den Mägden, sie sollen ihnen eine Arbeit zuweisen."
Eine der gefangenen Frauen kam nach vorn und flehte den Grafen an: „Bitte, Herr, lasst uns frei. Reicht es nicht, dass Ihr unsere Männer habt?"
„Das hätten sich eure Männer überlegen sollen, bevor sie sich vor mir versteckten. Ich bin nur meinen Freunden ein Freund."

„Wir müssen zurück in unser Dorf, Herr! Was wird aus unseren Höfen? Das Vieh muss gefüttert werden! Was wird aus unseren Kindern hier?“
„Bringt die Frau zu den Latrinen, dort soll sie Dienst tun!“, sagte Gerd ungerührt und wandte sich ab. Ein Knecht packte die Frau. Er lachte, als sie zu schreien begann, und zerrte sie an den Haaren über den Hof. Ihre Kinder liefen weinend hinterher.
Hertel ritt neben Gerd in den Burghof.
„Lasst Gnade walten mit der Frau! Ich bitte Euch. Die Bauern lieben Euch für Euren Großmut, nicht für Eure Strenge.“
„Widersprichst du mir auch, Kerl?“, schrie Gerd wütend. Hertel duckte sich. Er hatte schon öfter erlebt, dass der Graf zuschlug, wenn er außer sich war. Seit er sich mit seinem geliebten Bruder Christian zerstritten hatte, wurde er noch unberechenbarer.
„Verzeiht. Es stand mir nicht zu“, beschwichtigte Hertel und blieb hinter dem Grafen zurück.

Im Burghof stiegen sie schweigend von ihren Pferden. Ein Pferdeknecht kam und führte die Tiere fort. Gerd machte einige Schritte, blieb dann aber stehen. Hertel fiel auf, dass er stark humpelte, und wollte ihm zu Hilfe eilen.
„Was ist mit Euch, Herr?“
Gerd schob Hertel mit einer rüden Handbewegung von sich. Sein Gesicht war schmerzverzerrt. Er knirschte hörbar mit den Zähnen, machte einen Schritt und knickte ein. Hertel versuchte, den Grafen aufzufangen, aber er war zu groß und zu schwer, als dass er

ihn hätte halten können. Sie fielen beide auf das Pflaster.
„Verfluchtes Bein!“, stöhnte Gerd und kam mühsam wieder hoch. Hertel rappelte sich auf und half dem Grafen so gut es ging auf die Beine. Weitere Menschen eilten heran, um den Grafen zu stützen.
„Lasst mich! Ich bin kein gebrechlicher Greis!“, raunzte er sie alle an und wankte in das Herrenhaus hinein. Hertel folgte ihm. Gerd schrie wütend nach der Köchin. Sanne steckte ihren Kopf aus der Küche.
„Ich habe Hunger! Und holt mir von dem Bremer Bier aus dem Keller!“, blaffte er sie an.
Sanne nickte und verschwand wieder in ihr Reich. Hertel hörte, wie sie das Küchenmädchen anschrie, sie solle sich beeilen.

Am Abend saß Gerd am Tisch und brütete dumpf vor sich hin. Im Kamin knackten die brennenden Holzscheite. Es war kalt geworden, auch im Saal wurde es trotz des Feuers nicht warm, denn der eisige Ostwind drang durch alle Ritzen. Gerd schien es nicht zu merken. Er hatte viel getrunken, das Essen aber kaum angerührt. Hertel beobachtete ihn, während er am Kamin saß und leise auf der Laute spielte. Hauptmann Endres und einige Ritter saßen ebenso schweigend am Tisch wie der Graf.
Gerade war der Bote aus Wilshusen zurückgekommen, der den Brief des Grafen an Bürgermeister Duvel abgeliefert hatte.
„Ich kam zu spät. Sie sind alle tot, Herr“, berichtete er, „hingerichtet mit dem Schwert. Der Marktplatz schwamm im Blut Eurer Knechte.“

„Was ist mit dem Jungen? Haben sie den Jungen auch hingerichtet?“
„Ja, Herr, auch den Jungen.“
Hertel wusste, dass der Junge, nach dem er gefragt hatte, einer seiner Bastarde war. Gerd hob den Kopf. Sein Gesicht war wutverzerrt.
„Das werden sie mir büßen! Ich hätte große Lust, gleich gegen die Wilshuser zu ziehen! Ich werde sie zerquetschen wie lästige Flöhe!“
Hauptmann Endres stand zögernd auf.
„Herr, wenn ich etwas dazu sagen darf: Jetzt gegen die Wilshuser zu ziehen, wäre unklug. Wir brauchen jeden Mann für den Feldzug gegen die Holsteiner und Schleswiger Ritter, die sich gegen Euch erhoben haben. Zu viele haben sich schon auf die Seite Eures Bruders, des Königs von Dänemark, geschlagen. Jede Verzögerung, jeder Verlust von Männern und Waffen wäre jetzt ein Fehler!“
„Und dennoch müssen sie bestraft werden!“, knurrte Gerd. „Wenn ich erst Herr über den ganzen Norden bin, wenn Christian und der ganze abtrünnige Adel verreckt sind, dann sind die Städte dran. Die Wilshuser stehen an erster Stelle!“
Er trank einen kräftigen Schluck und knallte den Becher auf den Tisch.
„Mehr Bier!“

„Wenigstens müssen wir nicht unter freiem Himmel schlafen“, seufzte Andirke und ließ das Sackleinen wieder über die Fensteröffnung fallen. Die ganze Nacht hatte es geschneit. Jetzt, am frühen Morgen, hörte es

langsam auf, aber die Kälte zog ihnen durch alle Glieder.
Die Männer wärmten ihre erstarrten Hände über einem Feuer, das sie entzündet hatten. Sie waren in einen Stall gleich neben den Schweinen einquartiert worden. Frisches Stroh hatte man ihnen gegeben und jeden Tag gab es eine warme Suppe oder Grütze und Brot. Hungern mussten sie nicht. Dieses Versprechen schien der Graf halten zu wollen. Es hinterließ jedoch einen bitteren Nachgeschmack, dass er einige in den Kerker gesperrt und ihre Frauen mit auf die Burg geschleppt hatte.
„Er zieht in den Krieg. Da kann er nicht zimperlich sein“, bemerkte Mertin ohne Überzeugung. Er schob einen Kiesel über das Spielbrett, das sie sich gebaut hatten, um sich ein wenig die Zeit zu vertreiben. Seit drei Tagen lungerten sie nun schon auf der Welsburg herum und bisher war nichts weiter geschehen, als dass ein Hauptmann sie in Augenschein genommen hatte. Auf die Frage, wann es losginge, hatte er ihnen die vage Antwort gegeben: „Bald.“
„Er soll auf allen seinen Burgen die Bauern versammelt haben. Viele Tausend sollen es sein.“ Vor Mertins Mund bildeten sich Wolken, wenn er sprach, so kalt war es in dem Schuppen. Heimold lachte auf.
„Du meinst, der Graf glaubt wirklich, dass er mit einem Haufen Bauern gegen schwer bewaffnete Ritter zu Felde ziehen kann? Schaut uns doch an! Mistforken und Messer, das ist alles, was wir zu bieten haben!“
„Er will uns Waffen geben.“

„Wo hat man je gehört, dass ein Graf seinen Bauern Waffen gibt für einen Krieg?“
„Der Graf ist ein Freund der Bauern. Er wird sein Wort halten.“
„Hat man dir als Kind zu oft auf den Kopf geschlagen, dass du immer noch daran glaubst, Mertin?“
Der Dorfälteste sprang auf, packte Heimold am Kragen und schüttelte ihn. „Vielleicht stehe ich nur treu zu unserem Herrn, der zu uns Bauern hält, wie es kein Fürst bisher getan hat! Du vermisst nur das fette Essen und das Bier aus deinem ‚Ochsen‘!“
Heimold schlug Mertins Hände weg. „Ja, Mertin, ich vermisse es! Und ich vermisse meine Frau und das Dorf, das jetzt schutzlos ist, während Gerd uns demnächst an seine Feinde verfüttert. Ich bin herumgegangen in den letzten Tagen und habe mit den anderen Bauern gesprochen. Sie sagen, dass sich fast alle Fürsten gegen Gerd zusammengetan haben. Sie haben einen Bund geschlossen und sie stehen unter dem Schutz von Christian! Gerd hat nur noch uns Bauern! Er ist allein!“

Von draußen drang Lärm in den Stall. Befehle wurden gebrüllt, Männer riefen, Pferdehufe klapperten über das Pflaster. Einer von Gerds Knechten kam in den Stall.
„Es geht los! Versammelt euch auf dem Burghof!“
Schweigend sahen sie sich an. Es war gut, dass es endlich losging, denn Flucht war nicht möglich und das Warten auf einen Krieg war fast schlimmer als der Krieg selber. Sie rappelten sich auf, packten ihre wenigen Sachen zusammen und löschten bedauernd

das Feuer. Wann würden sie sich wieder die Hände wärmen können? Wer von ihnen würde überleben, wer auf dem Schlachtfeld sterben? Wann würden sie ihre Familien wiedersehen und das Dorf an der Hunte? Niemand sah auf, denn keiner wollte die eigenen Gedanken in den Augen des Nachbarn lesen. Schweigend traten sie in die eiskalte Luft.
Auf dem Hof herrschte reges Treiben. Kessel mit Grütze dampften in die Kälte hinein. Die Bauern stellten sich an. Jeder bekam einen Schlag in eine Holzschüssel.
In einer Ecke lehnten Spieße an der Wand und Knechte schleppten immer mehr heran. Schließlich ritt der Hauptmann auf den Hof.
„Hört mich an, Männer!", rief Endres.
Augenblicklich verstummten alle.
„Heute zieht der Graf mit uns allen in den Krieg gegen die Fürsten, die sich gegen ihn auflehnen. Jeder von euch nimmt sich einen Spieß. Wer ein Pferd hat, hole es jetzt und mache sich bereit! Wir brechen auf!"

Als der Graf schließlich in den Vorhof ritt, lag eine gespannte Erwartung in der Luft. Alle schauten auf ihn, wie er dasaß auf seinem Pferd. Hinter ihm ritt der Zwerg, der ihm folgte wie ein Schatten. Prächtig sah der Graf aus in seiner Rüstung, aber auch grausam mit seinem zerfurchten Gesicht, aus dem die düsteren Augen hervorstachen. Er ließ seinen Blick in die Runde schweifen.
„Meine getreuen Bauern", brach er schließlich das Schweigen, „wir ziehen heute gemeinsam in den Krieg. Ich löse mein Versprechen ein, so wie ich von

euch verlange, eures einzulösen. Wir wollen gemeinsam kämpfen für ein Reich, in dem ihr mit euren Familien leben könnt von dem, was eure Hände schaffen! Ein Reich, in dem nicht jeder dahergelaufene Fürst, jeder betrügerische Kaufmann, jeder Stadtbüttel euch schröpfen kann!"
Die Bauern standen zitternd in der Kälte und hörten ihm schweigend zu.
„Viele haben sich gegen mich gewandt! Sogar mein Bruder, der König von Dänemark! Sie alle sind meine Feinde, denn sie wollen mir das, was mir zusteht, streitig machen! Schleswig und Holstein sind mein, und ihr sollt mir helfen, sie zurückzuholen. Ich will ein Reich schaffen, in dem es euch gut geht!"
Andirke sah sich verstohlen um. Nicht alle stimmten in das Geschrei ein, das jetzt anhob. Sein Blick fiel auf Heimold, der den Kopf gesenkt hatte und betete.

Winter in Norddothlingen

Das Dorf lag da wie ausgestorben. Schmutziger Schnee lag auf den Wegen und Hausdächern. Aus wenigen Häusern schlängelte sich dünner Rauch durch das Abzugsloch im Giebel in die kalte Winterluft, sonst wies nichts darauf hin, dass hier noch Menschen lebten. Die meisten Häuser standen leer, die Türen waren herausgerissen, in den Dächern klafften Löcher.

Berchte saß am Feuer, dem einzigen halbwegs warmen Ort im Haus. Sie hatte ihre Füße ganz nah ans Feuer gestellt, um sie zu wärmen. Die Zwillinge lagen dick eingepackt in der Wiege und schliefen. Ganz rote Näschen hatten sie von der Kälte. Das Herdfeuer rußte und biss in Augen und Lunge, denn das Feuerholz war feucht. Berchte hatte es im Wald aufgesammelt, weil sie kein anderes Holz mehr hatte.

Sie zog die Wiege vom Feuer fort, weiter in die Diele hinein, wo die Luft zwar kälter, aber frischer war. Eine magere Kuh und die Ziege, die Tonis für die Zwillinge besorgt hatte, standen da und glotzten sie an. Sie kauten auf den Resten des Heus und auf getrocknetem Laub vom vergangenen Herbst. Viel war nach dem langen Winter nicht übrig geblieben, aber noch gaben die Tiere Milch. Die zweite Kuh und die Schweine hatte Berchte an durchreisende Händler gegen ein paar Scheffel Gerste und Roggen verkauft. Hin und wieder kamen sie noch ins Dorf, um im ‚Ochsen' zu rasten und die Pferde beschlagen zu lassen. Wie sollten sie auch wissen, dass es hier keinen Wirt

und keinen Schmied mehr gab und das Dorf fast verlassen war.
Wenn nur der Frost weichen würde! Es war Ende März, das Osterfest lag vor ihnen, aber der Winter hatte die Geest fest im Griff.
Berchte zog ihr Schultertuch enger um sich. Sie wusste schon nicht mehr, wie sich warme Hände und Füße anfühlten. Sehnsüchtig dachte sie an die Zeit, als Tonis in der Schmiede gearbeitet hatte. Wie oft hatte sie bei ihm gesessen an kalten Tagen. Am Schmiedefeuer war es immer warm gewesen, so warm, dass sie ihr Schultertuch ablegen konnte.
Die Frauen im Dorf teilten alles, nachdem ihre Männer in den Krieg gezogen waren. Berchte gab fast das ganze Holz aus der Schmiede her. Dennoch starben viele Kinder und Greise in diesem Winter und manche Frau bedauerte, dass das Fuhrwerk verbrannt war. Der Hunger fragte nicht danach, woher das Brot kam, ob es gestohlen oder ehrlich erworben war.
Einige Frauen waren mit ihren Kindern nach Kirchdothlingen oder Wilshusen gegangen, wo sie eine Stellung als Dienstmagd angenommen hatten. Wie sollten sie ohne ihre Männer sonst überleben? Wer wusste schon, ob sie überhaupt je zurückkamen? Seit Monaten hatten sie nichts von ihnen gehört.
Ein Viehtreiber aus Holstein hatte erzählt, dass Gerd bei Segeberg von seinem eigenen Bruder gefangen genommen worden war. Das konnte nichts Gutes bedeuten. Vielleicht waren ihre Männer ja alle tot und sie waren endgültig auf sich selbst gestellt. Es schien, als habe auch Gott das Dorf verlassen. ‚Er hat es ohnehin nie besonders geliebt', dachte Berchte.

Jan begann leise zu wimmern. Berchte sah in die Wiege, er streckte ihr die Ärmchen entgegen. Sie nahm ihn hoch und wickelte ihn in ihr Schultertuch. Er war unruhig seit einigen Tagen und fieberte leicht. Jetzt stopfte er sich sein Fäustchen in den Mund und kaute sabbernd darauf herum. Es waren wohl die Zähne, die durchbrachen. Berchte setzte sich mit ihrem Sohn ans Feuer und summte ein Lied. Jan beruhigte sich.

Da wurde die Tür mit Gewalt aufgestoßen. Ein Schwall kalter Luft wehte herein. Berchte zog schützend das Tuch über Jans Kopf. Er begann zu weinen. In der Tür stand eine Frau. Es war Alma.

„Sie sind zurück, Berchte“, stieß sie hervor, dann war sie auch schon wieder verschwunden.

Die Heimkehr

Die meisten Frauen waren schon auf dem Platz vor dem ‚Ochsen' zusammengelaufen und umringten die heimgekehrten Männer. Sie sahen erbärmlich aus.
Nicht alle waren zurück. Andirkes Knecht Poppe und der Bauer Jörg fehlten. Ihre Pferde hatten sie unterwegs gegen Brot und Pökelfleisch eingetauscht.
„Kommt herein und steht nicht in der Kälte!", rief Alma aufgeregt. Sie lachte und weinte gleichzeitig.
„Heimold, geh in den Keller und hol Bier! Wir haben etwas zu feiern!"
Heimold grinste.
„Geh in den Keller und hol Bier. Wie sehr habe ich diesen Befehl vermisst, vor allem, wenn er von dir kommt!" Er kniff Alma in den Hintern und grinste noch breiter. Alma stellte fest, dass ihr Mann fremd aussah. Ihm fehlten vorn alle Schneidezähne. Auch seinen Bauch hatte er verloren. Heimold war kaum wiederzuerkennen.
„Mann, wo hast du deine Zähne gelassen?", fragte Alma entsetzt.
„Die Zähne? Ach!", er machte eine wegwerfende Geste. „Ein friesischer Edelmann fand sie so schön, dass ich sie ihm geschenkt habe."

Femeke stand in der Küche und bewachte die dünne Kohlsuppe, die im Grapen dampfte. Mehr hatte selbst der ‚Ochse' nicht zu bieten in dieser Zeit. Alle anderen saßen am Tisch. Ein Gespräch wollte nicht recht in Gang kommen. Zu erschöpft waren sie alle. Als jedoch

Heimold tatsächlich mit einem Fässchen auf der Schulter aus dem Keller kam, brach ein befreiendes Gelächter los, denn es war fast wie vordem.
„Wo hattest du das Fass versteckt?“, fragte Andirke.
„In einer Nische. Es ist gutes Bremer Bier. Ich hatte es, das muss ich zugeben, für mich selbst aufbewahrt.“
Alma knuffte ihn in die Seite. „Das ist der Mann, den ich kenne. Femeke, bring die Suppe und setz dich zu uns. Wir wollen alle feiern. Alle!“
„Alle? Was ist mit den Frauen, die fortgegangen sind?“, fragte Andirke.
„Die holen wir zurück. Jetzt wird alles gut.“
Femeke stellte die dampfende Suppenschüssel auf den Tisch und Alma teilte aus. Berchte saß in einer Ecke, Jan und Ton krabbelten auf dem Boden herum.
Sie sah sich in der Gaststube um. Viele waren sie nicht mehr. Der lange Tisch war nicht einmal zur Hälfte besetzt. Sie erinnerte sich, wie voll es hier gewesen war, als Gerd das erste Mal gekommen war, um mit den Bauern zu zechen. Bis draußen hin hatten sie gesessen und gestanden. Was war geblieben von Gerds Versprechen, von der Vision eines Reichs, in dem kein Bauer geknechtet werden sollte? Ein erbärmlicher Haufen Männer und Frauen in einem heruntergekommenen Dorf. Es würde nicht gut werden, wie Alma hoffte. Nie mehr. Sie waren alle betrogen worden.
„Komm zu uns, Berchte“, rief Andirke, „sitz nicht allein herum und blas Trübsal.“
Berchte lächelte. Dann stand sie auf und setzte sich zu den anderen an den Tisch.

„Wie war es beim Grafen?“, fragte Enne. Mertin legte seiner Frau die Hand um die Schulter und sah sie ernst an. „Es war kalt.“
Enne lachte und schob ihren Mann neckisch von sich. „Ach du! Ich meine, wo wart ihr? Was habt ihr getrieben?“
„Na, was sollen wir schon getrieben haben? Bei den Marketenderinnen waren wir jede Nacht und am Tag haben wir Friesen erschlagen.“
„Stimmt es, dass der Graf gefangen genommen wurde?“
Die Männer wurden ernst.
„Es ist wahr“, sagte Andirke, „der König selbst hat ihn gegriffen. Er packte ihn beim Kragen und führte ihn weg wie einen ungezogenen Bengel.“
„Das ließ er sich gefallen, der Graf?“
„Was sollte er tun? Seinen Bruder erdolchen vor seinen Truppen?“ Andirke schüttelte den Kopf. „Später hat er dann getobt. Man hat es bis zu unserem Lagerplatz gehört.“
„Was ist mit Hertel? Wie geht es ihm?“, fragte Berchte leise.
„Der Zwerg ist bei ihm geblieben, obwohl Christian ihn nicht gefangen nahm. Es geht ihm gut, denke ich.“
Berchte lehnte sich erleichtert zurück. Ton begann zu weinen, sie nahm ihn auf den Schoß und wiegte ihn.
„Sie sehen ihrem Vater ähnlich“, sagte Andirke. Berchte nickte stolz. „Ja, das tun sie. Und sie sind genauso starrköpfig.“
„Nun, das könnten sie auch von ihrer Mutter haben. Was ist, Berchte, willst du dir nicht wieder einen Mann nehmen?“

Berchte sah Andirke überrascht an. Wollte er etwa um ihre Hand anhalten? Er war allein. Der Schwarze Tod hatte seine Familie geholt. Es war schon möglich, dass er sich eine andere Frau nehmen wollte.
Sie schüttelte langsam den Kopf.
„Nein, ich will keinen Mann mehr, Andirke. Es dauert nicht lange, dann bin ich alt. Was sollte ich einem Manne noch nützen?"
„Überleg es dir", neckte Andirke.

‚Gott hat uns vielleicht doch nicht vergessen', dachte Berchte, als sie einige Tage später am Morgen mit dem Eimer auf den Hof ging, um Schnee einzusammeln für Wasser. Die Brunnen waren noch gefroren. Die grauen Wolken hatten sich verzogen und ein leuchtend blauer Himmel ließ die wärmende Sonne strahlen. Berchte streifte ihr Schultertuch ab. Sie schloss die Augen und hielt das Gesicht in die Sonne. Wie lange hatte sie die Sonnenstrahlen nicht mehr auf der Haut gespürt!
Die Eiszapfen, die lang von den Dachüberständen herunterhingen, tropften, und der Schnee war nass und matschig. Wasser lief in Berchtes Holzschuhe und durchweichte die Wolllappen, die sie sich um die Füße gewickelt hatte. Es kümmerte sie nicht. Der Frühling war endlich gekommen und die Männer waren zurück. „Ist das nicht ein herrliches Wetter?", grüßte Enne, die mit ihrem Eimer zum Brunnen stapfte. „Ich will mal sehen, ob die Brunnen schon geschmolzen sind!"
„Da wirst du noch kein Glück haben", lachte Berchte.

Alma kam aus dem ‚Ochsen'. Sie trug ebenfalls einen Eimer und sammelte wie Berchte den schmelzenden Schnee hinein. Heimold stapfte ihr barfuß nach. Er trug nur eine Hose, die er lose um seine jetzt mageren Hüften gebunden hatte. Er reckte sich, gähnte und kniff seiner Frau in die Hinterbacken. Kreischend ließ Alma den Eimer fallen. Berchte lachte in sich hinein. In den Bäumen sang eine Meise.

Es war, als sei das Dorf von einer langen Krankheit genesen. Das Wetter blieb gut, und sie begannen, die Felder zu bestellen. Da kein einziges Pferd mehr da war und auch kein Zugochse, spannten die Männer sich selbst vor den Pflug. Die Frauen zogen die Furchen.

Die Häuser wurden, so gut es ging, instandgesetzt. Viele blieben leer, aber auf den Feldern wuchsen der Roggen und die Gerste und in den Gärten der Kohl und die Bohnen.

„Gib einem Norddothlinger Bauern eine Handvoll Erde und er schafft daraus das Paradies", sagte Andirke eines Abends zufrieden, als sie nach der Feldarbeit zusammensaßen auf dem Platz vor dem ‚Ochsen'. Der Abend war lau und die Grillen zirpten. Es war einer dieser herrlichen Frühsommerabende, an denen man wünschte, das Leben könne so weitergehen.

„Woher hast du das nur, tom Stapel, dass du so reden kannst? Von den Friesen?"

„Ja, von den Friesen hat er das! Die haben ihm zu oft auf den Schädel gehauen!"

Alle lachten. Jemand begann, ein Lied zu singen. Die anderen stimmten ein.

„Was der Graf wohl macht?“, fragte Mertin, nachdem das Lied geendet hatte. „Ob sein Bruder ihm jetzt Manieren beibringt?“
Heimold schnaubte. „Ich habe gehört, er ist wieder frei. Er soll auf der Oldenburg sein und toben wie ein angestochener Eber, weil der König sich mit den Hansestädten verbündet hat.“
„Mit seinen schlimmsten Feinden?“
„Ja, das habe ich auch gehört“, sagte Mertin ernst. „Gestern auf dem Markt in Wilshusen haben zwei Bremer Kaufleute darüber gesprochen. Es heißt, er wolle jetzt gegen die Städte zu Felde ziehen und Rache nehmen.“
„Wann hat er je etwas anderes getan“, stöhnte Heimold.
„Mit wem will er das tun?“, fragte Andirke, „will er wieder seine Bauern zusammensammeln? Das kann er nicht!“
„Er ist immer noch unser Herr, tom Stapel“, sagte Heimold nachdenklich.
Die gute Stimmung war mit einem Mal verflogen.
„Noch einmal gehe ich nicht mit ihm“, sagte Andirke bestimmt.
„Der Graf wird nicht danach fragen, ob du willst oder nicht!“
„Das ist mir egal. Habt ihr vergessen, zu welchem Frevel er uns zwang? Gott sei uns gnädig, wir haben viel Sünde auf uns geladen. All die Bauern, die Frauen und Kinder, die wir erschlugen, Dorfleute wie wir! Ihr einziger Fehler war, dass sie Friesen waren und ein feindlicher Edelmann ihr Herr!“

„Wenn er nur nicht auf die Welsburg zurückkommt", seufzte Heimold, „am besten wäre es, die Wilshuser würden dieses Raubritternest endlich dem Erdboden gleichmachen und Gerds Knechte an den Galgen bringen. Dann wäre Frieden in der Geest."
Die Norddothlinger nickten stumm. Niemand sagte mehr etwas. An diesem Abend gingen alle früh zu Bett.

Besuch

Der Ulrichstag war nicht mehr weit und mehrere Händler waren im ‚Ochsen' eingekehrt auf ihrem Weg nach Wilshusen. Sie hatten Fuhrwerke dabei, vollgeladen mit Wachskerzen aus dem Norden und kostbarem Tuch aus England. Ein Mann war unter ihnen, dem ein Arm fehlte.
„Kennt Ihr mich denn nicht mehr?", fragte er Heimold, der ihn überrascht musterte.
„Ihr kommt aus Lübeck, sagt Ihr?"
Der Kaufmann nickte grinsend. Heimold dachte angestrengt nach. Seine Stirn legte sich in Falten. Er stellte die Bierkanne, die er in der Hand hielt, auf den Tisch und betrachtete den Fremden. Dann schüttelte der den Kopf.
„Verzeiht, Herr, aber ich komme nicht drauf."
„Unsere letzte Begegnung habe ich nicht gerade in bester Erinnerung, aber dafür kannst du nichts, Wirt."
Jetzt dämmerte es Heimold.
„Ihr seid doch nicht etwa der Junge ...?"
„Ich sehe, du erinnerst dich doch. Ja, ich bin der Junge. Godric ist mein Name. Und das hier", er hob seinen Armstumpf, „ist eine Erinnerung an euren Raubgrafen. Was ist mit der Frau, die mich damals gerettet hat. Lebt sie noch?"
„Berchte? Ja, sie lebt. Sie ist die Witwe des Schmieds und wohnt im Haus bei der Schmiede."
„Es freut mich, das zu hören. Allerdings bedaure ich, dass euer Schmied tot ist. Sein Ruf war gut unter den reisenden Kaufleuten und unsere Pferde müssen be-

schlagen werden. Nun, dann muss es eben der Schmied in Wilshusen tun."
Heimold hob die Hände. „Wir bedauern es ebenfalls, dass Tonis nicht mehr lebt, Herr. Aber jetzt stärkt Euch erst einmal. Es gibt Fischsuppe und Brot." Heimold wandte sich um und rief in die Küche hinein: „Femeke, wo bleibt das Essen für die Herren Kaufleute? Soll ich dir Beine machen, Mädchen?"
„Gemach, Wirt!", lachte der Kaufmann, „die anderen Herren Kaufleute sind noch nicht einmal hereingekommen. Aber sag mir, woran starb euer Schmied? Wurde er auch ein Opfer der Pest wie so viele?"
Heimold seufzte. „Nein, Herr. Der Graf hat ihn mit dem Schwert erschlagen, hier in meiner Schankstube. Dort könnt Ihr noch das Loch sehen, das das Schwert hinterließ." Heimold zeigte auf eine Scharte in einem Holzbalken.
„Warum hat er das getan?", fragte Godric.
„Der Schmied weigerte sich, mit ihm in den Krieg gegen die friesischen Edelleute zu ziehen."
Godric pfiff leise durch die Zähne und goss sich dann den Becher voll.
„Sieh an, sieh an. Wieder der Graf. Aber nun wird es bald ein Ende haben mit ihm. Gott sei es gedankt."
„Ein Ende mit Gerd? Wie das?" Heimold setzte sich neben den Kaufmann und goss sich ebenfalls Bier in einen Becher. Neugierig sah er Godric an.
„So wisst Ihr es noch nicht hier im Dorf? Alle Hansestädte haben sich gegen ihn verbündet und einen Fehdebrief geschickt. Ebenso der Bischof von Münster und Administrator von Bremen, Heinrich von Schwarzenberg. Er ist auf dem Weg zur Burg des Grafen in

Delmenhorst mit einem großen Heer. Dieses Mal hat Graf Gerd eine so große Übermacht gegen sich, dass er nachgeben muss!"
Die Tür wurde geöffnet und drei weitere Kaufleute betraten die Gaststube. Heimold grinste über das ganze Gesicht. Gut gelaunt stand er auf und verneigte sich tief, als sei der König höchstpersönlich gekommen.
„Seid willkommen in meiner bescheidenen Herberge. Setzt Euch zu Tisch, Ihr Herren, die Suppe wird gleich aufgetragen. Bedient Euch derweil am guten Norddothlinger Bier."
Er lief in die Küche. Gepolter war zu hören, dann stolperte Femeke in die Gaststube mit der Suppe. Etwas davon schwappte auf den Boden.
„Hoppla! Nur nicht so hastig, Jungfer!", lachte Godric. Femeke stellte eilig die Schüssel auf den Tisch. Alma lief ihr schimpfend nach und brachte einen Korb mit Brot.
„Lasst es Euch gut schmecken, Ihr Herren. Es ist genug da. Greift nur kräftig zu", sagte sie zu den Kaufleuten.
„Und du gaff nicht so, das ist unschicklich für eine junge Deern wie dich!" Sie schob Femeke in die Küche. Die Kaufleute lachten laut und machten sich über die Suppe her.

Die Nachricht von der Fehde gegen den Grafen verbreitete sich wie ein Lauffeuer im Dorf. Berchte packte gerade ihren Wagen, denn sie wollte am nächsten Tag auf den Markt nach Wilshusen, um Kräuter, Salben, Tees und Heiltränke zu verkaufen und ihre Heil-

künste anzubieten. Wovon sonst sollten sie und ihre Zwillinge leben? Jan und Ton staksten um sie herum auf ihren kurzen Beinen. Sie gediehen prächtig. Sie würden starke Männer werden, so stark wir ihr Vater. Berchte schob sich eine Strähne aus dem Gesicht. Sie streckte ihren schmerzenden Rücken. In ihrem Alter waren die meisten Frauen schon Großmütter, sie aber hatte zwei Kleinkinder zu versorgen, die von Tag zu Tag kräftiger wurden. Lächelnd betrachtete sie Jan und Ton, wie sie beide gleichzeitig versuchten, an einem Wagenrad hinaufzuklettern.
„Gott zum Gruße", sagte da jemand hinter ihr. Berchte fuhr herum. Es war der einarmige Kaufmann. Berchte hatte ihn sogleich wiedererkannt, als sie in das Dorf gekommen waren.
„Ah, Ihr seid es, Godric. Gott zum Gruße. Wie geht es Eurem Arm?"
„Dem, was der Graf davon übrig ließ, geht es gut, obwohl ich vor allem bei Vollmond das fehlende Stück spüre. Es juckt fürchterlich und ich kann nur die Luft kratzen, ist das nicht seltsam?"
„Das geht allen so, die ein Gliedmaß verloren haben. Es ist, als ob der Körper einen unsichtbaren Abdruck davon in Erinnerung behielte."
Der Kaufmann betrachtete sie und lächelte.
„Es ist viele Jahre her, dass du mir das Leben gerettet hast hier im Dorf. Ich bin seither viel herumgekommen, aber ich habe das, was du damals getan hast, nicht vergessen und bin froh, dass du lebst. Ich bin hier, um eine alte Schuld zu begleichen."
Berchte sah ihn fragend an.
„Von welcher Schuld sprecht Ihr?"

„Ich habe mich nie bei dir bedankt."
Er öffnete ein Kästchen, das er die ganze Zeit in der Hand gehalten hatte. In dem Kästchen lagen mehrere Beutel.
„Ich dachte, da du eine Heilerin bist, kannst du dies besser gebrauchen als Geschmeide und eitlen Kram."
Berchte warf einen Blick in das Kästchen. Ein scharfer und anregender Duft stieg daraus auf. Berchte nahm ein Säckchen und öffnete es. Seltsame sonnengelbe Blüten lagen darin.
„Safran!"
Sie starrte den Kaufmann ungläubig an. Dann nahm sie mit zitternden Fingern ein weiteres Beutelchen und öffnete es. Es lag eine sonderbare Nuss darin.
„Das ist Muskat", lachte Godric.
„Aber das ist ungeheuer kostbar!"
„Kostbarer als mein Leben?"
Godric drückte Berchte das Kästchen in die Hand. Dann zog er einen gläsernen Flakon aus seinem Wams, der mit einem winzigen Korken verschlossen war. Eine ölige Flüssigkeit schwamm träge darin. Er zog den Korken vorsichtig heraus.
„Riech daran."
Berchte tat es. Sie schloss die Augen. Es duftete nach frisch geschlagenem Holz, Rosen und Gewürzen, die Berchte nicht kannte. Ihr wurde ein wenig schwindlig.
„Was ist das?", fragte sie leise.
„Ein Duft für eine der schönsten Frauen, die ich je kennen gelernt habe. Die Frauen im Orient tupfen es sich hinter die Ohren oder an den Hals, um die Männer zu betören. Es wirkt!"
Berchte lachte hell auf.

„Wen sollte ich noch betören? Ich bin eine alte Frau, Godric! Seht, meine Haare werden grau, mein Gesicht ist faltig und mein Rücken krumm!“
„Das ist der Preis des Lebens. Und dennoch bist du sehr schön und wirst es immer sein.“
Berchte schloss die Augen und schnupperte noch einmal vorsichtig an dem Flakon. Was hätte der Priester gesagt, wenn sie nach diesem Öl geduftet hätte, damals, als er sie verfolgte? Hätte der Duft ihn besänftigt oder noch wütender gemacht?
„Meine angebliche Schönheit hat mir fast den Scheiterhaufen eingebracht. Der Priester von Kirchdothlingen hat mich deswegen verflucht. Er ist der Meinung, dass Schönheit vom Teufel kommt.“
Sie gab dem Kaufmann das Fläschchen zurück. Der drückte den Korken auf die Öffnung und legte es zu den Gewürzen in das Kästchen.
„Nimm es dennoch. Als Erinnerung an einen einarmigen Bewunderer.“

Am Abend, als Jan und Ton endlich schliefen, breitete Berchte den Inhalt des Kästchens auf dem Tisch aus. Eine einsame Kerze beleuchtete ihre Schätze. Neben Safran und Muskat enthielt das Kästchen noch Galgant, schwarzen Pfeffer, Kardamom, Zimt und Gewürznelken. Sie hielt so lange ihre Nase in die verschiedenen Beutel, bis sie nichts mehr auseinanderhalten konnte. Dann nahm sie das Duftöl zur Hand und entkorkte den Flakon. Sie tupfte ihre Fingerkuppe auf die Öffnung und strich sich den Hauch des fremden Duftes über die Schläfe. Es roch selbst für Berchte betörend.

Für die schönste Frau, hatte Godric gesagt. Berchte lächelte. Es war lange her, dass sie solche Worte gehört hatte. Sie bedauerte es nur ein klein wenig, denn die Spuren des Alters verhinderten, dass die Männer sie bedrängten. Sie fühlte sich endlich frei, so frei, wie eine Frau sein konnte.
Sie war so in Gedanken versunken, dass sie nicht hörte, wie jemand hereinkam. Es war ein warmer Abend und die Tür stand noch offen, damit die angenehme Abendluft durch die Diele streichen konnte.
„Mutter", flüsterte es nah an ihrem Ohr. Berchte schreckte hoch. Fast hätte sie das duftende Öl fallen lassen.
„Hertel! Warum schleichst du dich herein wie ein Dieb!", schimpfte sie. Hertel umarmte seine Mutter.
„Wonach riecht es hier?", fragte er verwundert.
„Nach einem einarmigen Bewunderer."
Berchte schmunzelte, als sie Hertels verdutztes Gesicht sah. „Es ist das Geschenk eines Kaufmanns aus Lübeck, dem ich einst das Leben gerettet habe, aber das ist lange her. Sehr lange."
„Ein Kaufmann? Was hast du mit diesen Pfeffersäcken zu tun?", fragte eine andere Stimme, die wenig freundlich klang. Berchte erstarrte. Er war also gekommen. Sie hob langsam den Kopf. Er stand in der Tür. Seine riesige Gestalt zeichnete sich vor dem Abendhimmel ab. Er war gekleidet wie ein fahrender Bauer.
„Was tust du hier, Gerd?", flüsterte Berchte.
Der Graf trat ein und schloss die Tür hinter sich. Er humpelte an den Tisch und setzte sich stöhnend, wo-

bei er sein Bein mit den Händen packte und unter den Tisch schob.
„Verdammtes Bein!"
Berchte musterte ihn schweigend.
„Was ist das?" Er zeigte auf die Beutel, die auf dem Tisch verstreut lagen.
„Gewürze. Und ein duftendes Öl aus dem Orient. Wollt Ihr es probieren?"
„Tu das weg!"
Berchte gehorchte.
„Du solltest dir deine Kranken besser aussuchen! Ein Kaufmann, zumal wenn er aus Lübeck kommt, ist es nicht wert, dass man sein Leben rettet!"
„Ich suche mir die Kranken nicht aus, sie kommen zu mir. Ich wäre eine schlechte Heilerin, wenn ich mir anmaßte, einen Hilfesuchenden wegen seines Standes fortzuschicken. Und sei es der Erzbischof persönlich, der Euer ärgster Feind ist! Überdies ist es so lange her, dass ich mich kaum erinnere. Es war, bevor Ihr das erste Mal in das Dorf kamt, Herr. Wie sollte ich damals schon wissen, wie sehr unser neuer Regent die Kaufleute hasst?"
„Mutter!", raunte Hertel, aber Gerd hob die Hand.
„Nein, lass sie reden. Das habe ich schon immer an deiner Mutter geschätzt. Sie nimmt kein Blatt vor den Mund. Aber warum bist du so förmlich, Berchte? Ich meine, du hättest mich Gerd genannt?"
Einer der Zwillinge regte sich. Berchte stand auf, um nach ihnen zu sehen.
„Sind das die Söhne des Schmieds? Sind sie gesund?", fragte Gerd leise.

Berchte drehte sich um und stellte sich schützend vor ihre Kinder. „Ja. Sie sind kräftig und gedeihen gut. Sie werden einmal so stark sein wie ihr Vater."
Gerd lachte unter Schmerzen. Er rieb sich das Bein.
„Er war ein Feigling, ihr Vater. Ich habe nie verstanden, warum du ihn geheiratet hast."
„Er war kein Feigling. Er allein hatte den Mut, sich dir entgegenzustellen."
„Das ist wahr, aber er tat es, um bei dir bleiben zu können." Gerd lächelte traurig. „Gib sie weg, die Söhne des Schmieds, Berchte. Adelheid kann sie erziehen. Sie liebt Kinder. Sie werden es gut haben bei ihr."
„Sie haben es auch bei mir gut. Ich gebe sie nicht weg. Niemals!"
„Ich möchte, dass du mit mir kommst. Ich brauche dich, Berchte!"
„Nein. Ich habe dir Hertel gegeben. Reicht das nicht?"
„Dann nimm sie mit, in Gottes Namen! Du musst mir helfen! Komm mit mir auf die Welsburg, ich bitte dich."
„Nein. Das ist mein letztes Wort."
Gerds Tonfall bekam etwas Flehendes, wie Berchte es nie bei ihm gehört hatte.
„Hast du nicht eben gesagt, du hilfst allen, die zu dir kommen? Warum dann nicht mir?"
Berchte stöhnte gequält auf. „Was soll das? Jahrelang lässt du nichts von dir hören! Es kümmert dich einen Dreck, dass dein Bruder mich schändet, dass das Dorf mich zwingt, einen Mann zu heiraten, den ich nicht wollte, dass ich meinen Sohn, der dein persönlicher Possenreißer geworden ist, jahrelange nicht zu Gesicht bekomme! Und dann kommst du, kaum dass ich

mich an ein Leben mit dem Schmied gewöhnt habe, machst mich zur Witwe und verschwindest dann wieder für Jahre! Ganz zu schweigen von dem Leid, das du über das Dorf brachtest, als du all die Männer wegführtest in deinen sinnlosen Krieg. Und jetzt schleichst du hier herein wie ein Dieb und verlangst, dass ich meine Kinder verlasse und mit dir gehe? Nein, Herr Graf, lieber sterbe ich hier und jetzt!"
Gerd sprang auf und schlug mit der flachen Hand auf den Tisch. „Genug! Jetzt nimmst du dir zu viel heraus, Weib! Ich bin dein Herr und kann dir befehlen, mit mir zu gehen!"
Er verzog sein Gesicht vor Schmerzen und taumelte. Hertel half ihm, sich wieder zu setzen.
„Da siehst du, wie es um mich steht. Und das jetzt, wo mein Bruder Christian sie alle gegen mich aufhetzt!"
„Mutter, bitte!", mischte sich Hertel ein, „sieh dir sein Bein wenigstens an."
„Hast du es immer noch nicht verstanden, Hertel? Es ist nicht das Bein. Es ist ..." Berchte schwieg.
„Was willst du sagen?", fragte Gerd lauernd.
„Es ist deine Seele, dein krankes Herz, deine Besessenheit, Gerd. Du bist tatsächlich ein kranker Mann, da helfen keine Salben und Tropfen."
„Aber was hilft dann!"
„Bete! Geh in ein Kloster. Oder auf Pilgerreise! Und vor allem: Bereue!"
Gerd vergrub sein Gesicht in den Händen. Nie hatte Berchte ihn so gesehen, nicht einmal, als er sterbenskrank in ihrer Hütte lag. Was war nur mit diesem Mann geschehen?

„Jede Nacht ziehen die Schlachtfelder an mir vorbei mit all den Erschlagenen“, flüsterte er. „Sie sehen mich an und zeigen auf mich! Es sind so viele.“
Er krümmte sich über dem Tisch zusammen und raufte sich die Haare. Es entstand eine lange Pause, in der Hertel fast verlegen begann, die Gewürze in das Kästchen zurückzuräumen. Berchte stand immer noch vor ihren Söhnen, als müsse sie das, was hier geschah, von den Zwillingen fernhalten.

Gerd hob den Kopf und sah sie an. Seine Mooraugen waren so voller Schmerz, dass Berchte ihren Zorn auf diesen Mann fast vergaß.
„Ich habe eine Wallfahrt nach Köln hinter mir, zu den Drei Heiligen Königen. Ich bin als einfacher Büßer zu ihnen gegangen und habe gebetet. Ich habe gefastet, ich habe auf den Knien vor ihnen gelegen, Stunde um Stunde. Als ich dachte, ich halte es nicht mehr aus, sprachen sie zu mir. Sie sagten, sie würden mir niemals vergeben! Sogar die Heiligen weisen mich ab! Alle haben sich gegen mich verschworen!“
„Du bist es selbst! Merkst du es nicht? Du selbst hast dich gegen die ganze Welt verschworen. Was wunderst du dich, dass sich alle, die du je verletzt hast, gegen dich erheben? Du kämpfst gegen die Friesen, gegen die Kaufleute, gegen den Erzbischof, gegen die Ritter und Fürsten, gegen den König von Dänemark, der zufällig dein Bruder ist, und du benutzt für deine Scharmützel die Bauern, die dir treu ergeben waren, denn du hast ihnen den Himmel auf Erden versprochen. Freie Bauernschaft und Abgaben nur an dich. Und dann die ganzen Gelage! Sie meinen heute noch,

sie müssten dir dafür dankbar sein! Sie folgen dir wie Hunde und wenn du sie prügelst, folgen sie trotzdem!" Berchte holte Luft. Sie hatte sich in Rage geredet. „Du benutzt alle Menschen, auch die, die dir vertraut haben. Auch mich. Oder deinen Bruder. Sogar Hertel. Und wenn dich das Gewissen quält, dann sind die Heiligen schuld. Es sind immer die anderen! Was ist nur aus dir geworden, Gerd!"

Der ganze Zorn, der sich in ihr aufgestaut hatte über all die Jahre, musste jetzt heraus, koste es, was es wolle. Sie ging einen Schritt auf den Grafen zu. „Alles, was du willst, ist Macht. Du bist von Machtgier zerfressen! Das ist der Dämon, der dich zugrunde richtet, Gerd, und gegen den kann ich nichts tun."

Berchte schnappte nach Luft. Ihr Herz schlug so schnell, dass sie fürchtete, in Ohnmacht zu fallen, aber sie empfand keine Angst. Sollte der Graf mit ihr machen, was er wollte. Es war vorbei, hier und jetzt. Aber Gerd starrte sie nur an. Er sprang nicht auf, um sein Schwert zu ziehen oder auf sie loszugehen.

Hertel schüttelte stumm den Kopf. Er hatte seine kleine Hand auf der Schulter des Grafen liegen. ‚Er schützt seinen Vater', dachte Berchte, und es schmerzte sie.

Gerd stand mühsam vom Tisch auf.

„Es hat keinen Sinn. Lass uns gehen", sagte er und humpelte ohne ein weiteres Wort zur Tür. Dort drehte er sich noch einmal um.

„Es gibt vieles, das ich bereue. Am meisten aber bereue ich, dass ich dich nicht zu meiner Frau nehmen konnte, Berchte. Du hättest eine wunderbare Gräfin abgegeben. Und wer weiß, vielleicht hättest du gegen meinen Dämon mehr ausrichten können, als du ahnst.

Stattdessen war uns nur ein zwergengestaltiger Sohn vergönnt. Aber den liebe ich wie keinen anderen meiner Bastarde."

Gerd stützte sich schwer auf Hertel.

„Leb wohl, Berchte", sagte er und humpelte hinaus. Hertel schlug die Tür hinter sich zu.

Aale

„Habt Ihr schon gehört, dass der Schreckliche wieder auf der Welsburg ist? Er rüstet zu einem Feldzug gegen den Erzbischof von Schwarzenberg. Der ist auf dem Weg zur Burg in Delmenhorst und will sie ihm endgültig wegnehmen.“
„Schon wieder? Na, hoffentlich hat er dieses Mal mehr Glück. Er täte ein gottgefälliges Werk, wenn er dem Schrecklichen endlich das Handwerk legen würde“, bemerkte Johan bi dem Dore, als er mit den Ratmannen Herman Duvel und Wedekint Goldsmit in Richtung Rathaus ging. Sie hatten eine Ratsversammlung vor sich, auf der einige Angelegenheiten der Stadt besprochen werden sollten, unter anderem wieder einmal die zunehmenden Überfälle auf Kaufleute an der Flämischen Straße.
„Recht hast du, Bürgermeister!“, sagte Goldsmit, „aber Graf Gerd ist ein hintertriebener Fuchs. Wir sollten uns nicht zu große Hoffnungen machen.“
„Hunteaale! Schöne geräucherte Hunteaale!“, rief eine Alte, die auf einer Tonne neben dem Brunnen saß.
„Seht, Ihr Herren, seht Euch meine Aale an. Wie fett sie sind!“
Zwischen ihren Knien stand ein Fass, aus dem es lecker roch. Sie griff hinein und zog einen fast armdicken Aal heraus, den sie vor sich baumeln ließ.
Die Männer blieben stehen.
„Das sind wahrlich Prachtstücke. Was kosten die?“, fragte Duvel.
„Willst du uns etwa zur Ratssitzung Fisch spendieren?“, scherzte Goldsmit. Duvel schüttelte den Kopf.

„Kauf dir selbst einen, Goldsmit!“ Er wandte sich wieder der Alten zu.
„Wo hast du die Aale gefangen?“
„Bei den Dünen an der Hunte in Rittrum, Herr. Dort ist eine gute Stelle.“
„Bei Norddothlingen?“
„Genau dort.“
Duvel musterte die Frau. „Bist du aus dem Dorf?“
„Ja, Herr. Ist das jetzt verboten?“, fragte sie trotzig. „Ich habe nichts zu schaffen mit dem Streit zwischen Euch und den Bauern!“
„Nein, das will ich auch gar nicht behaupten. Aber ich frage mich, ob du mir etwas vom Grafen sagen kannst. Hat er sich im Dorf blicken lassen, auf seinem Meierhof vielleicht?“
Bi dem Dore und Goldsmit hatten der Unterhaltung mit wachsender Aufmerksamkeit zugehört. Die Alte lächelte listig und entblößte ihren zahnlosen Gaumen. „Ihr fragt nach dem Grafen?“ Sie sah auf ihre Aale. „Nun, Ihr Herren, ich kann mich vielleicht an etwas erinnern, aber vielleicht jagt ihr mich dann aus der Stadt, und ich muss all meine schönen Aale wieder mitnehmen, die dann verfaulen. Ich bin eine arme alte Frau und muss von etwas leben ...“
„Ja, ja! Hör auf zu lamentieren, Frau!“
Goldsmit langte nach seiner Geldkatze und öffnete sie. Er entnahm einige Münzen und gab sie der Alten. „Hilft das deinem Gedächtnis auf die Sprünge?“
Die Alte lachte meckernd wie eine Herde Ziegen und nickte. „Er kam vergangene Nacht. Dieser Zwerg war bei ihm. Hertel. Er ist sein Bastard und der Sohn von Berchte, der Heilerin, Witwe des Schmieds. Vor Zei-

ten hat der Graf bei ihr gelegen und da kam der Zwerg dabei raus!“

Sie lachte laut. „Ein gräflicher Zwerg!“

„Das wollen wir nicht wissen. Erzähl uns vom Grafen oder du kannst deine Aale behalten und ich bekomme mein Geld zurück!“

„Schon gut, Herr, schon gut. Ich bin eine alte Frau und ...“

„Ja, das wissen wir. Fahr fort!“

„Ich kann in der Nacht nicht schlafen und deshalb habe ich zufällig, weil, ich bin ja nicht neugierig ...“

„Komm zur Sache!“

„Also, der Graf. Ja. Der kam vergangene Nacht in das Dorf, heimlich wie ein Dieb. Er humpelte stark, als er vom Pferd stieg, und der Zwerg musste ihn stützen. Es scheint ihm nicht gut zu gehen. Wohl deshalb kam er zu Berchte. Sie hat ihn schon einmal ins Dorf geschleppt und in ihrer Hütte versteckt, bis sein Bruder, der Graf Moritz ...“

„Frau! Schweif nicht ab, wir haben nicht viel Zeit!“

„Nun, ich musste auf den Misthaufen, um mich zu erleichtern. Ich bin ...“

„... eine alte Frau. Du machst mich rasend!“

„Schon gut! Also, ich ..., ich schlich mich zur Schmiede und sah durch das Fenster in die Diele hinein. Da saß der Graf am Tisch und Berchte schimpfte auf ihn ein, von wegen, er habe sie allein gelassen und er habe sie zur Witwe gemacht. Der Graf hat geweint.“

Bi dem Dore lachte.

„Du träumst, Alte. Der Graf weint nicht wegen eines Weibes!“

Die Alte nickte heftig.

„Doch, Herr! Er sagte etwas davon, dass sich alle Welt gegen ihn verschworen habe, selbst die Heiligen Drei Könige in Köln und ...“
„Gib mir die Münzen zurück, Weib. Du redest wirres Zeug. Behalt deine Aale!“ Goldsmit langte der Frau in die Tasche, wo sie die Münzen verstaut hatte. Die Alte zeterte.
„Es stimmt aber, Herr!“
„Lass sie weitererzählen“, sagte Duvel ruhig, „vielleicht ist ja etwas dran an der Geschichte.“
„Danke, Herr!“ Die Alte riss die Geldkatze wieder an sich und warf Goldsmit einen bösen Blick zu.
„Der Zwerg wollte, dass Berchte sich das Bein des Grafen anschaue. Wie gesagt, es ging dem Grafen nicht gut. Aber sie haben sich so gestritten, dass er schließlich mit dem Zwerg wieder verschwunden ist.“
„Wohin wollte er? Hat er das gesagt?“
„Auf die Welsburg. Die Hexe wollte er mitnehmen, aber sie hat sich geweigert. Mehr kann ich nicht sagen.“
„Hat er gesagt, was er vorhat auf der Welsburg?“
Die Alte meckerte wieder vor sich hin.
„Was soll er dort schon wollen? Ehrbare Händler überfallen will er! Und dann will er nach Delmenhorst, um seine Burg vor dem Tintenfass zu retten!“ Sie hielt sich erschrocken die Hand vor den Mund. „Verzeiht, Ihr Herren, vor dem Erzbischof, wollte ich sagen. Aber er hat keine Leute, die ihm beistehen.“
„Danke, Frau.“ Die drei sahen sich vielsagend an, dann drehten sie sich um.
„Wartet, Ihr Herren! Nehmt Eure Aale mit!“

Duvel griff nach dem Fass und hob es hoch. Dann gingen sie ins Rathaus hinein.

„Was riecht denn hier so lecker nach geräuchertem Fisch?“, fragten die anderen Ratmannen, nachdem bi dem Dore als neuer Bürgermeister die Sitzung eröffnet hatte.
„Goldsmit hat ein Fass Aale auf dem Markt gekauft von einem schwatzhaften Weib aus Norddothlingen.“
„Dann hast du sie dir aufschwatzen lassen, die Aale?“
„Mehr oder weniger“, antwortete Goldsmit finster, „sie sagte, sie könne uns etwas über den Grafen sagen.“
„Stimmt es, dass er wieder auf der Welsburg ist?“
„Ja. Und er war, wenn es stimmt, was die Alte uns erzählte, gestern Nacht in Norddothlingen bei dieser Heilerin. Berchte heißt sie.“
„Was er da wohl wollte! Es heißt, sie hätten schon früher ...“ Der Ratmann, der das gesagt hatte, machte eine anzügliche Geste. Die anderen lachten.
„Die Alte sagte, es sei ihm schlecht gegangen. Er habe stark gehumpelt und sogar geweint“, berichtete Duvel nachdenklich.
„Vielleicht war er betrunken? Viele werden dann rührselig.“
„Er säuft doch so gern das Dünnbier aus dem ‚Ochsen‘. Es ist fürchterlich! Heimold panscht das Bier mit Huntewasser, damit es länger vorhält!“
Bi dem Dore hob Ruhe gebietend die Hand. „Ratmannen! Hört mich an. Wenn es stimmt, was die Alte gesagt hat, ist der Zeitpunkt gut, dem Grafen auf der Welsburg einen Besuch abzustatten. In wenigen Tagen ist der Erzbischof hier. Dann sollten wir zuschla-

gen. Wir müssen dieses Raubritternest endlich ausheben!“
Die Ratmannen sahen sich an. Einige nickten, andere wiegten nachdenklich die Köpfe.
„Schön und gut, der Graf ist angeschlagen. Aber was ist mit seinen Kriegsknechten und mit den Rittern, die immer noch zu ihm stehen? Die werden auch auf der Burg sein.“
„Die Alte sagte, dass niemand ihm mehr beistehen will“, gab Goldsmit zu bedenken.
„Können wir einem alten Norddothlinger Weib trauen? Mit Gerds Knechten ist nicht zu spaßen! Das haben wir schon mehrmals erfahren müssen. Duvel hat recht, wir sollten nicht voreilig sein.“
„Aber auch keine Hasenfüße! Ich stimme dem Bürgermeister zu. Die Gelegenheit sollten wir uns nicht ent...“
Goldsmit verstummte mitten im Satz, denn ein Stadtdiener kam in den Ratssaal hereingestürzt.
„Er ist vor dem Tor! Graf Gerd mit seinen Männern! Er stiehlt das Vieh!“
Der Stadtdiener keuchte völlig außer Atem und hielt sich am Türrahmen fest. Die Ratmannen waren allesamt aufgesprungen und redeten wild durcheinander.
„Ruhe!“, brüllte bi dem Dore. Doch es dauerte eine Weile, bis die Ratmannen sich beruhigt hatten. Der Bürgermeister wandte sich dem Diener zu, der immer noch keuchte.
„Noch mal ganz ruhig und von vorn, Mann. Wer ist vor dem Tor?“

„Graf Gerd! Mit einem Haufen Kriegsknechte. Sie treiben das Vieh, das vor Zwischenbrücken weidet, fort. Den Hirten haben sie niedergeschlagen."
„Wer schickt dich?"
„Die Torwache. Sie konnten das Stadttor gerade noch schließen!"
„Sind sie noch da?"
„Der Graf? Ich weiß nicht."
„Danke. Lauf zum Tor und sag dem Hauptmann Baltzer Bescheid, er soll so viele Rotten zusammenrufen, wie er kriegen kann. Wir werden dem Grafen ein wenig Feuer unter dem Hintern machen und das Vieh zurückholen!"

Untergang

Hertel ritt dicht neben dem Grafen. Er hatte kaum geschlafen, denn nach dem Streit mit Berchte hatte der Graf befohlen, nach Wilshusen zu reiten, um den Städtern einen Besuch abzustatten. So hatten sie sich noch in der Nacht mit einer Handvoll Kriegsknechte auf den Weg gemacht. Hertel wusste, der Graf tat es nur, um sich für Berchtes Abfuhr zu rächen. Die Wilshuser boten sich an.
Hertel beobachtete den Grafen. Er rechnete damit, dass er jeden Augenblick vom Pferd stürzte, aber je länger sie unterwegs waren, desto besser schien es ihm zu gehen. Das war eine der seltsamen Eigenschaften seines Vaters, die er nie verstehen würde. Hertel selbst war schon einige Male fast vom Pferd gestürzt, weil er eingenickt war.

Als sie vor Wilshusen ankamen, wurden die Stadttore gerade geschlossen, ein Pfeilhagel ging auf sie nieder und zwang sie zum Halten. Allerdings waren es Warnschüsse, denn niemand wurde getroffen.
„Ihr Feiglinge! Pfeffersackfreunde! Ich werde euch schon noch kriegen!“, brüllte Gerd die Wachen auf der Stadtmauer an. Er ritt ganz nah an die Stadtmauer heran, war wie im Rausch und benahm sich wie ein unberechenbarer Halbwüchsiger. Oder wie einer, der dem Wahn anheimgefallen war.
„Kommt nur, Graf!“, schrien die Wachen von der Stadtmauer und grölten. „Wir haben in der Stadt einen gemütlichen Kerker, der Euch gewiss gefallen wird! Oder habt Ihr vor, uns alle gefangen zu nehmen?“

Der Graf stellte sich im Steigbügel auf und sah sich um. Auf den Wiesen vor der Stadt, gut zweihundert Fuß von ihnen entfernt, grasten die Wilshuser Kühe.
„Nehmt das Vieh!“, brüllte Gerd, „treibt es zur Welsburg!“
Gerds Leute gaben ihren Pferden die Sporen. Die Wachen auf den Stadtmauern brüllten sich etwas zu. Dann hatten sie die Herde schon erreicht und die Männer umzingelten sie. Der Hirte stand mit seinem Hütehund erschrocken mitten unter den Tieren und rührte sich nicht. Für Flucht war es zu spät.
„Treibt sie fort!“, brüllte der Graf. Seine Männer gehorchten. Es dauerte nicht lange, da hatten sie die Rinder auf die Straße getrieben. Wieder kamen Pfeile von der Stadtmauer, aber sie waren schon außerhalb ihrer Reichweite. Gerd reckte die Faust gegen die Wilshuser Wachen.
„Das ist nur die erste Warnung! Wir kommen wieder!“
Dann ritt er zum Hirten, der immer noch wie versteinert mit seinem winselnden Hund dastand.
„Dafür, dass du ein Wilshuser bist!“, schrie der Graf und schlug ihm das Schwert in die Schulter. Blutend brach der Hirte zusammen.

Es waren mehr als hundert Rinder. Weit mehr. Die Männer hatten große Mühe, die aufgeregten Tiere auf dem Weg zu halten. Bauern und Händler schoben ihre Wagen erschrocken in die Büsche, als sie den riesigen Viehtreck zu Gesicht bekamen und sie taten gut daran. Der Graf trieb seine Männer mit hasserfüllten Tiraden an. Hertel schüttelte verzweifelt den Kopf.

„Nur zwei Rotten?", brüllte bi dem Dore den Wilshuser Hauptmann an. „Wo verstecken sich die Wilshuser Männer?"
„Viele sind in das Heer des Erzbischofs gerufen worden, das gegen Delmenhorst zieht, Bürgermeister."
Bi dem Dore schnaubte.
„Wie viele Kriegsknechte kannst du aufbringen, Hauptmann Baltzer?"
„Zwei Dutzend auf die Schnelle."
„Nun denn, wir werden trotzdem aufbrechen. Ich gehe mit und die Hälfte der Ratmannen. Hast du die Waffen verteilt?"
Der Hauptmann nickte.
„Sind genug Wachen auf den Stadttoren geblieben?"
„Ja, Bürgermeister."
„So lasst uns reiten. Sie werden jetzt ihren Sieg feiern und saufen wie die Schweine. Da ist es vielleicht sogar von Vorteil, mit wenigen Männern anzurücken. Wenn wir Glück haben, können wir das Vieh zurückholen."
Hauptmann Baltzer nickte, aber man sah ihm an, dass er anderer Meinung war. Er drehte sich um und ging auf den Marktplatz, wo seine Männer schon versammelt waren. Bi dem Dore und einige Ratmannen folgten kurze Zeit später und bestiegen ihre Pferde. Dann ritten sie los.

Als sie vor die Welsburg kamen, war es Abend und die Dämmerung senkte sich über die Welseniederung. Nebel krochen über den Boden. Es war seltsam still im Stühe.

Kurz vor der Burg jedoch hörten sie das Vieh. Baltzer ließ sie alle absteigen und schickte einen Kundschafter aus. Der kam schon nach kurzer Zeit zurück.
„Das Vieh steht draußen vor der Burg“, erzählte er aufgeregt. Sie haben nur wenige Wachen aufgestellt, und die sind so besoffen, dass die ganze Herde über sie hinwegtrampeln könnte, ohne dass sie es merken würden.“
„Tatsächlich? Das ist gut! Er wähnt sich also in Sicherheit, der Graf!“, feixte bi dem Dore. „Was meinst du, Hauptmann? Schlagen wir zu?“
Baltzer sah nachdenklich in Richtung der Welsburg. Sie war hinter den Büschen und Bäumen nicht zu sehen, aber immerhin so nahe, dass der Wind betrunkenes Gegröle von der Burg zu ihnen herüberwehte.
„Was zögerst du, Baltzer? Hörst du nicht? Sie sind alle besoffen! Das ist eine einmalige Gelegenheit!“, drängte bi dem Dore.
„Ich bin mir nicht sicher. Wir sollten warten, bis sie schlafen“, sagte der Hauptmann und strich sich nachdenklich über den Bart. Zu oft hatte er den Männern des Grafen schon gegenübergestanden. Er wusste von ihrer List und Heimtücke. Vielleicht stellten sie sich nur betrunken. Vielleicht warteten sie nur darauf, dass die Wilshuser kamen, um dann überraschend zuzuschlagen. Oder waren sie doch so unvorsichtig, wie es klang?
„Hast du oben im Bergfried Wachen gesehen?“, fragte der Hauptmann den Kundschafter.
„Nein. Niemanden. Sie scheinen alle zu feiern. Auf der Burg geht es hoch her. Man hört sie singen und grölen bis hierher.“

Baltzer rieb sich das Kinn. Hinter ihm knackte es in den Büschen. Er drehte sich um, aber da war niemand. Es musste wohl ein Tier gewesen sein.
„Du kannst gehen“, sagte er zu dem Kundschafter.
„Was zauderst du, Hauptmann, lasst uns das Vieh holen und nach Wilshusen zurückbringen, bevor sie wieder nüchtern sind.“
„Vielleicht, Bürgermeister.“ Der Hauptmann sah in den Himmel, an dem dichte Wolken dahinzogen. Vom Tag zeigte sich nur noch ein schwacher Schimmer. Die Nacht versprach, regnerisch zu werden. Und stockdunkel, da der Mond verhangen war. Keine guten Aussichten, denn das Gelände hier an der Welseniederung verwandelte sich bei Regen schnell in einen schlammigen Sumpf.
„Sag mir, was dich davon abhält, das Vieh zu holen!“, sagte bi dem Dore ungeduldig. Der Hauptmann wusste es nicht. Es war nur eine Ahnung, aber wie sollte er das dem Bürgermeister erklären? Letztendlich war er es, der darüber bestimmte, ob Baltzer mit seinen Männern zuschlagen sollte oder nicht.
„Wir werden losschlagen“, sagte er und kämpfte die Stimme nieder, die ihm zuraunte, dass hier etwas nicht stimmte.

Die Wilshuser schlichen sich bis vor die Welsburg. Da stand das Vieh, friedlich grasend, wie der Bote es gesagt hatte. An einem Lagerfeuer lagen drei Männer und schnarchten laut. Einer saß auf einem Baumstumpf, den Kopf gesenkt und auf seinen Speer gestützt. Er schnarchte ebenfalls.

Der Wilshuser Hauptmann gab ein Zeichen und vier seiner Kriegsknechte schlichen mit erhobenen Knüppeln auf Gerds Wachen zu. Es war still geworden auf der Burg. Die Knechte hoben auf ein Zeichen ihres Hauptmanns die Knüppel, jeder über dem Kopf eines schlafenden Mannes. Doch bevor sie zuschlagen konnten, stürzten die Wachen plötzlich in die Höhe und rissen den Wilshusern die Knüppel aus den Händen.
„Angriff!", brüllte der Hauptmann. Die Wilshuser Rotten preschten nach vorn. Das gestohlene Vieh geriet in Panik. Die Rinder rannten kopflos in alle Richtungen davon. Einige Pferde wurden dabei umgerissen und ihre Reiter niedergetrampelt. Es waren so viele Tiere um die kämpfenden Männer herum, dass alles gänzlich unübersichtlich wurde.
Auf dem Bergfried leuchteten Lichter auf. Befehle wurden gebrüllt, Pfeile sausten den Wilshusern um die Ohren. Dann gab es einen lauten Knall und vom Turm schoss eine Flamme auf sie zu. Etwas Schweres schlug inmitten ihrer Rotten ein und riss ein Loch in den Boden. Zwei Wilshuser blieben reglos liegen.
„Er setzt Feuerwaffen ein", schrie der Hauptmann, „zurück, Männer! Rückzug!"
Bi dem Dore hatte dem Ganzen mit wachsendem Entsetzen zugesehen. Baltzer hatte recht gehabt, als er mit dem Angriff zögerte. Sie waren in eine Falle geraten.

Wer noch kriechen konnte, versuchte, aus dem Durcheinander zu entkommen.
„Wir müssen die Verletzten holen! Wir können sie nicht einfach zurücklassen!"

Bi dem Dore schrie auf den Hauptmann ein, der seine Knechte um sich versammelt hatte. Die Männer der Wilshuser Rotten liefen jedoch kopflos in der Gegend herum. Sie suchten in der Dunkelheit ihre Pferde. Manche schleppten Verletzte mit sich. Der Hauptmann rüttelte den Bürgermeister an der Schulter.
„Komm zur Vernunft, bi dem Dore! Wir müssen retten, was zu retten ist! Wir müssen sofort fliehen! Gerds wilde Gesellen werden gleich aus dem Tor kommen. Vielleicht führt er sie selber an! Es ist zu spät, die Verletzten zu retten! Das war ein abgekartetes Spiel!"
Der Hauptmann schwang sich auf sein Pferd und richtete sich hoch auf.
„Sitzt alle auf oder nehmt die Beine in die Hand! Wir müssen zur Stadt zurück!"
„Tut, was er sagt!", schrie Duvel. Bi dem Dore nickte nur.
Wer sein Pferd gefunden hatte, saß auf, einige versuchten auch, zu zweit auf ein Pferd zu kommen.
„Rückzug!", schrie Baltzer noch einmal, und sie gaben ihren Pferden die Sporen oder rannten, so schnell sie konnten, in den Wald hinein, keinen Augenblick zu früh, denn schon rasselte das Burgtor herunter.

Es war nicht einfach, in der Dunkelheit zu entkommen. Gerds Leute verfolgten sie, die Wilshuser hörten ihre Pferde und lautes Geschrei. Sie schienen immer näher zu kommen. Wenn es nur nicht so verdammt dunkel wäre! Die Männer konnten nicht sehen, wohin sie ritten oder liefen.

Neben Duvel brach ein Tumult los. Der Boden schwankte. Es gluckerte und schmatzte. Ein Pferd schrie in Panik auf. Einige Männer riefen verzweifelt: „Wir stecken in einem Moorloch! Helft uns!"
„Weiter!", befahl Baltzer, „sie haben uns gleich eingeholt!"
Endlich tat sich der Wald auf und sie kamen in die Rittrumer Heide. Hier war es ein wenig heller. Die Pferde konnten besser und weiter ausgreifen. Keiner der Männer, die zu Fuß geflohen waren, war noch bei ihnen. Vielleicht haben sie sich versteckt, hoffte bi dem Dore.
„Schneller!", schrie der Hauptmann, „gebt den Pferden die Sporen, wenn euch das Leben lieb ist!"
Die Männer keuchten, Schaum wehte von den Pferdemäulern. Bis Wilshusen konnte dieser wilde Ritt nicht weitergehen, aber Gerds Männer waren ihnen so nah auf den Fersen, dass sie schon das Schnauben ihrer Pferde hören konnten.
Die Wolken rissen plötzlich auf und der Mond beleuchtete die fliehenden Männer. Schon pfiffen ihnen die ersten Pfeile um die Ohren.
„Wir müssen uns stellen!", brüllte der Wilshuser Hauptmann, „dort hinten ist ein Hügel mit Birken! Der bietet uns Schutz!"
„Nein!", schrie bi dem Dore, „wir müssen von dieser verdammten Heide runter! In den Wald! Da hinten ist dieses verfluchte Norddothlingen, da können wir uns verschanzen!"
„Wir haben keine Zeit! Sie sind hart hinter ..."
Baltzer sah bi dem Dore überrascht an. Aus seiner Brust ragte die Spitze eines Pfeils heraus. Er griff da-

nach. Dann kippte der Hauptmann tot aus dem Sattel.

„Die Tiere sind unruhig heute. Da kommt etwas auf uns zu, ich spüre es in den Knochen." Bero verzog sein Gesicht und rieb sich die Schulter. Berchte schloss den Ziegenstall und drehte sich zu ihm um. Bero war von der Weide gekommen und hatte ihr die Ziegen und die Kuh zurückgebracht. Jetzt musste er nur noch Heimolds Kühe und Schweine abliefern. Beros Hund umkreiste sie, denn sie benahmen sich tatsächlich, als zöge über ihnen ein Gewitter zusammen.
„Du bist spät heute, Bero, daran wird es liegen", lachte Berchte, „die Tiere wissen, wann sie in den Stall zurück müssen."
„Das ist es nicht", entgegnete der Hirte. „Ich dachte, du würdest verstehen, wenn ich von solchen Dingen rede." Beleidigt ging er zu seinem Hund und streichelte ihn hinter den Ohren.
„Warte, Bero. Ich habe gebuttert. Trink eine Kelle Buttermilch. Heimolds Kühe und Schweine werden noch ein kleine Weile auf ihren Stall warten können."
Bero vergaß sofort, dass er schmollte. „Frische Buttermilch? Oh ja, Berchte. Deine ist die beste!"
„Ich hole sie dir!", rief Berchte eilfertig und lief in die Milchkammer, wo sie die Buttermilch aufbewahrte. Sie kam mit einer Kanne zurück. „Da. Trink nur alles aus, Bero."
Bero trank in langen Zügen und leckte sich dann mit der Zunge den dicken Buttermilchrand von den Lippen. „Danke, Berchte! Das tat gut." Zufrieden lächelnd gab er ihr den leeren Krug zurück.

„Und nun erzähl mir von deiner Vorahnung“, forderte Berchte ihn auf.
Sogleich verdüsterte sich Beros Gesicht wieder. „Du glaubst mir sowieso nicht. Keiner tut das.“
„Ich glaube dir, das weißt du“, sagte Berchte versöhnlich.
Der Hirte sah sie zweifelnd an. „Es liegt etwas in der Luft.“
„Du meinst, es zieht ein Unheil herauf?“
Berchte musterte den Hirten, wie er dastand, klein und gebückt unter seinem schweren Umhang, den er sommers wie winters trug. Wie alle Hirten hatte er einen Hang zur Spökenkiekerei und niemand nahm ihn wirklich ernst. Meistens erwiesen sich seine Vorahnungen als Tagträumereien. Aber diesmal hatte Bero wirklich Angst, Berchte spürte es geradezu.
„Du lachst mich nicht aus?“
Sie schüttelte ernst den Kopf.
„Das Dorf, Berchte!“, flüsterte er, „es wird brennen. Schon bald.“

Weniger als die Hälfte der Wilshuser war entkommen. Der Graf hatte sie auf der Rittrumer Heide gestellt. Viele hatten sich einfach ergeben, andere lagen erschlagen auf der Heide. Wedekint war bei den Gefangenen. Mit knapper Not war bi dem Dore mit Duvel und den restlichen Männern entkommen. Sie versteckten sich in einem Moorloch im Poggenpohl. Sie konnten nicht weiter, denn die Pferde waren am Ende. Zudem waren viele verwundet.

Der Graf war hart an ihrem Versteck vorbeigeritten in Richtung Norddothlingen. Sicher vermutete er sie dort.

„Wir müssen hier warten, bis es dämmert. Dann sind wir hoffentlich so weit bei Kräften, dass wir in das Dorf reiten und den Grafen überwältigen können", sagte bi dem Dore grimmig. Er führte die Männer jetzt an. „Ich will, dass mit ihm ein für alle Mal Schluss ist!"
„Er wird sich nicht einfach gefangen nehmen lassen", wandte Duvel ein. „Sie sind in der Überzahl. Eher gehen wir allesamt unter. Lasst uns nach Wilshusen zurückreiten, Bürgermeister!"
„Damit er wieder und wieder die Gegend unsicher macht? Wie viele unserer Männer liegen jetzt erschlagen im Stühe und auf der Rittrumer Heide? Es muss ein Ende haben. Jetzt!"
Die meisten Männer stimmten bi dem Dore zu.
„Der Erzbischof ist auf dem Weg hierher", wandte Duvel ein, „er hat genug Männer, um den Grafen zu besiegen! Sei kein Narr, bi dem Dore, wir schaffen es nicht allein."
Bi dem Dore brauste zornig auf. „Reite du allein in die Stadt. Geh in die Alexanderkirche und bete für uns. Das mag dein Beitrag sein für unseren Sieg gegen den Teufel von der Welsburg. Wir können nicht länger warten! Der Teufel hat genug Unheil angerichtet!"
Duvel schüttelte den Kopf und wandte sich schweigend ab.
Kurz bevor der Morgen graute, brachen die verbliebenen Wilshuser Männer auf.

„Wir müssen zuerst zur Schmiede. Wenn er da ist, der Graf, finden wir ihn bei der Witwe des Schmieds“, wies bi dem Dore die Männer an.
Schweigend ritten sie dem Dorf entgegen. Es lag noch im tiefsten Schlaf, als sie ankamen. Kein Mensch und kein Tier zeigte sich zwischen den Häusern. Irgendwo bellte ein Hund.

Die Tür war nicht verschlossen. Bi dem Dore, Duvel und zwei Wilshuser Kriegsknechte betraten das Schmiedehaus. Es war seltsam still. Das Schlaflager war kalt, ebenso das Herdfeuer. Das Haus stand leer.
„Sucht in der Schmiede“, flüsterte bi dem Dore, „sie müssen hier sein!“
Die Kriegsknechte schlichen sich davon.
„In der Schmiede ist auch niemand!“, rief jemand nach einer Weile über den Hof.
„Verdammt! Was ist das! Er kann uns doch nicht wieder entkommen sein!“
Bi dem Dore fluchte laut und trat gegen die Feuerstülpe. Sie flog krachend beiseite. Funken stoben aus der Glut unter der Asche.
„Was tut ihr hier?“, fragte jemand. Ein Mann stand in der Tür und schaute verwundert auf die Wilshuser. Es war Mertin. Bi dem Dore ging sogleich auf den verdutzten Bauern los und packte ihn am Kragen.
„Wo ist er?“, brüllte er ihn an und schüttelte ihn.
„Wer?“, keuchte Mertin, der kaum Luft bekam.
„Der Graf! Er kam in der Nacht. Wir haben ihn ins Dorf reiten sehen! Wo ist er?“
„Der Graf? Wie kommt Ihr darauf, dass er hier ist?“
„Und wo ist seine Dirne?“

„Wen meint Ihr?“
„Berchte! Die Witwe des Schmieds!“
„Ich weiß es nicht. Lasst mich, bitte, ich ersticke!“
Bi dem Dore ließ Mertin los. Der keuchte und rieb sich den Hals.
„Nehmt ihn gefangen und durchsucht alle Häuser! Um dieses werde ich mich selbst kümmern!“
Mertin wich entsetzt vor bi dem Dore zurück.
„Was hast du, Mann! Warum starrst du mich so an?“
„Ich ... Verzeiht ... Ich sah ...“
„Wen sahst du?“
„Den Grafen. Ihr hattet den gleichen Wahn in den Augen!“
Bi dem Dore lachte triumphierend.
„Dann ist er also da! Wo habt ihr ihn versteckt! Sprich, oder ich reiß dir deine dreckige Bauernzunge aus deinem Maul!“
„Bi dem Dore!“ Duvel riss den Bürgermeister zurück, der sich auf Mertin stürzen wollte. „Man könnte meinen, der Bauer hier hat recht!“
„Lass ihn doch, Duvel!“, rief ein Wilshuser dazwischen, „der Bauer soll endlich sagen, wo sie ihn versteckt haben!“
„Ja, das soll er! Oder wir jagen alle aus ihren Häusern!“
„Prügelt die Wahrheit aus den Norddothlingern heraus!“
„Die Freunde des Grafen verdienen Strafe!“
„Recht so, Wilshuser!“, rief bi dem Dore. „Der Graf hat uns lange genug gequält! Lasst uns dem ein für alle Mal ein Ende bereiten! Lasst keine Gnade walten für die Freunde des Grafen!“

Er reckte die Faust in die Höhe. „Tod dem Grafen Gerd von Oldenburg und Delmenhorst! Tod seinen Freunden!"
Er zog seinen Dolch aus dem Gürtel. „Was ist nun, Bauer. Sagst du uns, wo ihr ihn versteckt habt?" Bi dem Dore strich mit seinem Dolch vor Mertins Nase herum.
„Wir haben ihn nicht versteckt! Ihr irrt Euch!", flüsterte Mertin in panischer Angst.
„Meine Geduld ist am Ende!", schrie bi dem Dore. „Das tun wir mit unseren Feinden!" Er holte aus und rammte dem Bauern seinen Dolch in den Leib. Mertin brach röchelnd zusammen.

Johlend stürmten die Männer durch das Dorf. Sie liefen in alle Häuser und zerrten die Bauern, ihre Frauen und Kinder heraus.
Bi dem Dore war in dem Schmiedehaus geblieben. Er zündete einen Kienspan an dem letzten Rest Glut auf der Feuerstelle an und steckte ihn in das Strohdach. Er sah zu, wie die kleine Flamme sich ausbreitete. Dann nahm er noch einen Kienspan. Als der brannte, ließ er ihn auf Berchtes Strohsack fallen. Das Feuer breitete sich mit wachsender Geschwindigkeit aus. Bi dem Dore trat vor die Tür. Im Dorf tobte der Kampflärm. Frauen schrien, Kinder weinten, Männer liefen durcheinander, Tiere blökten, muhten und grunzten. Hinter bi dem Dore knisterte es. Funken begannen, vom Dach in das Flett herunterzuregnen.
Bi dem Dore kümmerte es nicht. Er sah den Männern zu, sah, wie Wilshuser und Norddothlinger miteinander um ihr Leben kämpften.

Andirke und einige andere Bauern hatten noch Zeit gehabt, ihre Messer und Forken zu greifen. Einige der Bauern verteidigten das Dorf mit den Spießen, die sie einst vom Grafen bekommen hatten. Bi dem Dore gefiel das Schauspiel. Feiglinge waren sie nicht, die Norddothlinger, genauso wenig wie die Wilshuser. Aber das war nur ein Vorspiel. Gleich würde der Graf aus einem der Häuser kommen, ganz sicher. Und dann würde er, bi dem Dore, ihn zur Strecke bringen. Es erfüllte ihn mit Genugtuung, dass es hier ein Ende haben würde und er würde den Grafen höchstpersönlich richten.

Hinter bi dem Dore stürzte ein Balken herab. Es kümmerte ihn nicht. Er war so erfüllt von eiskaltem Hass, dass er die Hitze hinter sich kaum spürte. Getrieben von seiner Mordlust, trat er auf den Hof hinaus.

Mehrere Häuser brannten jetzt. Die Wilshuser Pferde liefen wiehernd zwischen den Häusern herum. Eines wurde von einem Norddothlinger Speer getroffen und brach über dem Brunnen zusammen. Ein weiteres stürzte über das getroffene Tier und kam nicht wieder hoch.

Bi dem Dore wanderte durch das Kampfgewühl hindurch. Er ging immer weiter. Irgendwo musste der Graf stecken. Schließlich stand er vor einer halb verfallenen Hütte am Waldrand. Seltsamerweise hatte diese ärmliche Hütte Glasscheiben.

Er öffnete die Tür und trat ein. Er wusste selbst nicht, was ihn trieb.

Dort fand er sie. Berchte saß, die Zwillinge auf dem Schoß, am kalten Herdfeuer. Neben ihnen stand Hertel. Sie sahen bi dem Dore schweigend an.
Der grinste hämisch. „So stehen wir uns also doch noch gegenüber, Herr Graf!"
Er zog so schnell seinen Dolch, dass jede Antwort zu spät kam. Aber Hertel war schneller. Er duckte sich und der Dolch fuhr über seinen Kopf hinweg.
„Was tust du?", schrie Berchte und hielt bi dem Dore am Arm fest.
„Ich mache ein Ende. Hier und jetzt! Der Graf hat genug Unheil angerichtet!" Bi dem Dore schlug Berchtes Arm fort. Die Zwillinge begannen zu weinen.
„Wo ist er hin?", schrie er Berchte an.
„Wer?"
„Der Graf. Er stand hier bei dir!" Bi dem Dore packte Berchte und hielt ihr den Dolch an den Hals. Die Klinge ritzte ihre Haut.
„Du bist von Sinnen, bi dem Dore, der Graf ist nicht hier", flüsterte Berchte heiser.
„Aber ich habe ihn doch gesehen!"
„Du hast mich gesehen", sagte da eine Stimme hinter ihm. Bi dem Dore ließ Berchte los und drehte sich um. Vor ihm stand ein Zwerg und der hatte das Gesicht des Grafen.
„Ich bin sein Sohn", sagte Hertel ruhig.
Bi dem Dore starrte ihn an. Dann fuhr er sich mit der Hand über die Augen, als müsse er einen schlechten Traum verscheuchen. Er ließ den Dolch sinken.
„Ihr habt ihm Unterschlupf gewährt, gebt es zu!", stöhnte er müde. Hertel trat auf ihn zu und nahm

dem Wilshuser Bürgermeister den Dolch aus der Hand.
„Wir haben euch Wilshuser verfolgt bis auf die Rittrumer Heide. Dann kam ein Bote und brachte die Nachricht, dass der Schwarzenberg um die Delmenhorster Burg Blockhäuser errichten lässt für eine Belagerung. Ich begleitete Graf Gerd bis hierher. Er ist mit seinen Männern weitergeritten."
„Dann ist er wieder entwischt?"
„Es scheint wohl so."
„Nein!"
Bi dem Dore heulte auf.
„Nicht noch einmal! Nachdem er unsere Männer hinterlistig gemordet hat, nachdem er unser Vieh gestohlen hat!"
„Was tut Ihr jetzt in unserem Dorf?", fragte Berchte leise. „Nehmt Ihr Rache für etwas, das wir nicht getan haben?" Ihre Stimme klang bitter. „Ihr seid wie der Graf, bi dem Dore."
Der Bürgermeister sah sie verzweifelt an. Dann trat er ohne ein weiteres Wort vor die Tür und ging in das brennende Dorf hinein. Er fand seine Männer vor dem ‚Ochsen'. Sie hatten die Bauern zusammengetrieben.
„Was sollen wir mit ihnen tun?", fragte Duvel. „Sollen wir es aus ihnen herausprügeln?"
Bi dem Dore schüttelte den Kopf.
„Der Graf ist nicht da", sagte er matt. Die Männer sahen ihren Bürgermeister verdutzt an.
„Lasst die Leute gehen. Wir haben hier nichts mehr verloren."

Berchte stand im Wald. Es stank nach Qualm. Zwischen den Bäumen rauchten die Trümmer von Norddothlingen. Einige Gestalten liefen zwischen den verkohlten Häusern umher auf der Suche nach Habseligkeiten. Was sollte jetzt aus ihnen werden? Was wurde aus ihr und den Zwillingen, was aus Hertel, der dem Grafen dieses Mal nicht gefolgt war?

Das Wenige, das sie besessen hatte, war verbrannt. Ihr blieb nur der Bettelstab. Selbst für das Hurenhaus war sie zu alt. Sie blickte auf. Hertel stand vor ihr mit einem gefüllten Wassersack.

„Trink ein bisschen Wasser, Mutter", sagte er freundlich. Berchte starrte ihn an. Warum sah er seinem Vater nur so verdammt ähnlich! Sie schaute zu Boden. Nein! Hertel war nicht wie er. Aber der Graf war einst auch nicht voller Hass gewesen. Vielleicht war es eine Krankheit, die ihn befallen hatte? Den gleichen Hass hatte sie bei bi dem Dore gesehen. Und bei Tonis und vielen anderen, die ihr im Laufe ihres Lebens begegnet waren. Berchte seufzte. Wüsste sie ein Kraut, das diese Krankheit heilen könnte, gäbe es sicherlich weniger wüste Dörfer in der Welt.

„Warum siehst du mich so an?", fragte Hertel. Berchte schüttelte den Kopf. Sie nahm dankbar den Wassersack und trank. Es weckte die Lebensgeister. Dann gab sie den Zwillingen zu trinken. Sie sah ihnen zu, wie sie gierig schluckten.

Was würde diesen Kindern widerfahren? Sollte ihnen ein ebenso unruhiges Leben beschieden sein wie ihr? Berchte schloss die Augen. Es waren grausame Zeiten, in denen sie lebten. Was wollte Gott den Menschen damit sagen? Wollte er überhaupt zu ihnen sprechen oder sah er nur zu, wie sie sich abrackerten auf dieser verqueren Welt?

„Was wird nun?“, fragte sie ihren Sohn. „Gehst du zum Grafen zurück?“

Hertel nickte.

„Er braucht mich.“

Er legte seiner Mutter die Hand auf den Arm.

„Was wirst du tun?“

Berchte sah in die Ferne.

„Alles, was ich habe, sind eine Ziege, der Kräuterkarren und die Zwillinge. Und dich natürlich. Das ist mehr, als vielen anderen blieb.“

Sie sah in die Ferne.

„Ich werde zum Kloster nach Rastede gehen und fragen, ob sie eine Magd gebrauchen können. Vielleicht haben deine beiden Brüder auch Glück und sie werden als Novizen aufgenommen, wenn sie größer sind. Sie könnten für unser Seelenheil beten. Vor allem für das des Grafen. Er kann es gebrauchen.“

Hertel nickte. „Ich werde den Grafen bitten, dass er eine Nachricht in das Kloster schickt. “

Mutter und Sohn sahen sich lange an, dann umarmten sie sich.

„Nimm es wieder. Er hat es dir einst geschenkt. Vielleicht bringt es dir mehr Glück als mir.“ Hertel gab ihr das Kreuz mit den roten Steinen zurück. Berchte nahm es. Sie betrachtete es, während Hertel die Zwillinge auf den Kräuterkarren hob. Sie waren still an diesem Tag, nachdem das Dorf in Schutt und Asche gefallen war. Der Brandgeruch hing schwer in der Luft und es schien, als würde er nie wieder verschwinden.

Nachdem sie das Wenige, das ihr geblieben war, verstaut und die Ziege am Karren festgebunden hatte, zog Berchte mit den Zwillingen ohne ein weiteres Wort des Abschieds von Hertel los. Hinter einer Wegbiegung, wo sie niemand mehr sehen konnte, nahm sie das Kreuz und warf es weit von sich.

Kalter Tee

Ich öffnete die Augen. Hans hatte aufgehört zu erzählen. Er stand am Fenster und sah in die dunkle Nacht hinaus. Auf dem Tisch lag das Kreuz.
„Wie spät ist es?“, fragte ich erschrocken.
„Die Kirchturmuhr hat zehn geschlagen.“
„Ach du meine Güte! Ich habe gar nicht gemerkt, wie die Zeit vergangen ist!“
Hans lachte.
„Tja. Immerhin sind wir gut fünfhundert Jahre in unserer Zeit zurückgereist.“
„Ach! Deshalb habe ich so einen Riesendurst!“
Ich nahm meinen Becher und trank. Der Tee war eiskalt und schmeckte bitter.
Hans wandte sich vom Fenster ab und setzte sich zu mir an den Tisch. Er betrachtete das Kreuz.
„Wollen Sie es immer noch wiederhaben?“
Ich überlegte eine Weile.
„Nach der Geschichte, die Sie mir erzählt haben, bin ich mir nicht mehr sicher“, gab ich zu.
„Dann werde ich es dort wieder vergraben, wo es lag. Irgendwann wird es ein anderer finden.“
„Dem Sie dann auch die Geschichte vom verschwundenen Dorf erzählen?“
Hans nickte. Er sah mich an. Seine Augen glichen den Tümpeln im Poggenpohl, sie waren schwarz und blank. Wie zwei Moorseen.

Personenregister

Historische Personen

Graf Gerd von Oldenburg und Delmenhorst, 1430/31 - 1500

Seit 1450 Herrscher über die Grafschaften Oldenburg und Delmenhorst, unterbrochen durch die Herrschaft seines Bruders Moritz, als dieser seine geistlichen Ämter niedergelegt hatte. Er war ein Raubritter und Pirat, der allerdings kurzzeitig zu europäischem Rang aufstieg, als er sich mit dem Herzog von Burgund, Karl dem Kühnen, verbündete. Sein ältester Bruder, Graf Christian, wurde König von Dänemark, Schweden und Norwegen.
Graf Gerd starb mit siebzig Jahren auf der Rückkehr einer Pilgerfahrt nach Santiago de Compostela im Languedoc, Südfrankreich.

Graf Moritz, 1428 - 1464

Er war der mittlere der drei Brüder, nahm ein geistliches Amt in Bremen an, das er später wieder niederlegte, um nach längeren Streitereien mit Gerd und Christian bis zu seinem Tod Graf über Delmenhorst und somit auch über die Welsburg zu werden. Er starb an der Pest.

Graf Christian, 1426 - 1481

Er war der älteste der drei Brüder und wurde König von Dänemark, später auch über Schweden und Norwegen. Gerd stand ihm zur Seite beim Kampf gegen die Goten. Christian stand Gerd am nächsten, er hielt lange seine schützende Hand über seinen kleinen Bruder, bis sie sich letztendlich auch zerstritten.

Adelheid Gräfin von Tecklenburg
Ehefrau von Graf Gerd, aus der Ehe gingen elf Kinder hervor, von denen nur drei Söhne und eine Tochter das Erwachsenenalter erreichen.

Bürgermeister und Ratmannen von Wilshusen:
Herman Hespe, Hinrik Doemesman, Herman Duvel, Wedekint Goldsmit, Johan bi dem Dore.

Jedes Jahr am 7. Januar, dem Tag, an dem Graf Waltbert 851 die Gebeine des heiligen Alexander nach Wildeshausen gebracht hatte, wählte man neue Ratmannen und Bürgermeister der Stadt, sodass deren Namen häufig wechselten.
Die Namen sind dem Buch ‚Geschichte der Stadt Wildeshausen' von Albrecht Eckard entnommen.

Ilies Unverzagt
Von ihm weiß man fast nur, dass er existierte. Nachdem Graf Gerd die Stadt Wildeshausen im Jahre 1450 für kurze Zeit eingenommen hatte, setzte er seinen Vertrauten, den Johanniterritter Ilies Unverzagt, als Drost der Stadt ein.

Simon Fredelant
Er sagte als Zeuge bei den Hanserezessen aus und berichtete über den Überfall auf die Hamburger Kaufleute durch Graf Gerd auf der Flämischen Straße, wobei die Wildeshauser eingriffen und sieben Räuber festnahmen, die nach Wildeshauser Stadtrecht von den Kaufleuten selbst hingerichtet wurden.

Fiktive Personen
(nach der Reihenfolge ihres Auftretens im Roman)

Hans	Erzähler

Personen in Norddothlingen:

Berchte	Heilkundige Frau
Hertel	ihr Sohn
Tonis	Schmied
die alte Gele	Witwe und arme Frau
Katrin	Magd in der Schmiede und erste Geliebte von Tonis
Heimold	Wirt im ‚Ochsen'
Alma	seine Frau
Godric	Lehrjunge der Lübecker Kaufleute, wurde von Graf Gerd verletzt
Heske	Magd im ‚Ochsen'
Mertin	Dorfältester
Enne	seine Frau
Jörg	Bauer
Bero	Hirt
Andirke tom Stapel	Bauer auf dem Meierhof der Welsburg
Lenne	seine Frau
Eberlin	Stellmacher
Lyseke	seine Frau
Poppe	1. Knecht bei Andirke
Cuno	2. Knecht bei Andirke
Femeke	Eberlins Tochter, später Magd im ‚Ochsen'

Personen auf der Welsburg:

Sanne	Magd
Wolf	der alte Diener
Nodil	Schweinehirt
Alberich	Spielmann des Grafen
Hauptmann Endres	Befehlshaber über Gerds Kriegsknechte

Weitere Personen:

Priester von Kirchdothlingen
Kethe, Hure aus Wildeshausen
Carl von Hathen
Meinhard von Munderloh
Gyseler von Nuttel, Spielleute aus Hathen (Hatten)
Hauptmann Baltzer, Befehlshaber über die Wilshuser Soldaten

Glossar

Bergfried	Der unbewohnte Hauptturm einer Burg.
Büttel	Gerichtsdiener.
Drost	Amtmann, der den Landesherrn in einem Verwaltungsbezirk vertrag.
Ewers	Ein kleinerer, aus Friesland stammender Segelschiffstyp in Knickspantbauweise mit Flachkiel und einem oder zwei Masten.
Feuerstülpe	Eisenhaube, die nachts zur Sicherheit über die Feuerstelle gestülpt wurde.
Flett	Die offene Wohnküche, die sich über die ganze Breite des Hauses erstreckt, mit der offenen Feuerstelle in der Mitte.
Forke	Landwirtschaftliches Arbeitsgerät, Heu- oder Mistgabel.
Friesische Wehde	Die Friesische Wehde wird im Mittelalter ein großes zusammenhängendes Waldgebiet gewesen sein. Es wurde von den vordringenden Friesen besiedelt, später aber auch von den oldenburgischen Grafen beansprucht. Als Grenzfeste gegen die Ostfriesen und zum Schutze der Friesischen Wehde ließ Graf Gerd von Oldenburg 1462 die Neuenburg bauen.
Gemächt	Penis.
Gogericht	Das Gogericht (auch Gohgericht oder Gowgericht) ist ursprünglich

die Thingversammlung im vorkarolingischen Sachsen. Nachdem der Frankenkönig Karl der Große die Sachsen unterworfen hatte, setzte er innerhalb der vorhandenen Gaue Grafen als seine Stellvertreter ein. Dort übten sie unter anderem die hohe Gerichtsbarkeit aus. In diesem Fall spricht man von Gaugericht oder besser „Grafengericht“. Auf administrativer Ebene richteten die Franken unabhängig von den Gaugrenzen die sogenannten Goe ein, Bezirke, in denen die niedere Gerichtsbarkeit bei einem Gogericht lag. Während die Grafengerichte immer mehr an Bedeutung verloren, setzten sich die Gogerichte bis zum Beginn der Neuzeit als die wichtigsten Gerichte durch.

Grapen

Grapen waren zunächst irdene, später auch bronzene Töpfe oder Kessel. Die bäuerlichen Grapen bestanden aus Eisen. Sie besaßen üblicherweise die Form einer leicht gedrückten Kugel mit schräg nach außen gezogenem Rand und drei Füßen. Zwei Henkel erlaubten die Aufhängung an einem Bügel. Damit konnte der Grapen auch an einem höhenverstellbaren Kesselhaken (Hal) über die offene Feuerstelle gehängt werden.

Groten	Groten ist die Bezeichnung für einen norddeutschen Kleingroschen, der ursprünglich 4 Meißner Pfennig und dann später 5 (geringerwertige) Schwaren galt. In Bremen und Oldenburg galt bis zur Einführung der Goldmark ab 1871 der Groten. In Bremen galt: 1 Taler Gold = 72 Grote = 360 Schwaren.
Kate	Bezeichnung eines einzelnen Wohnhauses in oder abseits der dörflichen Gemeinschaft. In der Regel ist es ein einfaches Haus.
Kemenate	Der Kaminraum, der einzig beheizbare Raum einer Burg, der zumeist Frauen, Rittern und den Adligen vorbehalten blieb.
Kesselhal	Der höhenverstellbare Haken zum Aufhängen des Kessels über dem offenen Herdfeuer.
Kumme	Niederdeutsches Wort für Schüs sel.
Marketenderin	Eine Frau, die die Soldaten als Händlerin mit Lebensmitteln versorgte und medizinisch verpflegte. Häufig kombinierten sie diesen Beruf mit Prostitution.
Meierhof	So wird ein Bauerngehöft oder -gebäude benannt, in dem der Verwalter (der Meier) eines adligen oder geistlichen Gutshofes lebte.
Pestilenz	Die Pest
Plaggen	Rechteckige Stücke der durchwurzelten oberen Moorschicht, die zum

	Heizen oder auch zum Hausbau genutzt wurden.
Roter Schanker	Im Mittelalter verbreitete Geschlechtskrankheit.
Schafkoben	Schafstall mit Findlingen als Fundament und einfacher Balkenlage mit Reetdach.
Scheffel	Bis 1872 deutsches Hohlmaß für schüttbare feste Körper (z. B. Getreide).
Schindanger	Eigentlich der Platz des Dorfes, wo das tote Vieh gehäutet wurde und Tierkadaver verscharrt wurden, diente auch zur Verscharrung von Menschen, die hingerichtet worden waren oder denen nach christlichem Verständnis keine christliche Bestattung zuteil werden durfte.
Schürholz	Holz/Reisig zum Anmachen des Feuers.
Schwibbögen	Vor eine Mauer gesetztes Blendwerk.
Spökenkiekerei	Hellseherei. Typisch für die Spökenkiekerei ist die Vorhersage unheimlicher und Angst machender Dinge wie schwere Krankheit, Tod oder Krieg.
Stühe	Wald bei Nuttel in der Gemeinde Dötlingen.
Tonsurierte	Abgeleitet, spöttisch von Tonsur. Also die Leute, die ihr Kopfhaar ganz oder teilweise aus religiösen Gründen entfernt haben.

Unschlittkerzen	Das zur Herstellung der Unschlittkerzen benötigte Fett wurde aus Rinderfettgewebe oder Hammeltalg gewonnen und rußte daher stark.
Walridersken	Sagengestalt vorwiegend aus der Geest, Halbhexe.
Wehde	Ein großes zusammenhängendes Waldgebiet.
Winkoop	Bezeichnung für Abgaben
Wurfzabel	(Auch Trictrac/Tricktrack oder Puff.) Ist ein mittelalterliches Würfelbrettspiel.

Zita Hobbensiefken, die Malerin des Titelbildes

Jahrgang 1941, verheiratet, zwei erwachsene Töchter.
Nach langer Odyssee von Bessarabien über Bayern, Polen und Sachsen-Anhalt strandete sie 1949 mit ihrer Familie in Ganderkesee.
1956 bekam sie von ihrem Vater einen Fotoapparat geschenkt, mit dem sie heute noch fotografiert und auf Motivsuche für ihre Seidenaquarelle geht.
Am liebsten lässt sie sich von der norddeutschen Landschaft inspirieren.
Ihre Bilder konnten der Öffentlichkeit bereits in diversen Ausstellungen im norddeutschen Raum vorgestellt werden.